Necrópole

memórias

Vladislav Khodassiévitch

Necrópole

memórias

Tradução:
Bruno Barretto Gomide

Tradução dos poemas: Rafael Frate

jabuticaba

Dados Internacionais de Catalogação na Publicação (CIP) de acordo com ISBD

nK45 Khodassiévitch, Vladislav

Necrópole: memórias / Vladislav Khodassiévitch ; traduzido por Bruno Barretto Gomide. São Paulo : Edições Jabuticaba, 2023.
272 p. ; 14cm x 21cm.

Tradução de: Некрополь
Inclui índice.
ISBN: 978-85-93478-21-5

1. Literatura russa. 2. Prosa. I. Gomide, Bruno Barretto. II. Título.

2023-1428

CDD 891.7
CDU 821.161.1

Elaborado por Odilio Hilario Moreira Junior - CRB-8/9949

Índice para catálogo sistemático:
1. Literatura russa 891.7
2. Literatura russa 821.161.1

Preparação: Marcelo F. Lotufo e Rodrigo A. do Nascimento
Revisão: Marcelo F. Lotufo e Rodrigo A. do Nascimento
Design miolo: Cesare Rodrigues
Design da capa: Bruna Kim e Marcelo F. Lotufo
Imagem da capa: Viktor Zamirailo

9 788593 478215

Edições Jabuticaba
www.ediçõesjabuticaba.com.br
www.facebook.com.br/Edjabuticaba
instagram: @livrosjabuticaba

SUMÁRIO

Legenda:
N. do A. - Nota do Autor.
N. do T. - Nota do Tradutor Bruno Barretto Gomide.
N. do T.2 - Nota do Tradutor dos poemas Rafael Frate.

Khodassiévitch: poesia e a "arte acridoce da rememoração"

Vladislav Felitsiánovitch Khodassiévitch nasceu em maio de 1886, em Moscou. Pelo lado paterno, descendia da nobreza polonesa; a mãe provinha de família judaica convertida ao cristianismo ortodoxo. As suas recordações de infância evocam o amor pelo balé, central na formação de sua visão de mundo ("o Teatro Bolchói era a minha pátria espiritual"), e pelos gatos, seres com os quais aparece fotografado em pose esfíngica. Cedo Khodassiévitch se filiou aos círculos simbolistas, tendo deixado inconclusos os estudos na Universidade de Moscou. Publicou as primeiras obras (*Juventude*, 1908, *A casinha feliz*, 1914) em um contexto cultural que buscava a superação da poética simbolista por meio de vertentes como o acmeísmo, a que era simpático, e o(s) futurismo(s), de que foi adversário ao longo de toda a vida. O turbilhão revolucionário e a Guerra Civil o encontraram consumando suas principais coletâneas de versos, clássicos e dissonantes (*Pelo caminho do grão*, 1920, *Lira pesada*, 1922), que o transformaram em um dos maiores poetas russófonos – para escritores antípodas, tais como Nabókov e Górki, o maior – do século. Foi também tradutor de poesia judaica (a antologia *Dos poetas judeus*, 1922).

Após trabalhar em diversas instituições culturais soviéticas, concluiu pela incompatibilidade do seu mundo trágico, irônico e estilizado com o novo universo bolchevique. Extraditou-se, a partir de 1922, para Berlim, Praga, Roma, Sorrento e, finalmente, Paris. Juntamente com a escritora Nina Berbiérova (1901-1993, também memorialista de mão cheia), encarnou na capital francesa o casal prototípico da emigração: altivo, culto, um tanto espectral e bastante missionário. Cultivaram, em disputa cerrada com outros compatriotas, a imagem de responsáveis pela manutenção da "verdadeira" cultura russa. A experiência exílica trouxe misérias físicas e espirituais, mas foi encarada também como um desafio transformador. À semelhança de Nabókov, a riqueza das incursões literárias do Khodassiévitch maduro se deve (ressalvada a vida breve do poeta, em comparação com a do ficcionista), em certa medida, aos novos ecossistemas não-russos pelos quais transitou. As condições materiais precárias e a saúde frágil o assombraram até sua morte, de câncer, em junho de 1939. Sempre acalentou a ideia de voltar à Rússia.

A publicação de seus versos, nas condições de desterro, encontrou as dificuldades típicas dos praticantes desse gênero, quando no estrangeiro; melhor sorte em geral tiveram os músicos e artistas plásticos, independentes da expressão verbal. Frutos erráticos, mas luminosos, como o livro *Noite europeia* (1927), foram seguidos de um silêncio quase completo, por mais de década, no campo da criação artística. Por outro lado, a atividade de crítico literário, ensaísta e memorialista foi profícua, e teve repercussão considerável nos principais jornais e revistas da emigração. Khodassiévitch foi editor da seção literária do jornal *Vozrojdiénie* (Renascimento) durante os doze anos finais de vida. Destacou-se ainda por estudos e palestras sobre Púchkin, visto por ele como modelo literário máximo, e Derjávin (uma esplêndida biografia homônima, de 1931), poeta de corte do século XVIII. São ensaios que conciliam imponência neoclássica à vibração de certo experimentalismo modernista, muito embora o autor desaprovasse as incursões formalistas. Khodassiévitch notabilizou-se por seus fragmentos memorialísticos, cujos expoentes máximos são os textos reunidos no livro *Necrópole* (1939), originalmente publicados em *Sovreménnye zapískie* (As notas contemporâneas), *Dni* (Os dias), *Poslédnie nóvosti* (As últimas notícias), e no referido *Vozrojdénie* ao longo dos anos vinte e trinta.

Esta "cidade dos mortos" é certamente o seu trabalho mais conhecido e traduzido. Poucos textos terão exercitado de forma tão consumada a arte acridoce da rememoração de personalidades literárias. Tal gênero do "retrato" é essencial à tradição literária russa, tão central lá quanto pouco explorado entre nós, pela literatura brasileira. Cruel e terno, Khodassiévitch constrói um baú de ossos de talhe próprio, cheio de figuras vivas e do colorido tão peculiar a uma intelliguêntsia russa que agora estava "dormindo profundamente", no verso de Bandeira tornado epígrafe por Pedro Nava. Um século antes do poeta exilado, o publicista Piotr Tchaadáiev não teve dúvidas em localizar a sua famosa "Carta filosófica" na cemiterial "necrópolis" que era a Moscou de Nicolau I – note-se aqui o uso do termo grego, "bizantino", em contraste com a forma latina, sedutora imagem da cultura ocidental. Em 1936, não sabemos se a "necrópole" de Khodassiévitch é a atraente Paris, metamorfoseadora de poetas em motoristas de táxi, ou a Moscou stalinista.

Ninguém melhor para resumir o intinerário de Khodassiévitch do que um de seus maiores estudiosos: o pesquisador Nikolai Bogomólov, falecido prematuramente, tragado pela pandemia de covid-19, essa nossa necrópole contemporânea:

> *Khodassiévitch morreu em 1939, sem ter conseguido contar a seus leitores sobre aquela trágica e brilhante Paris literária que o envolveu a partir da segunda metade dos anos vinte. Se conseguisse, teríamos obtido retratos de Nabókov e Poplávski, Zinaída Guíppius e Gueórgui Ivánov, Búnin e Miliukóv – não seriam poucos os que poderiam se tornar heróis de novas recordações. Mas fiquemos gratos por aquilo que, com tamanha força interior e convicção, acompanhado por detalhes cuidadosamente selecionados, é apresentado a nós nos esboços reunidos sob a capa do presente livro.*

Bruno Barretto Gomide

Necrópole

As recordações contidas neste livro, a respeito de alguns escritores pertencentes a um passado recente, estão baseadas apenas no que eu mesmo pude observar, bem como em testemunhos diretos dos participantes e em documentos publicados ou manuscritos. Excluí os relatos que me vieram de segunda ou terceira mão. As duas ou três pequenas exceções a essa regra estão indicadas no texto.

O FIM DE RENATA

Na noite de 23 de fevereiro de 1928, em um hotel miserável de um bairro miserável de Paris, a escritora Nina Ivánovna Petróvskaia abriu o gás e deu cabo da própria vida. "Escritora" foi como a chamaram as notas dos jornais. Mas tal título não lhe cabia por inteiro. Verdade seja dita, o que ela escreveu era insignificante em qualidade e quantidade. Ela não sabia, ou, mais importante, não queria "desperdiçar" com literatura o pouco talento de que dispunha. Teve, contudo, um papel destacado na vida literária de Moscou entre os anos de 1903 e 1909. Sua personalidade influiu em circunstâncias e acontecimentos que à primeira vista estariam pouco relacionados ao seu nome. Antes, porém, de falar dela, é preciso tocar no dito "espírito da época". Sem ele, a história de Nina Petróvskaia seria incompreensível e talvez até desinteressante.

***

Os simbolistas não queriam separar o escritor do indivíduo e a biografia literária da pessoal. O simbolismo não desejava ser apenas uma escola artística ou corrente literária. Sempre se esforçava por ser um método de criação de vida, nisso consistindo a sua verdade profunda e talvez irrealizável, mas toda a sua história transcorreu essencialmente na aspiração contínua a essa verdade. Foi uma série de tentativas, por vezes heroicas, de encontrar a fusão de vida e criação, uma espécie de pedra filosofal da arte. O simbolismo obstinou-se em encontrar no seu ambiente o gênio que saberia fundir vida e criação. Agora sabemos que este gênio não apareceu e que a fórmula não foi descoberta. No fim das contas, a história do simbolismo se transformou em uma história de vidas estilhaçadas e criações irrealizadas. Parte da energia criativa e da experiência interior foi incorporada nos escritos, enquanto outra permaneceu irrealizada e vazou para a vida, assim como a eletricidade vaza quando não há isolamento suficiente.

O percentual desse "vazamento" variava de caso a caso. A "pessoa" e o "escritor" lutavam pela supremacia dentro de cada personalidade. Ora vencia um, ora o outro. A vitória geralmente cabia ao lado da personalidade que era mais dotado, apto e forte. Se o talento literário se mostrasse mais forte, o "escritor" vencia a "pessoa"; se mais forte do que o talento literário fosse o talento da vida, a criação literária recuava para um plano secundário, reprimindo-se diante de uma criação de outra ordem, mais vital. À primeira vista isso pode parecer estranho, mas no fundo faz sentido que o "dom da escrita" e o "dom da vida" tenham sido considerados coisas de valor quase igual naquela época e entre aquelas pessoas.

Assim, ao publicar a primeira edição de *Sejamos como o Sol*, Balmont escreveu uma dedicatória "a Modiést Dúrnov, artista que fez de sua personalidade a criação de um poema". Essas não eram palavras nem um pouco vazias naqueles tempos. Elas estão saturadas pelo espírito da época. Modiést Dúrnov, artista e poeta, passou pela arte sem deixar rastros. Alguns versos fracos, umas capas e ilustrações irrelevantes – e ponto. Mas a sua vida e personalidade geraram lendas. Um artista que criava um "poema" não na sua arte, mas na vida, era um fenômeno então legítimo. E Modiést Dúrnov não estava sozinho. Havia muitos como ele, inclusive Nina Petróvskaia. Seus dotes literários não eram grandes. Os dotes vitais eram incalculavelmente maiores.

De uma vida pobre e fortuita
Fiz um afã sem fim...

Ela teria todo o direito de dizer isso de si. Da própria vida realmente fez um afã sem fim, ao passo que da criação nada fez. Ela criou um "poema da própria vida" com mais engenho e fibra do que outros o fizeram. Devo acrescentar que um poema também foi criado a seu respeito. Mas disso falarei adiante.

***

Nina escondia a idade. Penso que ela nasceu por volta de 1880. Conhecemo-nos em 1902. Quando a encontrei ela já era uma aspirante à escritora. Creio que era a filha de um funcionário. Terminara o ginásio e depois fez um curso de odontologia. Foi noiva de um, casou com outro. Seus anos juvenis foram associados a um drama de que ela não gostava de lembrar. Em princípio, não gostava de recordar a primeira juventude, antes do começo do "período literário" de sua vida. O passado lhe parecia pobre e lamentável. Ela só se encontrou depois de frequentar os meios simbolistas e decadentes e participar do círculo do "Escorpião" e do "Grifo"[1].

Sim, ali se vivia uma vida especial, distinta da que ela tivera no passado. Talvez bem diferente de qualquer outra coisa. Tentavam transformar a arte em realidade e a realidade em arte. Os acontecimentos da vida, dada a imprecisão e a instabilidade das linhas que delineavam a realidade para aquelas pessoas, nunca eram vivenciados como acontecimentos da vida puros e simples; de imediato passavam a integrar o mundo interior e criativo. Ocorria também o inverso: o que era escrito por um passava

[1] Duas editoras do começo do século, que publicaram a produção simbolista. (N. do T.)

a ser um acontecimento da vida real para todos. Desse modo, realidade e literatura eram criadas por forças aparentemente coletivas, às vezes antagônicas, mas que mesmo no antagonismo serviam para unificar a todos os que ingressavam nesse estilo de vida incomum, naquela "dimensão simbólica". Parecia ser um caso autêntico de criação coletiva.

Viviam em tensão violenta, agitação eterna, exasperação e estado febril. Viviam em diversos planos simultâneos. Ao fim e ao cabo, estavam intrincados em uma complexa rede comum de amores e ódios, os pessoais como os literários. Logo Nina Petróvskaia se tornou um dos elos centrais, uma das amarras principais de tal rede.

Eu não seria capaz de "esboçar o seu caráter natural" como convém a um memorialista. Quando foi travar contato com os simbolistas de Moscou, em 1904, Blok escreveu para a mãe a respeito dela: "é muito gentil e bastante inteligente". Definições desse tipo sequer começam a desvendá-la. Conheci Nina Petróvskaia durante vinte e seis anos. Eu a vi boa e má, maleável e teimosa, covarde e ousada, obediente e voluntariosa, veraz e falsa. Só uma coisa permanecia imutável: no bem e no mal, na verdade ou na mentira, sempre, e em tudo, ela queria ir até o fim, o limite, a completude, e exigia o mesmo dos outros. "Tudo ou nada" bem poderia ser o seu lema. E foi a sua ruína. Mas não foi algo que nasceu nela por conta própria; foi inculcado pela época.

Da tentativa de fundir vida e criação artística em uma coisa só falei acima, definindo-a como a verdade do simbolismo. Tal verdade permanecerá depois que ele se for, embora não pertença somente a ele. É uma verdade eterna, apenas experimentada com mais profundidade e vividez pelo simbolismo. Mas dela emanou a mais grandiosa ilusão do simbolismo, o seu pecado mortal. Após proclamar o culto da personalidade, o simbolismo não se impôs qualquer missão, exceto o "autodesenvolvimento". Demandou que esse desenvolvimento se realizasse; mas como, em nome de quê, e em qual direção, ele não assinalou, não queria e nem saberia assinalar. De cada ingressante na ordem (e o simbolismo era em certo sentido uma ordem) exigia-se apenas ardor e movimento incessantes, tanto fazia em nome de quê. Todos os caminhos estavam abertos, com uma única obrigação, a de ir o mais rápido e longe possível. Este era o dogma único e fundamental. Quem quisesse podia louvar Deus e o Diabo. A obsessão estava liberada, tanto fazia com o quê. Exigia-se apenas que fosse uma *obsessão total.*

Daí a busca febril por emoções de todo tipo. Todas as "experiências" eram veneradas como bênçãos, desde que profusas e fortes. Dali decorria, por sua vez, a relação indiferente diante da consistência e da adequação dessas experiências. A "personalidade" se transformou em um cofrinho de experiências, uma sacola onde eram acumuladas as emoções catadas a esmo, os "instantes", na expressão de Briússov: "Colhamos os instantes, fazendo-os morrer".

A consequência última dessa sovinice emocional foi o vazio mais profundo. Os avaros cavaleiros do simbolismo morreram de fome espiritual montados em sacos de "experiências" acumuladas. Mas essa foi a consequência final. A mais imediata, percebida muito tempo antes, quase de saída, foi outra: a incessante aspiração de reconstruir o pensamento, a vida, as relações ou a própria conduta segundo o imperativo da "experiência" da vez levou os simbolistas a uma incessante atuação diante de si mesmos, a uma performance da própria vida, como se estivessem em um teatro de improvisações candentes. Sabiam que estavam atuando, mas a atuação se transformou em vida. Os preços a pagar não eram nada teatrais. "Esvaio-me em suco de groselha!", gritou o bufão de Blok. Mas às vezes o suco de groselha era sangue de verdade.

Decadência e decadentismo são noções relativas. Uma queda se define em relação à altura inicial. Por isso, não há sentido em aplicar o termo "decadência" à arte dos primeiros simbolistas.

Essa arte não era, em si mesma, uma forma de queda em relação ao passado. Mas os pecados que brotaram e se desenvolveram dentro do próprio simbolismo eram uma decadência, uma queda, em relação a ele. O simbolismo parecia ter nascido com esse veneno no sangue. Tal veneno circulava em graus variados por todas as personalidades do simbolismo. Em certa medida (ou a certa altura), todas elas foram decadentes. Do simbolismo, Nina Petróvskaia (e não só ela) tomou apenas a decadência. Logo teve vontade de representar a própria vida, e a esse plano essencialmente falso permaneceu fiel e dedicada até o fim. Ela foi uma autêntica vítima da decadência.

***

O amor dava ao simbolista ou ao decadente o acesso mais direto e rápido a um inesgotável poço de emoções. Bastava apaixonar-se, e a pessoa estaria abastecida de todos os objetos de primeira necessidade lírica: Paixão, Desespero, Júbilo, Desvario, Vício, Pecado, Ódio e outros. Por isso, todos estavam sempre apaixonados. Se não de verdade, pelo menos se convenciam de que estavam. A mínima faísca de qualquer símile de amor era alardeada com todas as forças. Não por acaso teciam loas até mesmo a coisas como o "amor ao amor".

O sentimento genuíno tem uma gradação que vai do amor eterno ao amorico passageiro. A própria noção de "amorico" era repugnante para os simbolistas. Eles estavam obrigados a extrair de cada amor um máximo de possibilidades emocionais. De acordo com o código estético-moral que mantinham, cada amor deveria ser fatal e eterno. Em tudo buscavam o superlativo. Se não conseguissem fazer com que o amor fosse "eterno", restava o desapaixonar-se. Mas cada fim e começo de paixão tinham de vir acompanhados de abalos profundíssimos, de tragédias interiores e até da reformulação de todas as concepções de mundo. Na verdade, era com esse objetivo que eles faziam tudo aquilo.

O amor e o conjunto de suas emoções correlatas deviam ser experimentados na intensidade e na completude máximas, sem nuances e impurezas ocasionais, sem os psicologismos detestáveis. Os simbolistas queriam nutrir-se com as mais robustas essências dos sentimentos. O sentimento verdadeiro é pessoal, concreto, irreproduzível. Um sentimento planejado ou forjado está desprovido destas qualidades. Ele se transforma na abstração de si mesmo, em uma ideia de sentimento. É exatamente por isso que com tanta frequência o escreviam com maiúsculas.

Nina Petróvskaia não era bonita. Mas, em 1903, era jovem, o que já é muito. Era "bastante inteligente", no dizer de Blok, e "sensível", como teriam dito, vivesse ela um século antes. O mais importante é que sabia muito bem "entrar no clima". Rápido tornou-se objeto de amores. Quem se apaixonou primeiro por ela foi um poeta que caía por absolutamente todas, sem exceção. Ele propôs-lhe um amor ferrenho e imolador. Recusá-lo era de todo impossível: entravam em ação o amor próprio satisfeito (o poeta estava ficando famoso), o medo de parecer provinciana e, mais importante, as lições sobre "os momentos", já devidamente assimiladas. Chegara a hora de começar a "ter experiências". Ela se convenceu de que também estava apaixonada. O primeiro romance cintilou e extinguiu-se, deixando uma borra desagradável em sua alma, algo parecido a uma ressaca. Nina decidiu "purificar a alma" já um tanto conspurcada pelo "orgiástico" poeta. Abdicou do "Pecado", envergou vestido preto e entregou-se à penitência. Na verdade, a penitência era cabível. Tratava-se, porém, mais de uma "experiência de contrição" do que de contrição autêntica.

Em 1904, Andréi Biély ainda era muito jovem, com seus cachos dourados, olhos azuis e charme desmedido. Os desvãos das redações de jornais rebentavam de rir com a sua prosa e poesia, admiráveis em função da novidade, da ousadia e às vezes dos lampejos de genialidade verdadeira. Como e por que esse gênio mais tarde se arruinou é outra história. Na época, tal infelicidade ainda não fora prevista.

Ele era adorado. Quando estava presente, tudo literalmente se transformava, cambiava-se e iluminava-se com a sua luz. Era realmente radioso. Parecia que todos, inclusive os que o invejavam, estavam meio apaixonados por ele. Até Briússov chegou a se enfeitiçar. Nina Petróvskaia decerto também se deixou levar pela admiração geral. Rapidamente esta passou a ser paixão, depois amor.

Ah, se naqueles tempos se pudesse amar pura e simplesmente, amar em nome do ser amado e de si mesmo! Mas era imperativo amar em nome de alguma abstração e tendo-a como pano de fundo. Nina estava assim obrigada a amar Andréi Biély em nome de uma vocação mística na qual tanto ele como ela se forçaram a crer. Ele tinha de aparecer perante Nina no esplendor de seu brilho, nada menos que isso, e nem digo que fosse um brilho falso, mas um... simbólico. Eles trajavam a verdade pequenina, aquele amor humano e simplesmente humano, com vestimentas de uma verdade incomparavelmente maior. No vestido negro de Nina Petróvskaia figurava um fio negro de contas de madeira e uma grande cruz negra. Cruz igual era portada por Andréi Biély.

Ah, se ele simplesmente houvesse deixado de amá-la ou simplesmente a houvesse traído! Mas não deixou de amá-la; o que fez foi "fugir da tentação". Fugiu, de modo a que o amor demasiado terra a terra de Nina não maculasse os alvos paramentos que ele trajava. Fugiu, de modo a emanar um brilho ainda mais ofuscante diante de uma outra, cujo nome, patronímico e mesmo o nome da mãe se amalgamavam para deixar simbolicamente patente que ela era a anunciadora da Mulher vestida de Sol. E os amigos dele, os místicos balbuciantes e cambaios, iam ter com Nina, e admoestavam, condenavam, ofendiam: "Senhora, você quase profanou o nosso profeta! Você está dispersando os cavaleiros da Mulher! Você está desempenhando um papel tenebroso! Quem a inspirou foi a Besta saída do abismo!"

E assim jogavam com as palavras, estropiando os significados e estropiando a vida. Mais tarde, estropiaram também a vida da própria Mulher vestida de Sol e a de seu marido, um dos poetas russos mais prezados.

Nesse meio-tempo Nina acabou abandonada e, ainda por cima, ultrajada. Era evidente que ela, como muitas mulheres relegadas, queria ao mesmo tempo se vingar de Biély e tê-lo de volta. Mas a história toda, uma vez caída na "dimensão simbólica", continuou a se desenrolar nesse âmbito.

***

Certa feita, no outono de 1904, eu disse de passagem a Briússov que via muita coisa boa em Nina.

– Ah, é?, ele atalhou, por exemplo, que ela é boa dona de casa?

Fazia questão de não reparar nela. Mas mudou de atitude tão logo ficou público o rompimento de Nina com Biély, pois alguém de sua posição não podia permanecer neutro.

Ele era um representante do demonismo. Esperava-se dele que "enlanguescesse e rangesse os dentes" perante a Mulher vestida de Sol. Consequentemente, foi então que Nina, a sua rival, de uma "boa dona de casa" se transformou em algo significativo e revestido de um halo demoníaco. Ele propôs-lhe uma aliança contra Biély. A aliança foi logo reforçada pelo amor mútuo. Seria o caso de repetir que tudo isso é bem compreensível e faz parte da vida. Acontece a toda hora. Compreende-se que Briússov a tenha começado a amar do jeito dele, e também se compreende que ela tenha involuntariamente buscado consolo ali, como um lenitivo para o orgulho magoado, e, naquela aliança, procurado uma forma de "se vingar" de Biély.

Naqueles tempos, Briússov praticava ocultismo, espiritismo e magia negra, provavelmente sem acreditar de verdade em nada daquilo, mas crendo nas práticas como tais, entendidas como um gesto que expressava um movimento espiritual específico. Penso que Nina encarava a questão exatamente do mesmo modo. É pouco provável que ela acreditasse que as suas experiências mágicas conduzidas sob a direção de Briússov fossem de fato devolver-lhe o amor de Biély. Mas ela as experimentou como uma genuína aliança com o diabo. Ela queria crer na própria bruxaria. Era uma histérica, o que talvez tenha sido fator especial de atração para Briússov. Ele sabia bem, baseado nas mais recentes fontes científicas (sempre respeitou a ciência), que na "grande era da bruxaria" as histéricas eram consideradas, e consideravam-se elas mesmas, bruxas. Se, "à luz da ciência", as bruxas do século XVI eram histéricas, então, no século XX, Briússov tentou transformar uma histérica em bruxa.

Entretanto, desprovida de fé especial na magia, Nina procurou recorrer a outros métodos. Na primavera de 1905, Biély fez uma conferência no pequeno auditório do Museu Politécnico. No intervalo, Nina Petróvskaia se aproximou dele e tentou disparar uma Browning à queima-roupa. O revólver falhou; foi tirado das mãos dela no ato. É notável que ela nunca tenha realizado um segundo atentado. Certa vez ela me disse (muito tempo depois).

– Que Deus o tenha. Afinal, verdade seja dita, eu o matei naquele dia, no museu.

Não me espantei nem um pouco com aquele "verdade seja dita". Era assim que se confundiam e mesclavam a imaginação e a realidade nas consciências das pessoas.

Aquilo que se tornara o foco da vida de Nina era para Briússov apenas uma série de "momentos". Uma vez recolhidas todas as emoções resultantes de uma dada situação, ele se punha a escrever. No romance *O anjo ígneo* descreveu a história inteira com boa dose de artifício literário, representando Andréi Biély sob o nome de conde Heinrich, Nina Petróvskaia como Renata e ele mesmo como Ruprecht[2].

No romance, Briússov cortou todos os elos existentes nas relações entre os personagens. Ele inventou um desfecho e escreveu um "fim" na história de Renata, antes que o conflito vital presente na base do romance fosse resolvido na vida real. Nina Petróvskaia não morreu com a morte de Renata. Para a primeira, pelo contrário, o romance continuou a se arrastar desenganado. O que para Nina seguiu sendo a vida, para Briússov era um enredo batido. Ele achava maçante ter de reviver infindavelmente sempre os mesmos capítulos. Começou a se distanciar cada vez mais de Nina. Começou a viver novas histórias de amor, menos trágicas. Começou a dedicar mais e mais tempo a assuntos literários e a toda sorte de reuniões, procuradas com sofreguidão. Até o regaço doméstico (ele era casado) começou, em alguma medida, a atraí-lo.

Isso foi um novo golpe para Nina. Naquela altura, a bem dizer (já estávamos por volta de 1906), o desgosto sofrido em função de Biély estava mais domado; arrefecera. Mas ela se apegara ao papel de Renata. Tinha à frente agora um perigo tremendo – perder Briússov também. Tentou repetidas vezes recorrer ao método empregado por muitas mulheres. Experimentou reter Briússov despertando-lhe o ciúme. Os romances fugazes (com os "passantes", como ela dizia) de que lançou mão causaram repulsa e desespero nela mesma. Desprezava e ofendia os tais "passantes". Tudo foi em vão, porém. Briússov passou

---

[2] Em 1934, em Moscou, a editora "Academia" publicou um pequeno livro de poemas selecionados de Briússov. O apêndice fornece "Materiais para uma biografia" preparados pela sua esposa, que confirma que o *Anjo Ígneo* está baseado em um "episódio" real. (N. do A.)

a tratá-la com frieza. Às vezes ele tentava se valer das traições dela para romper a relação de uma vez por todas. Nina passava de um extremo ao outro, ora amando Briússov, ora odiando-o; mas, em todos os extremos, abandonava-se ao desespero. Caía largada no sofá dois dias a fio, sem comer ou dormir, a cabeça coberta com um lenço preto, a chorar. Os encontros com Briússov aparentemente transcorriam em clima não muito melhor. Às vezes ela era acometida por acessos de fúria. Arrebentava os móveis, quebrava objetos, arremessando-os "qual petardos de uma catapulta", à imagem do que fora dito em descrição de cena similar no *Anjo Ígneo*.

Recorreu em vão às cartas, depois ao vinho. Por fim, já na primavera de 1908, experimentou morfina. Então fez de Briússov um morfinômano, e esta foi a sua verdadeira vingança, embora não consciente. No outono de 1909 adoeceu seriamente em função da morfina e quase morreu. Quando melhorou um pouco, decidiram que ela iria para o exterior, "para o exílio", segundo suas palavras. Eu e Briússov a acompanhamos até a estação. Estava partindo para sempre. Sabia que nunca mais veria Briússov. Partia ainda convalescente, com um médico a acompanhá-la. Isso foi a 9 de novembro de 1911. Vivera em meio aos velhos sofrimentos moscovitas durante sete anos. Estava partindo para encontrar novos sofrimentos, fadados a durar outros dezesseis.

Não sei dos detalhes de suas errâncias no estrangeiro. Sei que da Itália ela foi para Varsóvia, depois a Paris. Foi ali, acho que em 1913, que certo dia ela se jogou da janela de um hotel no bulevar Saint-Michel. Fraturou a perna, que ficou mal curada e a deixou manca.

A guerra flagrou-a em Roma, onde ela viveria até o outono de 1922 na miséria mais atroz, ora tomada por crises de desespero, ora sucumbindo a uma resignação depois trocada pelo desespero ainda mais violento. Vivia de caridade, pedia esmolas, costurava roupa de baixo para soldados, escrevia roteiros para uma atriz de cinema, passava fome. Bebia. Por vezes chegou aos níveis mais profundos de rebaixamento. Converteu-se ao catolicismo. "Meu nome novo e secreto, inscrito em certa passagem dos indeléveis manuscritos de San Pietro, é Renata", foi o que ela escreveu para mim.

Passou a detestar Briússov. "Eu sufocava em minha desgraça, sabedora de que agora ele não podia me alcançar e de que outras estavam sofrendo. Como eu iria saber quem eram essas outras, já que naquela época ele já havia acabado com a Lvova... Eu continuava a viver mesmo assim, vingando-me dele em cada movimento e em cada pensamento".

Para cá, a Paris, ela veio na primavera de 1927, após cinco anos de uma existência miserável em Berlim. Veio completamente indigente. Aqui ela encontrou não poucos amigos. Ajudaram-na como puderam e às vezes até mais do que podiam. Por vezes conseguiam arrumar trabalho para ela, mas de trabalhar já não era capaz. Em meio a uma perpétua intoxicação, embora preservando a razão, ela já estava compactamente situada no outro lado da vida.

***

No diário de Blok há uma estranha anotação datada de 6 de novembro de 1911:

Nina Ivánovna Petróvskaia está "morrendo". Essas notícias lhe haviam chegado de Moscou, mas por que ele colocou entre aspas a palavra "morrendo"?

Nina estava realmente morrendo naquele tempo. Era a mesma doença que teve antes da partida da Rússia, a qual eu comentei acima. Blok pôs a palavra "morrendo" entre aspas porque encarou a notícia com incredulidade irônica. Estava ciente de que desde

1906 Nina Petróvskaia fazia voto contínuo de morrer e de se matar. Ela viveu vinte e dois anos com a ideia ininterrupta de morte. Às vezes até fazia troça consigo mesma:

A mãe de Ustiúchkin
As botas ia bater
Mas neca de morrer
Só passou um tempo ruim

Consulto agora as cartas que ela escreveu. 26 de fevereiro de 1925: "Acho que não aguento mais". 7 de abril de 1925: "Você provavelmente pensa que eu morri? Ainda não". 8 de junho de 1927: "Juro a você que não pode haver outra saída". 12 de setembro de 1927: "Só mais um pouquinho e não precisarei de posto ou de trabalho". 14 de setembro de 1927: "Dessa vez devo morrer logo".

Isso está nas cartas do período final. As do período anterior não tenho em mãos. Mas sempre foi a mesma coisa, em cartas ou em conversa.

Mas o que a impedia, então? Creio saber o motivo.

A vida de Nina era um improviso lírico, com o qual, simplesmente adaptando-se aos improvisos parelhos, feitos por outros personagens, buscava criar algo de coerente e "fazer um poema da própria personalidade". O fim de sua personalidade, assim como o fim do poema que tratava dela, era a morte. Na verdade, o poema fora concluído em 1906, o exato ano em que o enredo de *O anjo ígneo* se interrompe. A partir de então, em Moscou e nas errâncias pelo exterior, Nina desfiou um epílogo torturante e assombroso, conquanto inútil e desprovido de movimento. Nina não temia abreviá-lo, mas não o podia. A intuição da artista que criava a vida como poema lhe sugeria que o fim deveria estar relacionado com algum acontecimento final, com a ruptura de um último fio que a amarrasse à vida. Esse acontecimento veio, enfim.

A partir de 1908, morta a mãe, Nina ficou encarregada de cuidar da irmã mais nova, Nádia, uma criatura portadora de deficiência física e mental (havia sofrido um acidente na infância: queimou-se inteira com água fervente). Friso que retardada ela não era, caracterizando-se, entretanto, por quietude e resignação extremas. Dava um dó insuportável vê-la, dedicada como era à irmã mais velha, ao ponto de total abandono de si mesma. Por certo não tinha qualquer tipo de vida pessoal. Em 1909, quando deixou a Rússia, Nina levou-a consigo, e a partir daquele momento Nádia compartilhou com a irmã todas as agruras da vida no exterior. Era a única e última criatura a ter uma ligação real com Nina, e era a única ligação desta com a vida.

O outono inteiro de 1927 Nádia passou adoentada, tão silente e imperceptível como sempre viveu. Morreu com a mesma quietude, no dia 13 de janeiro de 1928, de um câncer no estômago. Nina foi ao necrotério do hospital onde Nádia estivera internada. Espetou o diminuto cadáver da irmã com um alfinete, e depois, com o mesmo alfinete, espetou a própria mão. Queria se infectar com as toxinas cadavéricas e morrer da mesma morte. A mão começou por inchar-se, mas depois sarou.

Nina costumava me visitar durante essa época. Certa vez passou três dias em minha casa. Conversava comigo naquela estranha língua dos anos noventa, uma língua que um dia nos conectara e que compartilháramos, mas que, desde então, eu praticamente desaprendera.

Com a morte de Nádia a última frase do epílogo arrastado foi afinal escrita. Dali a pouco mais de um mês, Nina Petróvskaia colocou-lhe um ponto final com a própria morte.

Versalhes, 1928.

BRIÚSSOV

Quando o vi pela primeira vez, ele tinha vinte e quatro anos, e eu, onze. Eu estudava no ginásio com o seu irmão mais novo. A aparência dele abalou a ideia que eu fazia dos "decadentes". Em lugar de um sujeito pelado e desgrenhado, de cabelo lilás e nariz verde (assim eram os "decadentes", de acordo com o folhetim *As notícias do dia*), vi um rapaz modesto, de bigodinho curto e cabelo aparado, vestindo um paletó de corte ordinário e gola de algodão. Era o tipo de rapaz que vendia artigos de armarinho na rua Sriétenka. Briússov está retratado precisamente como um jovem desses na fotografia inserida no primeiro volume de suas obras publicadas pela editora Sírin.

Depois, ao me recordar do jovem Briússov, percebi que o maior engenho de seus poemas escritos naquela época consistia exatamente na combinação do exotismo decadentista com o mais cândido espírito pequeno-burguês moscovita. A mistura era bem apimentada, a fratura era drástica, e a dissonância, cortante, mas por isso mesmo os livros iniciais de Briússov (os escritos antes de *Tertia Vigilia*, este incluído) são os seus melhores, os mais incisivos. O monte de fantasias tropicais cabe às margens do rio Iáuza, e a transvaloração de todos os valores, ao bairro da Sriétenka[3]. Até hoje gosto mais do autor "ignorado, ridicularizado e estranho" de *Chefs d'oeuvre*[4] do que do Briússov

[3] Rio e bairro de Moscou. (N. do T.)

[4] Nome da primeira coletânea de poemas de Briússov, publicada em 1895 (o título do original era em francês). (N. do T.)

consagrado. Gosto de que esse rapaz ousado, pronto a comentar de passagem que

odiava a pátria,

se mostrasse capaz, ao mesmo tempo, de recolher das ruas um gatinho sarnento e de acalentá-lo com carinho infinito no próprio bolso enquanto prestava os exames públicos.

***

O avô de Briússov, que nascera em meio camponês e trazia Kuzmá por nome, fazia bons negócios em Moscou. Era proprietário de um comércio bastante próspero. O produto comerciado vinha do estrangeiro: rolhas. Os negócios passaram dele para o filho Aviva e depois para os netos, os Avivovitches. O letreiro pendurado acima das instalações da empresa, numa das travessas entre a Ilinka e a Varvárka, ainda estava inteiro no outono de 1920. Quase de cara para essa empresa, de través, situava-se o escritório do tabelião P. A. Sokolóv. No começo dos anos noventa, por iniciativa de Briússov, sessões espíritas eram organizadas ali. Eu estive numa das últimas, no começo de 1905. Estava escuro, um tédio só. Quando íamos embora, Valéri Iákovlevitch disse:

– As forças espíritas serão estudadas no futuro; quem sabe até encontrem uma aplicação técnica para elas, similar à do vapor e à da eletricidade.

Naquela época, entretanto, o seu entusiasmo com o espiritismo já havia esfriado, e, suponho, estava encerrada a colaboração na revista *Rébus*.

Realmente não sei por quê o negócio de rolhas de Kuzmá Briússov foi passado somente para Aviva. Por que Kuzmá cismou de excluir do testamento Íakov Kuzmitch, o segundo filho?

Creio que este tinha alguma culpa aos olhos do pai. Era um livre-pensador, um sonhador, gostava de cavalos, viajou a Paris e até escrevia versos. Ainda por cima, promovia assíduas libações em honra de Baco. Quando o conheci ele já estava bem velho. Tinha uma cabeleira grisalha e desgrenhada e usava um sobretudo gasto. Era casado com Matriona Aleksándrovna Bakúlina, mulher muito boa, meio excêntrica, mestra no rendilhado e no jogo de "préférence". A história do namoro e do casamento de Iákov Kuzmitch foi descrita por seu filho no conto "O noivado de Dacha". O próprio Valéri Iákovlevitch às vezes assinava os seus artigos com o pseudônimo "V. Bakúlin". Na maioria dos casos eram textos polêmicos, sobre os quais dizia-se estarem em regra compostos por *argumenta baculina*.

Excluída do testamento a empresa comercial, Kuzmá Briússov ignorou Iákov Kuzmitch também na parte do espólio relativa à casinha localizada no bulevar Tsvetnói, em frente ao circo Solomónski. Essa casa passou diretamente para Valéri e Aleksándr Iákovlevitch, os netos do legatário. Ali morou toda a família dos Briússov até o outono de 1910. Ali Iákov Kuzmitch faleceu em janeiro de 1908. Matriona Aleksándrovna viveu quase treze anos a mais depois da morte do marido

A casa do bulevar Tsvetnói era velha e pesadona, cheia de mezaninos e puxadinhos, de quartos sombrios e de escadas de madeira rangentes. Havia nela uma saleta, cuja parte central estava separada das alas por dois arcos. Fornos semicirculares margeavam estes arcos. As sombras ramificadas produzidas pelas largas palmeiras e pelo cerúleo das janelas refletiam-se nos azulejos dos fornos. Essas palmeiras, fornos e janelas fornecem a decifração real de um dos poemas iniciais de Briússov, proclamado em sua época o cúmulo do *nonsense*:

Sombra de incompleta obra
Vai nos sonhos embalada
Feito as pás de uma latânia
Nas paredes esmaltadas...
(...)
Desnudo, sobe o crescente
Em luar azul-anil... etc.[5]

Em um canto do salão havia um piano de cauda. Cadeiras em estilo vienense ladeavam as paredes, de onde dois ou três quadros embaciados pendiam em molduras douradas. O salão servia também de sala de jantar. Bem no centro, sobre a mesa extensível, coberta por um pano de mesa quadriculado, despontava uma tigela; o aposento cheirava à sopa de repolho. Iákov Kuzmitch saía de seu quarto soturno acompanhado da prezada jarrinha de conhaque. Segurando o copo com a mão trêmula por sobre o prato ele derramava o conhaque na sopa. Misturava-o no prato, fisgando o repolho desde o fundo com a colher. Balbuciava, cheio de culpa:

– Não faz mal, vai tudo para o mesmo lugar.

E entornava o copo, depois de brindar com B. V. Kaliújny, hoje também finado.

---

[5] Publiquei em 1914, na revista *Sófia*, uma análise detalhada desse poema. Briússov disse para mim, quando nos encontramos posteriormente:

- Você fez um comentário muito interessante sobre o meu poema. A partir de agora, eu mesmo vou explicá-lo assim. Até então eu não o havia compreendido.

Ao dizê-lo, começou a rir e me olhou nos olhos com os seus olhos risonhos e pícaros, pois sabia que eu não acreditaria nele e nem queria que eu acreditasse. Também sorri, e separamo-nos. Naquela mesma noite, ele disse a alguém, aumentando o tom da voz para que eu escutasse:

- Hoje mesmo, eu e V. F. estivemos conversando sobre augúrios...

Mas nunca falamos de tal assunto. (N. do A.)

Valéri Iákovlevitch não costumava aparecer na metade da casa ocupada pelos pais. Ele tinha um apartamento próprio na mesma edificação, onde residia com a mulher, Ioanna Matvéievna, e com Bronislava Matviéievna Runt, sua cunhada, que foi por um tempo secretária da *Viesý* [A balança] e do *Skorpión*. O mobiliário do apartamento tendia ao estilo *art nouveau*. O diminuto escritório de Briússov era bem-fornido de estantes de livros. Sempre de uma atenção excepcional para com os visitantes, Briússov, não fumante naquela época, mantinha fósforos na escrivaninha. Todavia, como forma de prevenir as desatenções dos hóspedes, a caixa de fósforos metálica ficava amarrada a uma cordinha. Nas paredes do escritório e da sala de jantar havia quadros de Chestiórkin, um dos primeiros decadentes russos, bem como desenhos de Fidus, Brunelleschi, Feofiláktov e outros. O conhecimento que Valéri Iákovlevitch tinha de pintura era escasso, mas ele tinha lá as suas predileções. Por algum motivo, preferia Cima da Conegliano a todos os demais artistas da Renascença.

Houve época em que nesse apartamento ocorreram as famosas quartas-feiras, nas quais se gestou o destino do modernismo; senão o da Rússia, pelo menos e com certeza o de Moscou. Na minha tenra juventude eu ouvira rumores sobre elas, mas não ousava sequer sonhar em penetrar em tal santuário. Somente no outono de 1904, na condição de estudante novinho em folha, foi que recebi um convite por escrito de Briússov. Enquanto tirava o casaco no saguão, entreouvi a voz do anfitrião:

– É bem provável que para cada pergunta exista não uma, mas várias respostas verdadeiras, talvez até oito. Quando sustentamos haver apenas *uma* verdade, ignoramos temerariamente outras sete inteiras.

Essa reflexão perturbou muito um dos convidados, um belo estudante de olhos azuis e cabelos claros e bastos. Quando entrei no escritório, o estudante estava cruzando o aposento a passos lépidos e dançantes, falava como se possuído por uma excitação jubilosa, passando de um baixo profundo a um alto finíssimo, ora quase se agachando, ora se erguendo na ponta dos pés[6]. Era Andréi Biély. Vi-o pela primeira vez naquela noite. Outro convidado, também estudante, um moreno rubicundo e robusto, estava sentado na poltrona, de pernas cruzadas. Tratava-se de S. M. Soloviόv. Não havia outros convidados: as "quartas" já iam em declínio.

Na sala de jantar Biély recitou (seria mais exato dizer que cantou) seus poemas, publicados depois em versão revisada n'*As Cinzas*: "Às minhas costas, a cidade trovejante", "Os prisioneiros" e "Mendicante". Havia algo deveras encantador no modo como ele fazia uma leitura e em toda a sua feição naqueles idos. Depois de Biély, S. M. Soloviόv leu o "Espero a morte junto à alvorada", poema que recebera de Blok. Briússov fez uma crítica severa ao último verso. Depois ele mesmo leu dois poemas novos: "Adão e Eva" e "De Orfeu para Eurídice". Então S. M. Soloviόv leu os seus próprios versos. Briússov analisou detidamente os poemas lidos. A avaliação realizada era rigorosamente formal. Não prestou a mínima atenção ao sentido dos versos e pareceu enfatizar que os encarava como exercícios de manual escolar, nada mais do que isso. Fiquei surpreso e atônito com essa atitude professoral diante de poetas tão independentes como já o eram Biély e Blok àquela altura. No entanto, Briússov a preservou para sempre, até onde pude observar.

A conversa continuou na hora do chá. Percebi que analisar os poemas do próprio Briússov não era aceitável. Eles deveriam ser acolhidos como mandamentos. Por fim, veio aquilo que

---

[6] Com o passar dos anos, esses traços foram se tornando mais fortes nele, e, perto do fim da vida, assumiram algumas tonalidades caricatas. Aqui, aparentemente, manifestava-se a sua semelhança com o pai. A esse respeito, veja-se as memórias do prof. N. I. Storójenko. (N. do A.)

eu temia: Briússov me propôs que eu lesse "os meus". Recusei, horrorizado.

***

Briússov era o líder dos modernistas nos anos noventa. Como poeta, muitos o colocavam abaixo de Balmont, Sologub e Blok. Mas estes eram muito menos homens de letras que Briússov. Além disso, nenhum deles dava tanta premência à questão do lugar que ocupavam na vida literária. Já Briússov queria criar um "movimento" e encabeçá-lo. É por isso que a feitura e a condução de uma "falange", o fardo da luta contra os opositores, o trabalho de estratégia e organização, tudo isso recaía primeiramente sobre Briússov. Ele fundou a *Skorpión* e a *Viesý* e as regia como um autocrata; metia-se em polêmicas, firmava alianças, declarava guerras, unia e separava, pacificava e disputava. Controlando múltiplos fios visíveis e ocultos, sentia-se o capitão de uma nau literária e conduzia os seus afazeres com magna diligência. Para além das inclinações naturais, a consciência da responsabilidade pelo destino da embarcação incitava a sua autoridade. Às vezes a tripulação principiava a se amotinar. Briússov a domava com um brado soberano, muito embora fosse obrigado a fazer concessões esporádicas de caráter "constitucional". Em seguida, ele bem sabia como dissolver ou paralisar o seu "parlamento" por meio de intrigas internas. Assim procedendo, só fazia fortalecer a sua própria autocracia.

Briússov era completamente alheio ao sentimento de igualdade. Talvez aí tenha influído o meio pequeno-burguês de onde ele saiu. Para o burguês é muito mais fácil se desdobrar em rapapés do que, por exemplo, o aristocrata ou o operário. E, na mesma medida, o desejo de humilhar os outros, quando surge a oportunidade, assalta o burguês feliz com mais força do que o operário ou o aristocrata. "Cada macaco no seu galho" ou "você sabe com quem está falando"? eram ideias trazidas por Briússov diretamente do bulevar Tsvetnói para os meios literários. Sabia tanto comandar como obedecer. Manifestar independência significava fazer para sempre um inimigo na pessoa de Briússov. O jovem poeta que não o fosse procurar para avaliação e beneplácito podia ter certeza de que nunca seria perdoado por isso. Marina Tsvetáieva serve de exemplo. Bastava que surgisse uma revista ou editora amigável, cuja direção não estivesse em mãos de Briússov, para que ele incontinenti promulgasse um decreto proibindo os funcionários da *Skorpión* de colaborarem com elas. Foi assim que primeiro se proibiu a participação no *Grif* [O Grifo], depois em *Iskússtvo* [A arte] e em *Pereval* [A Passagem].

O poder necessita de paramentos. E gera adulação. Briússov esforçou-se por estar cercado de lacaios – e infelizmente encontrou gente apropriada para o cargo. Suas aparições sempre tinham um arranjo teatral. Não respondia nem sim nem não aos convites que lhe eram feitos; só restava esperar e torcer para que comparecesse. Na hora designada ele não aparecia. Então começavam a chegar os integrantes do séquito. Lembro bem como certa vez, em 1905, numa casa "literária", anfitriões e convidados conjecturaram aos sussurros durante uma hora e meia sobre se ele apareceria ou não.

Perguntavam a cada um que acabava de chegar:

– Sabe se Valéri Iákovlevitch virá?

– Eu o vi ontem. Ele disse que viria.

– E para mim disse hoje de manhã que estava ocupado.

– E para mim disse hoje às quatro da tarde que viria.

– Eu o vi às cinco. Não virá.

E cada um tentava demonstrar que conhecia as intenções de Briússov melhor do que os demais, porque estava mais próximo dele.

Enfim Briússov aparecia. Ninguém encetava conversação com ele. Só respondiam se o próprio tomasse a iniciativa.

As saídas eram igualmente misteriosas: desaparecia de uma hora para outra. É famosa a história de sua partida da casa de Andréi Biély, quando, antes de sair, subitamente apagou a luminária e deixou os presentes nas trevas. Ao reacender das luzes, Briússov não estava mais no apartamento. No dia seguinte, Andréi Biély recebeu estes versos:

"Para Balder, de Loki"[7]

Mas o último rei do mundo
É sombra, sombra em meu favor!

***

Ele tinha um jeito notável de cumprimentar com a mão. Realizava uma ação estranha. Briússov estendia a mão à pessoa. Esta estendia a própria. No segundo exato em que as mãos deveriam se tocar, Briússov resolutamente puxava a dele de volta, recolhia os dedos formando um punho e o pressionava contra o ombro direito, enquanto ele mesmo, com os dentes levemente arreganhados, cravava com o olhar a mão do conhecido pairando no ar. Então a mão de Briússov baixava, e com a mesma resolução agarrava a mão estendida. Consumava-se o cumprimento, mas o hiato ocorrido, ainda que instantâneo, causava uma prolongada sensação de desconforto. A pessoa ficava achando que havia metido a mão na hora errada. Percebi que Briússov se valia deste estranho procedimento somente nas primeiras fases do relacionamento e o aplicava com frequência especial quando travava

---

[7] Deuses da mitologia escandinava. (N. do T.)

contato com poetas iniciantes, provincianos de passagem ou novatos na literatura e nos círculos literários.

Nele, a polidez refinada (embora puramente formal) se unia ao amor por hierarquia, controle e intimidação. Quem não gostasse que fosse para outro lugar. Os outros iam sôfregos compor o séquito obediente que Briússov não se fazia de rogado em utilizar para fortalecer a sua influência, poder e carisma. Eles chegavam a um grau de servilismo anedótico. Certa vez, por volta de 1909, eu estava sentado num café do bulevar Tverskói com A. I Tiniakóv, escritor de poemas medíocres sob o pseudônimo de "Solitário". Meu interlocutor, levemente bêbado, proferiu um longo discurso, a cujo final ele expeliu literalmente o seguinte:

– Vladislav Felitsiánovitch, isso é o que acho do Senhor Deus: pfu! (aqui ele cuspiu de um modo nada simbólico no painel verde da janela multicolorida). Se ele fosse Valéri Iákovlevitch, aí sim mereceria glória, honra e veneração!

Gumilióv me contou que esse mesmo Tiniakóv gritou, num acesso de clarividência sacrossanta, enquanto os dois comiam em um barco-restaurante e olhavam para o Nievá:

– Olhe, olhe! Valéri Iákovlevitch vem caminhando por sobre as águas desde a margem de lá!

***

Ele não gostava das pessoas porque, sobretudo, não as respeitava. Esse foi, sem dúvida, o caso em seus anos de maturidade. Na juventude, parece que apreciava Konievskói. Não via Z. N. Guíppius com maus olhos. Não há outros nomes a mencionar. Seu amor por Balmont, tantas vezes enfatizado, dificilmente poderia ser chamado amor. Na melhor das hipóteses era o assombro de Salieri perante Mozart. Ele gostava de dizer que Balmont era seu irmão.

M. Volóchin disse certo dia que as origens desses sentimentos fraternais remetiam a uma antiguidade profunda, quiçá ao próprio Caim. Na juventude, talvez ele tenha gostado também de Aleksandr Dobroliúbov, mas depois, quando este seguiu pelo caminho do cristianismo e do populismo, Briússov deixou de aguentá-lo. Dobroliúbov levava uma vida errante. Às vezes ia a Moscou e morava alguns dias na casa dos Briússov. Partilhava certas ideias religiosas com Nadiéjda Iákovlevna, a irmã de Briússov. Praticava o vegetarianismo, andava com um cajado e chamava a todos "irmãos" e "irmãs". De uma feita deparei com Briússov no círculo artístico-literário. Eram duas da manhã. Briússov jogava *chemin de fer*. Fiquei surpreso.

– Não há nada a fazer, disse Briússov. Sou um homem sem lar. Dobroliúbov está hospedado na nossa casa.

Não voltava para casa enquanto Dobroliúbov não "partisse".

Borís Sadovskói, homem bom e inteligente, cuja circunspecção seca escondia um coração generoso, sentia-se constrangido com a lírica amorosa de Briússov; apelidava-a poesia de alcova. Nesse ponto ele não tinha razão. Há uma tragicidade profunda no erotismo de Briússov, mas não de tipo ontológico, como queria pensar o próprio autor, mas psicológico. Como não amava ou prezava as pessoas, nunca amou qualquer uma das mulheres com quem calhou de "arrojar-se ao leito". As mulheres dos poemas de Briússov são idênticas como duas gotas d'água: isso ocorre porque ele não amou, distinguiu ou conheceu uma única delas. É possível que realmente tenha respeitado o amor. Mas não reparou nas suas amantes.

Nós, tal ministros do sagrado
Fazemos os ritos...

Estas são palavras terríveis, porque, se "rito" for, não fará diferença alguma para quem os pratica. "Sacerdotisa do amor" é uma expressão dileta de Briússov. A questão é que o rosto da sacerdotisa permanece oculto, e um rosto humano ela não tem. Pode-se substituir uma sacerdotisa por outra, o "rito" continuará a ser o mesmo. Sem conseguir encontrar, sem saber encontrar uma pessoa no meio de todas essas "sacerdotisas", Briússov grita, tomado pelo horror:

Tremendo, eu abraço um cadáver!

E o amor que ele sente sempre se transforma em tortura:

Onde estamos? Na terrível mentira,
Ou estamos na roda da morte?

***

Ele amava a literatura, e somente ela. Amava a si mesmo também, mas só em nome da literatura. A bem dizer, ele cumpriu piedosamente os votos feitos nos anos de juventude: "não ames, não simpatizes, só a ti adora-te sem limites" e "veneres a arte, somente a ela, sendo íntegro e desobrigado". Esta arte sem outros fins era o seu ídolo, para o qual ele fez alguns sacrifícios humanos e, há que se reconhecer, o próprio. Via a literatura como uma deusa impiedosa em eterna demanda de sangue. Achava que ela se personificava em um manual de história da literatura. Ele era capaz de idolatrar tal tijolo acadêmico como se este fosse uma pedra sagrada, a encarnação de Mitra. Em dezembro de 1903, no exato dia em que completou trinta anos, me disse literalmente o seguinte:

– Quero viver de maneira que existam duas linhas sobre mim na história universal da literatura. E elas existirão.

Certa vez a falecida poetisa Nadiéjda Lvova comentou com ele que não gostava de alguns de seus poemas. Briússov arreganhou o sorriso mau e afetuoso tão presente na memória de muita gente e respondeu:

– Só que eles serão aprendidos de cor nas escolas, e mocinhas que nem você serão punidas se não os aprenderem direito.

Ele não queria erigir nos corações humanos um monumento "que não foi feito por mãos humanas"[8]. Queria abrir à força um caminho "nas épocas", só por despeito: com as duas linhas inscritas na história da literatura (de forma cabal), com o choro das crianças punidas por desconhecerem Briússov e, enfim, com a estátua de bronze erguida em seu bulevar Tsvetnói natal.

***

O romance com Nina Petróvskaia foi um suplício para os dois, mas Nina foi a parte que sofreu especialmente. Tendo concluído o *Anjo ígneo*, ele dedicou o livro a Nina, e na dedicatória referiu-se a ela como alguém que "muito amou e por amor morreu". Mas morrer de fato, ele mesmo não queria. Uma vez esgotado esse fio de enredo, no sentido vital e no literário, desejou tomar distância e retornar aos confortos domésticos, aos pastéis roliços e corados de que era grande apreciador, preparados por mão zelosa. Era com insensibilidade deliberada que ele demonstrava o seu desejo de romper com tudo para sempre.

Uma grande amizade me ligava a Nina. Os boatos moscovitas asseveravam tratar-se não apenas de amizade. Ríamos bastante da segurança com que se manifestavam e, para falar a verdade, às vezes até os fortalecíamos deliberadamente, por pura perversidade. Eu conhecia e acompanhava os sofrimentos de Nina, e

---

[8] Alusão ao primeiro verso de um famoso poema de Púchkin, que começa com essas palavras. (N. do T.)

em dois momentos falei acerca deles com Briússov. Por ocasião da segunda conversa eu lhe disse algo tão ofensivo que aparentemente nem à Nina ele contou o que fora dito. Cortamos as nossas relações. Porém, dali a seis meses, Nina aparou as arestas. Fingimos que a briga não existiu.

No outono de 1911, depois de ter uma doença grave, Nina resolveu ir embora de Moscou para sempre. Veio o 9 de novembro, dia da partida. Dirigi-me até a estação Aleksandróvski. Nina já estava instalada no vagão ao lado de Briússov. No chão jazia uma garrafa de conhaque destampada (aquela era, por assim dizer, a bebida "nacional" do simbolismo moscovita). Bebiam direto do gargalo, em meio a choro e abraços. Também eu tomei um trago, os olhos cheios de lágrimas. Era igual a uma despedida de recrutas convocados para uma guerra. Nina e Briússov sabiam que estavam se separando para sempre. Arrematamos a garrafa. O trem começou a se movimentar. Eu e Briússov saímos da estação, sentamos no trenó e em silêncio fomos juntos até o monastério Strastnói.

Era por volta das cinco horas. Naquele dia, a mãe de Briússov celebrava o dia do seu santo. A famosa casa no bulevar Tsvetnói tinha sido vendida cerca de um ano e meio antes daquele dia, e Valéri Iákovlevitch alugou um apartamento mais confortável na Piérvaia Meschánskaia número 32 (foi ali que ele faleceu). Já a mãe, Matriona Aleksándrovna, mudou-se com alguns membros da família para a Pretchístenka, nas cercanias da igreja da Assunção-em-Moguíltsy. À noite, depois de ter me despedido de Nina, fui para lá prestar os meus cumprimentos.

Cheguei por volta das dez. O grupo já estava reunido. A aniversariante jogava *préference* com Valéri Iákovlevitch, a esposa deste e Evguénia Iákovlevna.

Um Valéri Iákovlevitch caseiro, aconchegado e bonachão, com um corte de cabelo feito entre a estação ferroviária e a festa de aniversário, cheirando levemente a tônico capilar, o conjunto iluminado pelo suave tremeluzir das velas, disse com um olhar sorridente:

– Veja você em que circunstâncias tão diferentes nos vimos hoje!

Não respondi. Briússov, abrindo então resolutamente as cartas em leque, como se dissesse "Ah, mas você não entende uma piada?", perguntou brusco:

– E o que você faria no meu lugar, Vladisláv Felitsiánovitch?

A pergunta supostamente se referia ao baralho, mas ela tinha um significado escuso adicional. Olhei para o carteado de Briússov e disse:

– Em minha opinião, você deve jogar os ouros simples.

Fiz silêncio e depois acrescentei:

– E agradecer a Deus se conseguir se dar bem.

– Bom, prefiro jogar sete de paus.

E jogou.

***

Na minha vida, joguei um bom tanto de cartas, conheci muitos jogadores, os amadores e os profissionais. Penso que na hora do jogo as pessoas se dão a conhecer muito bem; em todo caso, no mesmo grau que por meio da escrita. Não se trata de uma questão de dinheiro. A própria maneira de conduzir o jogo, de lançar e pegar as cartas da mesa, todo o estilo de jogar, tudo isso diz muito sobre o parceiro a um olhar experiente. Devo apenas observar que as noções de "bom parceiro" e "boa pessoa" quase nunca coincidem inteiramente. Ao contrário, chegam a se opor em certos respeitos. Há aspectos da boa pessoa que são inaceitáveis no carteado; por outro lado, quando observamos um parceiro excelente, muitas vezes pensamos que seria bom guardar distância dele na vida real.

Briússov jogava os jogos de azar de um modo muito – como eu diria? – não exatamente tímido, mas sim obtuso e indigente. Revelava-se a ausência de fantasia, a incapacidade de adivinhar, a insensibilidade em relação ao elemento irracional que o praticante de jogos de azar deve aprender a controlar de modo a dominá-los, tal qual o mago sabe dominar os espíritos. Briússov passava a vez diante dos espíritos do jogo. Era uma mística inacessível a ele, como toda sorte de mística. Seu jogo era desprovido de inspiração. Sempre perdia e ficava zangado, não pelo dinheiro perdido. Mais precisamente por ter penetrado numa espécie de floresta em que outras pessoas conseguiam ver o que acontecia. Ele invejava os jogadores bem-sucedidos com o mesmo ódio que certa feita sentiu pelos adoradores da Bela Dama:

Eles A veem! Eles A escutam!

Mas ele não escutava nem via.

Em compensação, jogava maravilhosamente bem os jogos "comerciais", como a *préference* e o *vint*[9]. Era ousado, criativo e original. Sabia encontrar a inspiração no turbilhão dos cálculos. O processo de fazer as contas lhe dava grande prazer. Em 1916 ele me confessou que às vezes, "só por diversão", resolvia problemas de álgebra e trigonometria tirados de um velho compêndio de ginásio. Amava a tábua de logaritmos. Proferiu um "panegírico" inteiro ao capítulo do manual de álgebra no qual se falava de permutações e combinações.

Na poesia ele amava as mesmas "permutações e combinações". Trabalhou anos a fio com admirável obstinação e denodo em um livro que nunca ficava – e dificilmente poderia ficar – pronto.

[9] Jogo de cartas russo, semelhante ao bridge ou ao uíste. (N. do T.)

Ele queria apresentar uma série de contrafações poéticas, de estilizações que contivessem pequenos exemplos da "poesia de todos os tempos e povos"! No livro deveriam figurar alguns milhares de poemas. Briússov queria se estrangular mil vezes no altar da amada Literatura, em nome do "esgotamento de todas as possibilidades" e em reverência piedosa diante das permutações e combinações.

Tendo escrito para o livro *Todos os cantos* (construído segundo o mesmo plano) um ciclo de poemas a propósito dos diversos métodos de suicídio, ele passou a inquirir repetidamente os conhecidos sobre o conhecimento de outros expedientes "omitidos" pelo seu catálogo.

Com o mesmo sistema de "esgotamento de possibilidades" escreveu ele um livro pavoroso, o *Experimentos*, uma coletânea de exangues exemplos de todos os metros e estrofes. Desconsiderando a própria pobreza rítmica, orgulhava-se da riqueza métrica superficial.

Como ele festejou quando "descobriu" que na literatura russa não havia um poema escrito em puros peônios de primeira classe! E como foi singela a sua aflição quando eu disse que tinha escrito um poema assim e que ele fora publicado, só que não entrara nas minhas coletâneas.

– E por que não entrou? Ele perguntou.

– Era ruim, respondi.

– Mas teria sido o único exemplar na história da literatura russa!

Em outra ocasião, não fui eu o responsável por decepcioná-lo. Em acréscimo às rimas *smiért-jerd-tvierd*, amplamente utilizadas, ele encontrou uma quarta, *umilossiérd*[10], e rápido escreveu um

[10] As três primeiras palavras são, respectivamente, "morte", "vara" e "firmamento"; a quarta é "apiedai". (N. do T.)

soneto com elas. Felicitei-o, mas S. V. Chervínski, que acabara de chegar, disse que Viatcheslàv Ivánov já havia usado o *umilossiérd*. Briússov instantaneamente ficou murcho e taciturno.

***

Talvez na vida tudo seja um meio
A versos cálido-cantantes...

Este dístico de Briússov foi citado muitas vezes. Vou narrar um acontecimento que não está relacionado diretamente com essas linhas, mas sim com o pensamento que elas exprimem.

No começo de 1912, Briússov apresentou-me a Nadiéjda Grigórievna Lvova, poeta iniciante que ele passou a cortejar logo após a partida de Nina Petróvskaia. Se não me engano, quem o apresentou a Lvova foi uma dama idosa que figurou na poesia de Briússov no começo dos anos noventa. Essa senhora estimulou enfaticamente a nova paixão.

Nádia Lvova não era bonita, mas estava longe de ser feia. Os seus pais moravam em Siérpukhov; ela frequentava cursos em Moscou. Os poemas que escrevia eram muito verdes, estavam demasiado sob a influência de Briússov. Difícil pensar que ela tivesse um grande dom poético. Mas era moça de natureza inteligente, simples, sincera e bastante tímida. Era muito corcunda e sofria de um pequeno defeito na fala: não conseguia pronunciar a letra "k" no começo das palavras. Dizia "ak" em lugar de "kak", ou "otóry" e "injal"[11].

Os dois ficamos amigos. Tentou de todo modo me aproximar de Briússov, levando-o com frequência à minha casa e indo com ele me visitar na datcha[12].

---

[11] *Kak* (como), *kotóry* (o qual) e *kinjal* (punhal). (N. do T.)

[12] Casa de veraneio típica da Rússia. (N. do T.)

A diferença de idade entre ela e Briússov era grande. Ele, encabulado, tentava parecer mais moço, e buscava a companhia de poetas jovens. Escreveu um livrinho de versos no espírito de Ígor Severiánn e dedicou-o a Nádia. Não se decidiu a publicar esse livro com o próprio nome, e ele acabou aparecendo com o título ambíguo de *Poemas de Nelly: com um soneto introdutório de Valéri Briússov*. O autor calculava que as palavras "poemas de Nelly" seriam entendidas pelos não-iniciados como "poemas compostos por Nelly". E assim ocorreu: o público e muitos escritores caíram no logro. Em realidade, o implícito era que a palavra "Nelly" não estava no caso genitivo, e sim no dativo: eram versos para Nelly, dedicados a Nelly. Este o nome que Briússov usava para Nádia quando não havia ninguém por perto.

Com ela repetiu-se em parte a história de Nina Petróvskaia. Não houve conciliação possível com a duplicidade de Briússov, dividido entre ela e o regaço doméstico. A partir do verão de 1913 ela começou a se sentir muito triste. Briússov sistematicamente versou-a nas ideias de morte e de suicídio. Um dia ela me mostrou um revólver, presente de Briússov. Era exatamente o mesmo Browning com o qual, oito anos antes, Nina atirara em Andréi Biély. Em uma noite do fim de novembro, creio que no dia 23, Lvova telefonou a Briússov e pediu-lhe que fosse imediatamente vê-la. Ele disse que não podia, que estava ocupado. Então ela telefonou ao poeta Vadim Cherchenévitch e disse: "estou muito angustiada, vamos ao cinema". Cherchenévitch não podia, tinha convidados. Às onze horas, ligou para mim, mas eu não estava em casa. No meio da noite, matou-se com um tiro. De manhã cedo me contaram o que aconteceu.

Dali a uma hora, Cherchenévitch telefonou e disse que a mulher de Briússov pedira que fossem feitos todos os esforços para que os jornais não publicassem detalhes indesejáveis. Briússov não era a minha preocupação, mas eu não queria que os repórteres escarafunchassem a história de Nádia. Concordei em ir ao *Rússkie Viédmosti* [As notícias russas] e ao *Rússkoe Slovo* [A palavra russa].

Nádia foi enterrada no pobre cemitério Miússkoie em um dia de frio e nevasca. Muita gente compareceu. À beira da cova aberta, de braços dados, estavam os pais de Nádia, vindos de Siérpukhov, velhos, pequeninos, atarracados, ele vestindo um capote surrado, com revestimento verde, e ela de casaco de pele velho e chapéu comprimido na cabeça. Ninguém ali os conhecia. Uma vez coberta a sepultura, eles passaram a ir ter com as pessoas presentes, os braços dados do mesmo modo como estavam antes. Apertaram mãos e agradeceram com vivacidade afetada, sussurrando alguma coisa por entre os lábios trêmulos. Agradeceram o quê, exatamente? Uma parcela de participação no crime de Briússov cabia a muitos de nós que vimos tudo e não ajudamos a salvar Nádia. Os infelizes anciãos não sabiam disso. Quando se aproximaram de mim, saí de soslaio, não ousei olhá-los nos olhos, não tinha o direito de confortá-los.

No dia seguinte à morte de Nádia, o próprio Briússov fugiu para Petersburgo, e de lá foi para Riga, a algum tipo de casa de repouso. Passado algum tempo regressou a Moscou, já com a ferida espiritual sanada e com novos poemas escritos, dos quais muitos eram dedicados a um novo "encontro" feito no sanatório... No subsequente encontro de quartas-feiras da "Estética Livre", realizado no refeitório do Círculo Artístico-Literário, durante um jantar de que participou "a Moscou inteira" – escritores e suas esposas, jovens poetas, artistas, mecenas e patronesses -, ele propôs uma audição de seus novos poemas. Todos prenderam a respiração – e não foi à toa. Já o primeiro poema foi uma declaração. Não lembro dos detalhes, apenas que era uma variação sobre o tema:

Jaza em paz morto no sepulcro,
A vida goze enquanto vivo,

e cada estrofe começava com as palavras "paz aos mortos!". Tendo ouvido umas duas estrofes, abandonei a mesa e fui para a porta. Briússov interrompeu a leitura. Puseram-se a me pedir que sossegasse. Todos entendiam o teor do poema e exigiam que eu não atrapalhasse o divertimento.

Depois que a porta se fechou, comecei a lamentar a minha ida ao *Rússkoe Slovo* e ao *Rússkie Viédomosti*.

***

Ele tinha um amor louco e excêntrico por reunir-se em comissões, e mais ainda por presidir essas reuniões. Quando se reunia, realizava um ofício religioso. Resoluções, retificações, votações, estatutos, pontos, parágrafos eram palavras que afagavam os seus ouvidos. Abrir a sessão, encerrar a sessão, passar a palavra, tirar a palavra de alguém "pelos poderes conferidos ao presidente", soar o sininho, debruçar-se todo íntimo sobre o secretário e lhe pedir que "anotasse na pauta", tudo isso era um deleite, um "teatro para si mesmo", um aperitivo daquelas duas linhas futuras na história da literatura. No período entre 1907 e 1914 ele se reunia três vezes por dia, precisando ou não. Sacrificava consciência, amigos e mulheres a tais reuniões. No fim dos anos noventa ou no começo do século, ele, o decadente, notório por chocar os burgueses, amante de tudo o que era "depravado" e "estranho", deliberou, na condição de proprietário de imóvel, concorrer à eleição para a duma municipal – a duma da cidade de Moscou daqueles anos! No posto de presidente da direção do Círculo Artístico-Literário, confabulava durante horas com o mordomo sobre o tema do prato a ser servido no dia seguinte.

No outono de 1914, teve a ideia de celebrar as suas duas décadas de atividade literária. I. I. Troianóvski e a senhora Nemiónova-Lunts, a musicista, compuseram a comissão organizadora. No jantar servido depois da reunião ordinária da "Estética Livre", o lugar de Briússov na mesa estava enfeitado de flores. Os organizadores do jubileu se revezaram a exortar pessoas variadas a proferir um discurso. Ninguém disse uma palavra sequer – a hora era inapropriada. Briússov foi então para Varsóvia trabalhar como correspondente de guerra do *Rússkie Viédomosti*. Não abandonou a ideia de fazer uma comemoração.

Ele era antissemita. Quando uma das irmãs se casou com S. V. Kíssin, um judeu, ele não só se recusou categoricamente a comparecer ao casamento, como sequer parabenizou os recém-casados, e depois não cruzou o umbral da porta deles nem uma única vez. Isso foi em 1909.

Na altura de 1914 as relações haviam amainado um pouco. Samuil Víktorovitch, então mobilizado para a guerra, tornara-se funcionário de um órgão de saúde na mesma Varsóvia em que Briússov residia e trabalhava como correspondente. Eles encontravam-se de vez em quando.

Após o fracasso do jubileu moscovita, Briússov decidiu celebrá-lo, nem que fosse em Varsóvia. Alguns escritores poloneses aquiesceram em fazer as honras. Mais tarde ele me contou:

- Os poloneses são antissemitas bem mais consequentes que eu. Quando quiseram me prestar homenagem, eu bem teria convidado Samuil Víktorovitch, mas eles o riscaram da lista e disseram que não dividiriam a mesa com um judeu. Fui obrigado a abrir mão do prazer de ver Samuil Víktorovitch na minha comemoração, mesmo tendo até apontado que, afinal, ele era um poeta e meu parente.

Abrir mão do prazer de comemorar o seu jubileu ele não poderia.

No fim das contas, celebrou o malsinado jubileu em Moscou, em dezembro de 1924. A solenidade ocorreu no Teatro Bolchói. Pela cidade foram colados cartazes convidando a todos os interessados. Em letras mais graúdas que o nome do próprio Briússov assinalava-se "a participação de Maksím Górki". Apesar de os organizadores e, claro, o próprio Briússov saberem perfeitamente bem que Górki estava em Marienbad e não tivesse planos de ir à Rússia.

***

Como e por que ele se tornou comunista?

No passado ele compartilhara as ideias do mais vulgar membro das Centúrias Negras. Na época da guerra russo-japonesa andava por aí falando de conspirações maçônicas e dinheiro japonês.

Em 1905, denunciou os socialistas o máximo que pode, manifestando um nível de ignorância caricatural. Certa vez disse:

– Sei o que é o marxismo: roube o que puder e compartilhe maridos e mulheres.

Deram-lhe o "Programa de Erfurt" para ler. Quando terminou, afirmou secamente:

– Bobagem.

Isto que escrevo são memórias, não um artigo crítico. Por isso, direi apenas de passagem que poemas "de esquerda", tais como o famoso "Punhal", no fundo não contêm qualquer tendência esquerdista. "O poeta sempre está com o povo quando ruge a tempestade" é um programa literário e estético, não político. Karamzin, nas *Cartas de um viajante russo*, fala de um aristocrata alinhado aos jacobinos. Às perguntas perplexas que lhe eram endereçadas ele respondia:

– *Que faire? J'aime les t-t-troubles.*

(O aristocrata era gago).

Estas palavras poderiam servir de epígrafe a todos os poemas radicais de Briússov emanados do período de 1905. Também o famoso "O pedreiro" não expressava os pontos de vista do autor. É uma estilização, uma imitação, um tipo de exercício poético exatamente igual à cançoneta infantil publicada na mesma ocasião, versando sobre a varinha mágica, ou à canção dos cobradores ("Contribuam, benfeitores, com o novo sino") e outros poemas nessa veia. "O pedreiro" não expressava os pontos de vista do próprio Briússov tanto quanto a "Canção australiana", escrita à guisa de "esgotar temas e possibilidades":

Cangurus pulavam rápido
Eu ainda mais.
Canguru era bem gordo
E eu o devorei.

A origem verdadeira de "O pedreiro" é puramente literária. Consiste, nada mais, nada menos, na redação revisada de um poema escrito antes do nascimento de Briússov. Foi publicado com o mesmo título em *O alaúde*, uma antiga antologia estrangeira de poemas russos proibidos. Desconheço quem seja o autor.

Enquanto os folhetinistas escreviam artigos sobre a conversão do "esteta" Briússov ao "social", aquele aprendia, no sótão de sua casa, a atirar de revólver, "caso os grevistas venham me roubar". Na redação da *Skorpión* travaram-se conversas que serviram de base a Serguei Kretchetov para a composição de poemas não muito brilhantes, mas perspicazes:

Encontravam-se às terças-feiras,
Falando sabiamente
Ideavam chacinas com o zelador
Do Metrópole[13].

[13] Metrópole (Metropol) é um importante hotel de Moscou onde se reunia a redação da *Skorpion*. (N. do T.)

(...)
Tão comoventes, às terças-feiras,
Na confluência dos gostos,
Compunha com o velho zelador
Valeri Briússov.

Na mesma época, o seu irmão mais novo escreveu um poema latino apostrofando-o:

Falsus Valerius, duplex lingua!

Em 1913 ele foi convidado a ser o editor da seção literária do *Rússkaia Mysl* [O pensamento russo], e um dia disse:

– Na qualidade de um dos editores do *Rússkaia Mysl* estou inteiramente de acordo com Piotr Berngardovitch (Struve) quanto às questões políticas.

Mais tarde, às vésperas da Revolução de Fevereiro, durante um banquete realizado em Tíflis por armênios que homenageavam Briússov e seu trabalho como redator da antologia *A poesia da Armênia*, ergueu-se e, para imenso constrangimento dos presentes, ofereceu um brinde "à saúde de Sua Majestade, o Imperador, líder soberano de nosso exército". Quem me contou isso foi P. N. Makintsian, organizador do banquete e futuro compilador do famoso *Livro vermelho da Tcheká* (foi fuzilado em 1937).

***

Briússov desprezava a democracia. A história da cultura que ele venerava era uma história de "criadores", de semideuses que se destacavam da multidão, desprezando-a e sendo por ela detestados. Julgava que toda espécie de democracia não passava de utopia ou de oclocracia, o reino dos ignaros.

Considerava os absolutismos forças construtivas que preservam e geram a cultura. O poeta, por conseguinte, deve sempre estar ao lado do poder constituído, qualquer que este seja, desde que devidamente apartado do povo. Enquanto "remador da nau trirreme", para ele

tanto faz
a César arrastar ou a um pirata.

Todos os poetas foram poetas de corte: na época de Augusto e de Mecenas, dos Luíses, de Frederico, Catarina, Nicolau I e outros. Esse era um de seus pensamentos preferidos.

Por isso, foi monarquista durante o reinado de Nicolau II. Por esse motivo, na expectativa de que o Governo Provisório "domasse a chusma" e se apresentasse como um "poder forte", ansiava por presidir comissões e, a fim de apoiar os princípios de defesa nacional, escreveu e publicou em 1917 uma pequena brochura de capa rosa intitulada "Como acabar com a guerra?", cuja epígrafe era *Si vis pacem para bellum*. A ideia geral da brochura era "guerra até a vitória final".

Depois de "outubro" ele caiu em desespero. No começo de novembro eu conversava na casa do poeta K. A. Lipskerov com certa dama que sempre começava suas frases com as palavras "Valéri Iákovlevitch disse que". Quando o anfitrião saiu da sala para cuidar do chá, a dama acompanhou a sua partida com um olhar cauteloso e, inclinando-se para mim, sussurrou:

– Valéri Iákovlevitch disse que agora a judeuzada vai nos governar.

Não me encontrei com Briússov naquele inverno, mas me contaram que ele estava em estado de depressão e pranteava a iminente morte da cultura. Foi somente no verão de 1918, após a dissolução da assembleia constituinte e o começo do terror, que ele melhorou de ânimo e se declarou comunista.

Mas essa atitude fazia todo o sentido, pois ele encontrou diante de si um "poder forte", uma das faces do absolutismo, e o reverenciou. Parecia ser uma defesa eficaz o suficiente contra o demos, a chusma, a turba ignara. Não custava nada se declarar marxista, pois, desde que houvesse poder, tanto fazia em nome do quê se manifestar.

No comunismo ele reverenciou uma nova autocracia, a qual, do seu ponto de vista, talvez fosse até melhor do que a antiga, já que no fim das contas ele tinha mais acesso pessoal ao Krêmlin do que a Tsárskoie Seló. Pois a antiga autocracia não tinha qualquer política oficial de patrocínio das artes, ao passo que a nova queria ter postura ativa nesse sentido. Briússov viu a possibilidade de influir diretamente nos assuntos literários. Sonhou que os bolcheviques lhe abririam a oportunidade longamente esperada de que "dirigisse" a literatura por meio de medidas administrativas duras. Se isso acontecesse mesmo, poderia comandar os escritores só na base do grito, sem se meter em intrigas ou precisar fazer alianças com eles. E o monte de reuniões, estatutos e deliberações! E a enorme esperança de que a história da literatura diria: "em tal e tal ano ele deu uma guinada de tantos graus na literatura russa". Esse era o ponto em que os interesses pessoais coincidiam com as ideias.

***

Tal sonho não se realizou. Posto que conseguiram manter a literatura submissa, os comunistas preferiram preservar para si mesmos a ditadura, e não a transferir a Briússov, que no fundo permanecia sendo um estranho para eles e, apesar de tudo o que fazia, um indivíduo inconfiável. Atribuíram-lhe alguns postos mais ou menos insignes, embora não especialmente decisórios. Ele desempenhou as tarefas com a correção férrea que sempre caracterizava o seu trabalho, qualquer que fosse. "Presidiu" e "coordenou" com todas as suas forças.

Isolou-se dos meios literários mais enfaticamente do que estes o haviam feito em relação a ele. Quando se formou em Moscou uma união dos escritores, Briússov tratou-a com mais dureza e intransigência do que as utilizadas pelos verdadeiros bolcheviques. Lembro de uma história específica a esse respeito. No episódio do desmantelamento do Círculo Artístico-Literário, a biblioteca que o compunha foi requisitada e, como de praxe, saqueada. Os livros ficaram na alçada do Soviete de Moscou, e a União dos Escritores solicitou que fossem transferidos para ela. Kámenev, então presidente do Soviete, concordou. Tão logo Briússov soube disso, expressamente emitiu seu protesto e passou a exigir que a biblioteca fosse dada ao Lito, uma entidade completamente morta que ele coordenava. Eu era membro da direção da União e fui incumbido de tentar convencer Briússov a abrir mão de suas demandas. De imediato, peguei o telefone e liguei para Briússov. Depois de me ouvir, respondeu:

– Não o entendo, Vladisláv Felitsiánovitch. Você se dirige a um funcionário da alta administração pública e tenta convencê-lo a agir contra os interesses da instituição a ele confiada.

Quando ouvi falar de "funcionário da alta administração pública" e de "instituição confiada" já não pude mais continuar a conversa. A biblioteca foi levada para o Lito.

Infelizmente, o zelo de Briússov pelo trabalho ia bem mais longe do que isso. Em março de 1920 adoeci em função da desnutrição e da vida num porão sem aquecimento. Após passar quase dois meses de cama e de ter me sentido mal durante todo o verão, no fim de novembro decidi me mudar para Petersburgo, onde me prometeram um quarto seco. Em Petersburgo fiquei de cama outro mês, e, visto que lá também não havia nada para comer, passei a tomar providências para que a minha ração de escritor fosse transferida de Moscou a Petersburgo. Para esse fim tive de gastar uns bons três meses de esforços inacreditáveis, ao longo dos quais esbarrava o tempo inteiro com um obstáculo invisível, mas claramente perceptível. Somente passados dois anos soube por Górki que o obstáculo era um papel depositado no Centro Acadêmico de Petersburgo. Nesse papel Briússov comunicava secretamente que eu não era um indivíduo confiável. O notável é que nem mesmo "por dever de ofício" isso fazia parte de suas responsabilidades[14].

***

Apesar de toda a dedicação, os bolcheviques não o tinham em boa conta. Quando podiam, recriminavam-no pelo antigo vínculo com a literatura "burguesa". Os poemas que ele escrevia em completa conformidade com os pontos de vista das autoridades eram, entretanto, inúteis, pois não serviam para a agitação direta. Sucedia que, mesmo escrevendo a partir de temas de encomenda e palavras de ordem, Briússov permanecia liberto no quesito da forma. Penso que uma pesquisa formal cuidadosa a ser feita sobre os poemas comunistas de Briússov demonstrará neles a um intenso trabalho interior visando a romper a antiga harmonia e a "ser aquinhoado com novos sons". Briússov lançou

---

[14] O falecido crítico Iúri I. Aikhenvald, expulso da Rússia em 1922, escreveu para mim posteriormente: "Quanto a Briússov... Eu mesmo seria o último disposto a idealizá-lo. Ele me fez muita coisa ruim e, quando juntou forças com os poderes constituídos, vingou-se de mim de modo baixo, isto é, pecuniário, por uma resenha negativa que fiz dele num dos meus artigos antigos. A minha própria expulsão – sei disso com certeza, de uma fonte segura – se deu com a ingerência dele" (carta de 5 de agosto de 1926). (N. do A.)

mão de uma cacofonia consciente para conquistar essa meta. Se estava certo ou não, ou se conseguiu atingir o objetivo, essa já é uma outra história. Mas foi precisamente a existência desse trabalho o que deixou seus poemas super-requintados a ponto de ficarem rígidos, dificilmente assimiláveis, inacessíveis para o entendimento primitivo. Não eram adequados como material de agitação, portanto Briússov não tinha qualquer serventia no seu papel de poeta. Restava o Briússov-empregado-fiel que eles enxotavam de "posto" a "posto" e às vezes deixavam, conscientemente ou não, numa situação ridícula. Assim, por exemplo, em 1921, Briússov acumulou uma função elevada no Narkomprós[15] com um serviço não menos importante no Gukón, isto é, na Administração Geral de Equinocultura[16]. E o que fez, então? Lançou-se com toda a honestidade também a esse trabalho e, em sintonia com a NEP[17], chegou a intervir na imprensa para conduzir uma campanha em prol do restabelecimento das casas de apostas.

Briússov evidentemente percebia a sua solidão total. Uma pessoa próxima a ele me contou, no começo de 1922, que ele estava muito sozinho, muito soturno e deprimido.

Creio que ele estava viciado em morfina já desde 1908. Tentou abandoná-la, mas não conseguiu. No verão de 1911, o doutor G. A. Koiranski teve êxito em afastá-lo da droga por

[15] Comissariado (espécie de ministério) popular da educação. (N. do T.)

[16] Por mais estranho que possa parecer, alguma lógica ali havia: as primeiras linhas publicadas por Briússov foram dois artigos sobre cavalos em uma das revistas especializadas, a *Trote* e *Galope* ou a *Equinocultura* e *Esporte*. O pai de Briússov, como mencionei, era entusiasta de cavalos. Certa vez vi as cartas escritas por Briússov na infância para a mãe, repletas de assuntos e impressões relacionados ao turfe. (N. do A.)

[17] NEP é a sigla para Nova Política Econômica, que consistia na utilização de algumas práticas capitalistas a fim de reaquecer a economia. Foi implementada por Lênin a partir de 1921. (N. do T.)

um tempo, mas, ao fim e ao cabo, a tentativa deu em nada. A morfina se tornou indispensável para ele. Lembro que em 1917, por ocasião de uma conversa, notei que Briússov paulatinamente caía numa espécie de torpor, chegando quase a adormecer. Por fim, se levantou, fez uma incursão rápida ao quarto vizinho e voltou rejuvenescido.

No fim de 1919, calhou de eu substituí-lo num de seus serviços. Reparei na gaveta vazia da mesa que ele ocupava e ali encontrei uma agulha de seringa e um pedaço de jornal com manchas de sangue. Nos seus anos finais, frequentemente caía adoentado, por intoxicação, segundo consta.

Mesmo solitário e torturado, obteve uma felicidade inesperada. Perto do fim de seus dias tomou a seus cuidados o jovem sobrinho de sua mulher e o tratou com a mesma afeição dispensada outrora ao gatinho. Voltava para casa abarrotado de doces e brinquedos. Desenrolava um tapete e ficava brincando com o garoto no chão.

Quando li as notícias sobre a morte de Briússov, pensei que fosse suicídio. Talvez ele acabasse desse jeito, caso a própria morte não se houvesse antecipado.

Sorrento, 1924.

ANDREI BIÉLY

Em 1922, em Berlim, Andréi Biély me deu uma nova edição de *Petersburgo*, na qual escreveu: "com o sentimento de amor concreto e de uma ligação por toda a vida".

Se não foi por toda a vida, ao menos por dezenove anos o destino nos uniu em diversos caminhos ideológicos, literários e existenciais. Eu passava longe de compartilhar todos os pontos de vista de Biély, mas ele teve uma influência maior em mim do que todas as outras pessoas que conheci. Eu não pertencia à mesma geração dele, mas esta ainda estava jovem e ativa quando a conheci. Muitas pessoas e circunstâncias que desempenharam um papel relevante na vida de Biély foram as mesmas que o fizeram em relação a mim.

Por motivos variados, não posso aqui e agora contar tudo o que sei e penso de Biély. Mas, por via deste breve relato, menos que satisfazer a curiosidade do leitor de atualidades, desejo preservar alguns esboços autênticos para a história literária, que já vem tratando, e no futuro tratará com ênfase ainda maior, da época do simbolismo como um todo e de Andréi Biély em particular. Esse desejo me obriga a ser rigorosamente fiel à verdade. Considero que tenho o dever (nada fácil) de excluir da narrativa os pensamentos hipócritas e os circunlóquios. Que não se espere de mim uma imagem icônica ou didática. Representações desse tipo são daninhas para a história. Estou convicto de que são também imorais, pois apenas uma imagem verdadeira e integral de uma pessoa notável é capaz de revelar o que há de melhor nela. A verdade nunca será baixa, porque nada existe acima da verdade. Ao "engano edificante" de Púchkin devemos contrapor a *verdade edificante*: cabe aprender a prezar e a amar a pessoa notável com todas as suas fraquezas, às vezes até mesmo em função dessas próprias fraquezas.

Uma pessoa assim não necessita de adornos. Ela exige de nós algo muito mais difícil: uma compreensão integral.

***

Eu ainda não viera a este mundo quando despontou em Moscou pelo bulevar Pretchístenski, acompanhado de uma governanta e de um cachorrinho, um menino de beleza incomum – Bória[18] Bugáiev, filho de um professor de matemática famoso na Europa, pelos trabalhos científicos; entre os universitários moscovitas, pelas excentricidades anedóticas e pela fenomenal cabeça de vento; no ambiente dos ginasianos, pelo manual de aritmética com o qual eu mesmo posteriormente aprendi. Os cachos dourados tombavam pelos ombros do menino e seus olhos eram azuis. Ele rolava um aro dourado com uma vara dourada pela estradinha dourada. À maneira da eternidade, essa "criança que brinca" rola o círculo dourado do sol. A imagem infantil de Biély está ligada à imagem do sol.

O professor Bugáiev comentava nessa época: "Espero que Bória saia a cara da mãe e a inteligência do pai". Por trás desse gracejo escondia-se um drama familiar que nada tinha de engraçado. O professor não era apenas um excêntrico. Era o detentor de um rosto verdadeiramente monstruoso. Certo dia, durante um concerto (já no começo dos anos noventa), N. Ia. Briússova, irmã do poeta, cutucou Andréi Biély com o cotovelo e lhe perguntou: – Veja só que figura! Você sabe quem é esse macaco? – É

[18] Hipocorístico de "Borís. (N. do T.)

o meu papai, respondeu Andréi Biély com aquele sorriso largo e afável de perfeita satisfação, beirando a felicidade, o sorriso com o qual gostava de responder as perguntas desagradáveis.

A sua mãe era muito bonita. Em um evento em homenagem a Turguêniev, acharam por bem assentar ao redor do insigne escritor as maiores beldades moscovitas. Estas eram Ekaterina Pávlova Letkóva, mais tarde Sultánova, colaboradora do *Rússkoe Bogátstvo* [A riqueza russa], por quem Boborýkin esteve perdidamente apaixonado anos a fio, e Aleksandra Dmítrievna Bugáieva. Elas estão sentadas lado a lado também na famosa pintura de K. E. Makóvski, "O casamento da boiarda", no qual a própria nubente é inspirada em Aleksandra Dmítrievna, e uma das damas de honra, em Ekaterina Pávlovna. O pai de Biély eu nunca vi; a mãe só conheci idosa, uma mulher um tanto roliça, com vestígios de beleza indubitável e trejeitos de uma coquete inveterada. Um dia, ao acompanhar uma parente à costureira, encontrei Aleksandra Dmítrievna. Ela soerguia a ampla saia de tafetá com as pontinhas dos dedos, rodopiava diante do espelho e repisava: "De verdade, eu ainda não sou de se jogar fora!". Em 1912, tive a oportunidade de observar que o seu coração continuava a não ser alheio às comoções.

A discrepância física dos noivos correspondia à divergência interior. Eles não se compatibilizavam nem por inteligência nem nos interesses em comum. A situação era das mais corriqueiras: o marido feioso, relaxado e mergulhado em abstrações e a esposa linda e coquete açodada pelos desejos mais "mundanos". Essa era a fonte da discórdia também costumeira em tais casos, expressa em brigas violentas a propósito de qualquer pretexto. Bória estava presente quando elas ocorriam.

Biély mais de uma vez falou abertamente do caráter autobiográfico de Kótik Letáiev. Contudo, quando lemos atentamente a prosa tardia de Biély, descobrimos sem maiores esforços que o mesmo conflito familiar serve de trama para *Petersburgo*, *Kótik Letáiev*, *O crime de Nikolai Letáiev*, *O chinês batizado*, *O excêntrico de Moscou* e *Moscou sob ataque*. São todos variantes do drama outrora desenrolado no lar dos Bugáiev. Não só a configuração dos personagens, mas as imagens distintivas do pai, da mãe e do filho se repetem até o mínimo detalhe. A representação menos parecida com a realidade está em *Petersburgo*. Em contrapartida, nos romances subsequentes chega-se a um grau de precisão quase fotográfico. Quanto mais maduro Biély ia se tornando, mais obstinadamente ele retornava a essas recordações da infância e maior importância elas adquiriam a seus olhos. A começar por Petersburgo, todas as propostas políticas, filosóficas e cotidianas dos romances de Biély recuam para um segundo plano diante das questões autobiográficas e no fundo não passam de pretexto para que o autor ressuscite na memória e vivencie novamente impressões marcantes da infância[19]. Não só os nervos, mas a própria imaginação de Andréi Biély foi para sempre marcada e, ouso dizer, abalada pelas, como ele dizia, "tempestades da vida" que desabaram na casa dos Bugáiev. Tais tempestades tiveram a mais profunda influência no caráter de Biély e em toda a sua vida.

Ele sentia-se uma folhinha ou um grão de areia no meio dessas tormentas domésticas, cindido entre o pai, um horrendo deus do trovão envolto na nuvem de fuligem negra que subia da lamparina de querosene arrojada ao solo, e a mãe leviana e charmosa, atraindo para si ira e perdição, tal como os pecadores habitantes de Sodoma e Gomorra. O sentimento primordial que nele residia era este: temia o pai e o odiava em segredo, atingindo um nível fortíssimo de ódio. Não é por acaso que os crimes reais ou potenciais contra o pai (inclusive as tentativas de

---

[19] Abordei a identidade entre a vida real e os personagens e situações nos romances de Andriéi Biély no meu artigo "Ableúkhovs, Letáievs, Koróbkins". Ver: *Sovremiénnye Zapíski*, 1927, número 31. (N. do A.)

parricídio) constituem a base do enredo de todos os romances mencionados. Da mamãzinha ele tinha pena e chegava quase ao ponto da êxtase sensual por ela. Mas embora esses sentimentos preservassem toda a argúcia inicial, foram se complexificando no decorrer dos anos com outros sentimentos, mais contraditórios. O ódio ao pai, mesclado ao respeito pela sua inteligência e ao deslumbramento respeitoso diante dos espaços cósmicos e abstrações matemáticas que de súbito se revelaram pelo intermédio paterno, transformou-se em amor. A paixão pela adorada mãe convivia com a imagem desabonadora que Biély fazia de sua inteligência e com a repulsa instintiva por sua carnalidade acentuada e picante.

Cada acontecimento na família Bugáiev era submetido a avaliações contraditórias por parte do pai e da mãe. O que era aceito e elogiado pelo pai era recusado e condenado pela mãe, e vice-versa. Sentindo-se "dilacerado" entre os dois, segundo a sua própria expressão, Biély experimentou a cada passo todas as justezas e injustiças respectivas dos pais. Todo fenômeno se mostrava ambíguo e exibia dois lados e dois sentidos. No começo, a duplicidade o punha em um impasse e o assustava. Com o passar do tempo, Biély se habituou e a transformou no seu modo de relacionamento com as pessoas, os acontecimentos e as ideias. Passou a amar a compatibilidade do incompatível, a tragicidade, a complexidade das contradições interiores, o verdadeiro no falso, e talvez, o bem no mal e o mal no bem. A princípio se acostumou a esconder do pai o amor que sentia pela mãe (e por tudo o que era "materno"), e da mãe o amor que sentia pelo pai (e por tudo o que era "paterno"), aprendeu a compreender que não havia uma mentira intrínseca a esse fingimento. Mais tarde estendeu o mesmo comportamento ambivalente para outras pessoas, o que lhe valeu a fama de ser um sujeito dúbio. Serei totalmente franco: às vezes era mesmo, e extraía da dubiedade as vantagens que ela porventura dá. Mas na base e na própria natureza de sua dubiedade não havia má-fé ou oportunismo. Ele detestava um e outro de todo o coração. Porém buscava e, evidentemente, acabava encontrando razões para não gostar das pessoas de que gostava. Não temia intuir o bem nas pessoas de que não gostava ou mesmo nas que desprezava, e por vezes se mostrava de peito aberto e todo meigo diante delas. Quando estava disposto a agir de maneira conciliadora, eis que de repente entrava em ebulição e explodia em filípicas ensandecidas; quando estava disposto a troar e condenar, ei-lo subitamente cordato com o seu adversário. Acontecia de ele cair em si quando era tarde, já a pessoa querida estava transformada em inimigo e a desprezada vinha para cima dele cheia de abraços. Por vezes mentia aos que lhe eram próximos e abria o coração para o primeiro que encontrava. Mas, mesmo quando mentia, não era raro que expressasse apenas o que considerava ser "o reverso da verdade", enquanto nos arroubos de franqueza guardava segredo quanto "ao essencial".

No fundo, ele deveu a futura estruturação de suas visões de mundo também a esse "dilaceramento" entre os pais. O pai queria fazer dele o seu discípulo e sucessor; a mãe combatia essa intenção com música e poesia. Não porque apreciasse ambas, mas porque tinha horror à matemática. Com o passar do tempo, foi ficando cada vez mais claro a Biély que tudo o que era "positivo" e caro ao pai o era para ele também, mas que arte e filosofia demandavam reconciliação com as ciências exatas, "de outro modo, seria impossível viver". Ele chegou à mística e depois ao simbolismo pelo difícil caminho da reconciliação das tendências positivistas do século dezenove com a filosofia de Vladímir Soloviów. Não por acaso, antes de ingressar na faculdade de letras, concluiu o curso de matemática. Ele mesmo conta essa história melhor do que qualquer um. Eu apenas quis apontar as fontes biográficas originárias de suas concepções ulteriores e de todo o seu destino literário.

***

Travei contato com ele na época de seu romance com Nina Petróvskaia, mais precisamente, no exato momento em que se consumava a separação dos dois.

As mulheres inquietavam Andréi Biély bem mais do que se costuma pensar. Contudo, nesse quesito manifestava-se com clareza especial aquela duplicidade que comentei há pouco. A tática que ele empregava era sempre a mesma: enfeitiçava as mulheres com o seu charme quase mágico, aparecia diante delas revestido de uma aura mística, como se excluísse de saída toda e qualquer ideia de investida sensual por parte dele. A seguir, repentinamente dava rédea livre ao assédio, e ia à loucura, se a mulher, tomada pela surpresa e talvez até sentindo-se ofendida, não correspondesse a seus avanços. Por outro lado, sempre que obtinha o resultado desejado se sentia enojado, conspurcado, e também acabava indo à loucura. Podia ocorrer de ele conseguir fugir no derradeiro minuto antes da "queda", tal qual José, o Belo, mas nesse caso a indignação era dupla – por o terem submetido à tentação e por terem falhado na tentação.

Nina Petróvskaia sofria por haver se tornado a sua amada. Ele rompeu a relação da forma mais vil. Ela se aproximou de Briússov para se vingar de Biély e com a esperança secreta de, ao provocar o seu ciúme, tê-lo de volta.

Em certo dia do começo de 1906, quando o *Velocino de Ouro*[20] dava os primeiros passos, recebi alguns convidados em casa. Nina e Briússov chegaram bem antes dos demais. Briússov pediu licença para se retirar ao meu quarto de dormir, de modo a poder terminar um poema começado. Passado algum

[20] Revista artística e literária publicada em Moscou entre 1906 e 1909. (N. do T.).

tempo saiu de lá e pediu vinho. Nina lhe trouxe uma garrafa de conhaque. Dali a uma hora ou mais, quando os convidados já estavam todos reunidos, espiei o quarto e flagrei Nina e Briússov sentados no chão, os dois chorosos, a garrafa bebida e os versos concluídos. Nina veio me pedir sussurrante que na hora do jantar eu solicitasse a Briússov uma leitura do poema novo. Sem suspeitar de nada (tinha na época uma noção muito confusa do que acontecia entre Nina, Biély e Briússov), assim o fiz. Briússov se dirigiu a Biély e disse:

– Borís Nikoláievitch, vou ler uma imitação de seus poemas.

E leu. Biély escrevera um poema intitulado "A lenda", no qual representou de modo enviesado e eufemístico a história do seu rompimento com Nina. Foi esse o poema que Briússov imitou, preservando a forma e o estilo de Biély, mas conferindo um novo final à história e apresentando o papel do outro sob uma luz das mais lamentáveis. Biély ouviu, os olhos fixos no prato. Quando Briússov terminou a leitura, todos estavam constrangidos e quietos. Por fim, encarando Biély e de braços cruzados, como era de seu feitio, Briússov perguntou, com a voz mais grasnante e gutural que podia produzir:

– Achou parecido com você, Borís Nikoláievitch?

A pergunta era ambígua: ela se referia tanto ao estilo do poema de Briússov como ao comportamento de Biély. Perturbado ao máximo, fingindo que pensava apenas no lado poético da pergunta e que não havia captado o subtexto, Biély respondeu com um sorriso vastíssimo:

– É incrivelmente parecido, Valéri Iákovlevitch. E teria começado a se desmanchar em cumprimentos, mas Briússov o interrompeu secamente:

– Pior então para você!

Sabedor de minha amizade com Nina, Biély pensou que a leitura havia sido tramada conscientemente por mim em cumplicidade com Briússov. Eu e Biély nos encontramos depois disso, mas ele guardava certa distância nessas ocasiões. Eu já sabia qual era o problema, mas não tentei me justificar. Em parte, porque não sabia como começar a conversa, em parte por amor-próprio. Somente depois de quase dois anos esclarecemos a situação, em meio a circunstâncias tão estranhas quanto tudo o mais que acontecia na nossa vida de então.

***

Em 1904, Biély travou conhecimento com um jovem escritor destinado a ser um dos poetas russos mais estimados. Os destinos pessoais e literários de ambos ficaram para sempre unidos. Em suas memórias, Biély apresentou a história dessa ligação em duas versões mutuamente excludentes e igualmente inverídicas. O futuro biógrafo dos dois poetas terá de empreender grandes esforços para o estabelecimento da verdade.

O poeta chegou a Moscou acompanhado da jovem esposa, já conhecida por alguns místicos moscovitas amigos de Biély e já cercada por uma veneração entusiástica, na qual um erotismo reprimido fervia por debaixo do véu sedutor e um tanto hipócrita do serviço místico prestado à Bela Dama. Biély cedeu incontinenti à atmosfera reinante, e a mulher do novo amigo se tornou objeto de sua atenção incondicional. Os místicos acalentaram e estimularam essa atenção. Depois nem foi preciso mais a estimular, pois ela se transformou em um amor que, na prática, desencadeou o rompimento com Nina Petróvskaia. Não pretendo expor em minúcia a história desse amor que se desenrolou ora em Moscou, ora em Petersburgo, ora no interior, um amor complicado ao extremo pelo caráter complexo dos protagonistas, pela constituição peculiar do modo de vida simbolista e, enfim, pelos acontecimentos multifacetados da vida literária, filosófica e até social que lhe serviram de pano de fundo, entrelaçando-se estreitamente a esse amor e sendo, por seu turno, por ele influenciados. Para resumir direi que a história desse amor teve um papel importante nas relações literárias daquela época, no destino de muitas pessoas que não estavam envolvidas diretamente com ele e em toda a história do simbolismo. Há muita coisa nesse amor que continua obscura, mesmo hoje. Biély o relatou para mim repetidas vezes, mas suas narrativas abundavam em contradições, omissões, variantes e fantasias nevróticas. Devo enfatizar que os relatos orais discrepavam significativamente da versão impressa divulgada pelas suas memórias.

Segundo posso inferir dos dados disponíveis, a história do romance aconteceu do seguinte modo. Tudo indica que os sentimentos fraternos que Biély inicialmente ofereceu foram aceitos de bom grado pela dama. Porém, quando Biély, como de costume, passou dos sentimentos fraternos para os de outra ordem, a tarefa se complicou sobremaneira. Talvez ela permanecesse insolúvel de todo, não fosse o charme devastador de Biély, a que parecia impossível não sucumbir. Mas no exato momento em que seus denodos amorosos estavam prestes a serem coroados de êxito, a inescapável ambivalência de Biély como de praxe vinha à tona. Ele cometia o desatino de afiançar para si mesmo que o haviam compreendido mal, "levado as coisas para o lado errado", e explicava o mesmo para a dama, a qual, provavelmente, sofrera bastante antes de oferecer-lhe o consentimento. As consequências do recuo de Biély não são difíceis de imaginar. A fúria e o desprezo se apossaram da mulher que ele amava. E ela dava um troco cem vezes mais doído e humilhante do que o dado por Nina Petróvskaia, pois ela mesma era cem vezes mais resistente e forte. E quanto a Biély? Posso dizer com certeza que a partir desse momento ele passou a amá-la de verdade, de corpo e alma, e, disso tenho convicção profunda, para todo o sempre. Houve ainda em sua vida outros amores e namoros passageiros, mas aquele se preservou sobranceiro em meio a tudo. Somente aquela mulher, só a ela, amou de verdade. Com o passar dos anos a dor amansou, como sói acontecer, mas continuou a aferroá-lo durante muito tempo. Biély sofreu indizivelmente, passava da prostração resignada à loucura e à soberba: gritava que recusar o seu amor era um sacrilégio. Por vezes o sofrimento o alçava a elevadíssimas altitudes espirituais; por vezes, transido de ciúme, rebaixava-se a ponto de buscar uma vingança literária contra o seu adversário, real ou imaginário. Ele passou alguns meses no exterior e voltou de lá sem ter apaziguado o sofrimento, trazendo a *Taça de nevascas*, a mais fraca de suas sinfonias, pois escrita em estado de dilaceramento emocional.

***

Em agosto de 1907, desventuras pessoais me levaram a Petersburgo pelo que deveriam ser alguns dias, mas acabei ficando retido lá por longo tempo. Não tinha forças para voltar a Moscou. Pouco me encontrava com gente dos meios literários e passava grandes dificuldades. De noite vagabundeava pelos restaurantes, casas de jogatina ou simplesmente ruas afora, dormindo durante o dia. De repente apareceu Nina Petróvskaia, fugida de Moscou por conta das turras com Briússov e de um amor frenético e fátuo por um jovem literato de Petersburgo cujos contos "estilizados" estavam na moda. Briússov veio em seu encalço e tentou levá-la de volta a Moscou, mas ela não queria ir imediatamente. De vez em quando desfrutávamos das noites juntos, de nossa maneira neurastênica, devo reconhecer. Ela vivia naquele mesmo hotel inglês onde mais tarde Essiênin se suicidou.

A 28 de setembro daquele ano, Blok escreveu para a sua mãe desde Petersburgo: "Mamãe, fiquei muito tempo sem escrever, e pouco escrevo em razão da grande quantidade de preocupações maiores e menores. As maiores dizem respeito a Liuba[21], Natália

[21] Liubóv Dmítrievna, esposa de Blok. (N. do A.)

Nikoláievna[22] e Bória. Bória virá me ver em breve. Ele está cada vez mais próximo de mim e é horrivelmente infeliz". Enfim Biély chegou, apenas para ser rejeitado de novo. Nos encontramos por acaso. Certo dia, após um encontro literário em que Búnin fez a leitura do manuscrito com o novo conto do adoentado Kuprín (tratava-se de "A esmeralda"), fui caminhar pela Niévski. Uma mulher das ruas me abordou próximo à Biblioteca Pública. Para matar o tempo, propus que fôssemos jantar. Entramos num restaurante acanhado. Quando perguntei como ela se chamava, a resposta foi estranha:

– Todo mundo me chama de pobre Nina. Me chame assim também.

A conversa não engrenava. A pobre Nina, uma morena esquálida de nariz curto, combalia-se em tentativas de flerte e dizia que amava loucamente os homens, enquanto eu imaginava a chatice que seria me livrar dela. De repente, Biély entrou no restaurante, perturbado e não completamente sóbrio. Sentou-se conosco, e a garrafa de conhaque nos fez esquecer de nossa companheira de conversa. Passamos a falar de Moscou. Biély, amolecido pelo vinho, confessou as suas suspeitas relativas à "provocação" que eu fizera naquela noite em que Briússov leu o poema na minha casa. Pusemos tudo às claras, o gelo que havia entre nós se quebrou. Enquanto isso, o restaurante começou a encerrar o expediente, e Biély me levou a um "lugar tipicamente petersburguês", segundo a sua expressão. Chegamos a um lugar no final da avenida Izmáilovski. Era um clube dos mais sórdidos. Fomos recebidos por um homem de aparência extraordinariamente respeitável, dotado de suíças grisalhas, e a quem todos chamavam "o coronel". Biély me recomendou a ele e, depois de cada um pagar com nota de três rublos, o que constituía a recomendação mais segura, entramos finalmente no

[22] A atriz N. N. Volokhova, a quem a *Máscara de neve* foi dedicada (N. do A.)

salão. Caixeiros e funcionários de baixo grau vestindo paletozinhos se acabavam de dançar quadrilha com moças vestidas (ou desvestidas) de ciganas e náiades. Mais tarde foram atribuídos prêmios às melhores fantasias. Houve um pequeno escândalo, alguém se ofendeu, um terceiro xingou. Pedimos vinho e nos instalamos no "lugar tipicamente petersburguês" até a rubra aurora petersburguesa. Ao nos despedirmos, combinamos de ir almoçar no "Viena" com Nina Petróvskaia.

O almoço foi sombrio e silencioso. Eu disse:

– Nina, acho que há mais lágrimas que sopa no seu prato.

Ela levantou a cabeça e respondeu:

– Precisa me chamar de *pobre Nina*.

Eu e Biély nos entreolhamos. Nina nada sabia sobre a mulher da Niévski. Naqueles tempos, coincidências desse tipo tinham muito significado para nós.

Assim terminou o almoço, com um silêncio carregado. Alguns dias depois, em visita a Biély (ele morava na ilha Vassílievski, quase na ponte Nikolávski), notei uma caixa de chapéus redonda. Nela havia um dominó de cetim vermelho e uma máscara negra. Entendi que era a roupagem com que Biély costumava aparecer no "lugar tipicamente petersburguês". No futuro, o dominó e a máscara apareceriam em seus poemas, e ainda mais tarde, se tornariam uma das imagens centrais de *Petersburgo*.

Passados alguns dias de nosso almoço, Nina foi para Moscou. Bem no final de outubro (se a memória não me falha), foi a vez de Biély e eu irmos embora. Ele ficava bebendo vodca nas estações, em Moscou passou só dois dias – e tocou de volta a Petersburgo. Não podia viver nem *com ela*, nem *sem ela*.

***

Recordo com gratidão os quatro anos que transcorreram depois disso. Os anos de nossa amizade, ouso dizer. Biély estava então no auge emocional e criativo. Estava terminando de escrever *As cinzas*, enquanto preparava *A urna*, *A pomba de prata* e os artigos cruciais de *Simbolismo*. Ao mesmo período pertencem os seus artigos polêmicos mais cortantes, de cujo tom ele mais tarde muito se lamentou, embora jamais do conteúdo. Na mesma época, causou os seus escândalos públicos mais fantásticos. Certa vez, no palco do Círculo Artístico-Literário, precisaram baixar as cortinas para que as palavras de Biély não alcançassem o público. Em contrapartida, ele mostrava um outro lado durante os nossos encontros. Costumava vir me encontrar de manhã, às vezes passávamos o dia inteiro juntos, ora na minha casa, ora passeando na praça próxima à Catedral do Cristo Salvador ou no mosteiro de Novodiévitchi. Uma vez fomos a Petróvsko-Razumóvskoe ver a gruta associada ao assassinato do estudante Ivánov. Biély sabia ser ao mesmo tempo direto e acolhedor, *gemütlich*, para usar a sua palavra preferida. A sua conversa se expandia em brilhantes improvisações e era sempre excepcionalmente inspiradora. Ele adorava jogar histórias fora, fossem elas sobre a família Soloviób, as auroras proféticas do ano 1900, os professores moscovitas, que ele imitava com fúria e humor. Por vezes fazia a leitura de algo que acabara de escrever e ouvia atentamente os comentários críticos, os quais, não obstante, em geral o deixavam inarredável. Consegui convencê-lo uma única vez. No caso, a eliminar a primeira página e meia de *A pomba de prata*. Tratava-se de uma cópia de Gógol, escrita obviamente com o único propósito de destravar a caneta.

Tínhamos conversas frequentes, especificamente dedicadas à poesia. Uma questão nos torturava: o que é que, para além do arranjo, determina a diferença de sonoridades dentro de um mesmo metro? No verão de 1908, quando eu vivia no subúrbio de Moscou, ele me telefonou, gritando de tanto rir:

– Se estiver livre, venha rápido para a cidade. Eu mesmo cheguei hoje de manhã. Fiz uma descoberta! Juro por Deus que é uma verdadeira descoberta, na linha de Arquimedes!

É claro que fui. Era uma noite abafada. Um Biély bronzeado e triunfal me recebeu vestindo uma camisa russa com gola aberta. Na mesa havia uma pilha de papeis gigantesca arrumada em colunas verticais. Nestas havia pontinhos caprichosamente ligados por linhas retas. Biély batia na pilha de papéis com a sua palma de mão pesada:

– Aqui temos o tetrâmetro iâmbico. Está tudo aqui, às escâncaras. Os versos de mesmo metro se diferenciam pelo ritmo. O ritmo não coincide com o metro, ele é definido pela omissão de tônicas métricas. "Moi diádia sámykh tchéstnykh právil" tem quatro tônicas, ao passo que "I klánialsia neprinujdiónno" tem duas[23]. Os ritmos são diferentes, enquanto o metro permanece o mesmo, o tetrâmetro iâmbico.

Hoje isso tudo é o beabá. Mas naquele tempo foi uma descoberta realmente tão simples e repentina como a de Arquimedes. A lei da não-coincidência de metro e ritmo deveria ser, nos estudos de poética, batizada com o nome de Andréi Biély. Estudos posteriores mostraram que essa descoberta tinha imperfeições, sobre as quais muito foi escrito nos anos seguintes. Na época, no calor das primeiras impressões, era mais difícil destrinchar tais imperfeições. Entretanto, Biély e eu começamos imediatamente a querelar em torno de um assunto específico. Ele estava naquele momento preparando *As Cinzas* e *A urna* para publicação, e de repente resolveu rever radicalmente muitos dos poemas, de modo a ajustar-lhes o ritmo à fórmula descoberta havia pouco.

[23] Versos do romance em versos *Ievguéni Oniéguin*, de Púchkin. (N. do T.)

Decerto o padrão rítmico dos versos resultou bastante admirável, se tomado de maneira abstrata. Mas, no cômputo geral, a maioria dos poemas foi arruinada. Por mais que eu discutisse com Biély, de nada adiantou. Os poemas entraram na antologia com a nova redação, para mim, dolorosa de ouvir. Foi então que passei a insistir na necessidade de estudar o conteúdo rítmico sem dissociá-lo do conteúdo semântico. O tema suscitava rixas entre nós, disputas travadas cara a cara ou no círculo de ritmistas congregado na editora Muságeta. Uma rítmica situada fora da semântica me parecia um objeto falso e pernicioso. Acabou que deixei de ir aos encontros.

Biély estava na última moda naquele tempo. As damas e senhoritas o assediavam. Ele tinha satisfação em deixá-las de cabeça virada, mas as fazia estudar Kant, o que não era nem um pouco o que elas estavam com ganas de fazer.

– Ela veio com uma florzinha para mim, e eu lhe disse: minha senhora, se você está tão interessada assim no simbolismo, deveria então primeiro se dedicar à *Crítica da razão pura*!

Ou então:

– Ah, mas como é charmosa essa gentil mademoiselle Chtaniévitch! Estou encantado por ela!

– Borís Nikoláievitch, o sobrenome dela é Staniévitch, não Chtaniévitch!

– Não pode ser, jura? Mas eu a tenho chamado Chtaniévitch esse tempo todo. Você acha que ela pode ter se sentido ofendida?

Uma semana depois ele dizia de novo: - Ah, mademoiselle Chtaniévitch!

– Borís Nikoláievitch! É Staniévitch!

– Deus meu! Será possível? Que azar!

Mas o seu olhar era alegre e maroto.

Às vezes uma nota aparecia na sua porta: "B. N. Bugáiev está ocupado e pede para não ser incomodado". "Isso é para as mocinhas", explicou, embora nem sempre agisse com correção nessa seara. Queixava-se para mim: "Não aguento mais o Pasternak". Suponho que dissesse para Pasternak: "Não aguento mais o Khodassiévitch".

Um dia falou, às raias da fúria: – Não dá, imagine só, ontem à noite, no meio de uma nevasca, estou voltando para casa e encontro a Marietta Chaguinian[24] sentada perto da entrada, sobre um pilar, feito um porteiro. Não aguento mais isso! – E o próprio Biély, ao mesmo tempo, escrevia-lhe cartas filosóficas intermináveis, pelas quais a pobre Marietta ficava agradecida, a ponto, obviamente, de se dispor a morrer congelada.

Em 1911, fui morar no interior e passamos a nos ver mais raramente. Depois Biély se casou, foi para a África, voltou a Moscou por breves períodos e partiu novamente, para ir se encontrar com Rudolph Steiner na Suíça. Um pouco antes da guerra recebi dele uma carta jovial e tranquilizadora contando uma história sobre os músculos que desenvolvera trabalhando como entalhador de madeira durante a construção do Goetheanum. Pensei que finalmente ele estivesse feliz.

***

Em Moscou, na noite em que veio, por telefone, a notícia do assassinato de Raspútin, Guerchenzón me levou até a casa de N. A. Berdiáiev. Ali, os presentes discutiam o acontecido. Foi lá que vi Biély pela primeira vez depois de uma longa separação. Ele estava sem a esposa, que fora deixada em Dornach. Compreendi

[24] Marietta Chaguinian (1888-1982), escritora russo-soviética, ligada inicialmente a grupos de inovação literária nos anos 1920, depois próxima de vertentes oficiais do período stalinista. (N. do T.)

já à primeira vista que era impossível falar de qualquer sorte de apaziguamento. Ele estava em um estado de agitação extrema, fisicamente embrutecido, as mãos cheias de calos. Falava pouco, mas os olhos, transmutados do azul escuro para um claro e desbotado, ora se esquivavam, ora se fixavam cheios de horror. O cocuruto em processo de calvície, com tufos de cabelo grisalho, parecia uma esfera de bronze tensionada por milhões de volts de eletricidade. Em seguida ele se aproximou de mim e veio contar histórias sobre uns espiões, provocadores e indivíduos sombrios que o perseguiram tanto em Dornach como na viagem de volta para a Rússia. Eles o estavam vigiando, seguiam no seu encalço, queriam destruí-lo, no sentido literal e em outros também.

Esse tema, no fundo limítrofe com a mania de perseguição, sempre lhe fora caro. Tenho a profunda convicção de que surgiu ainda na infância, quando ele tinha a impressão de que certas forças obscuras queriam destruí-lo, impulsionando-o a cometer um crime contra o seu pai. Biély de fato trazia dentro de si esses monstros, os instigadores e as Erínias do parricida em potencial, mas o instinto de autopreservação o obrigou a procurá-los no mundo exterior para que pudesse despejar neles a culpa pelos próprios planos, desejos e impulsos obscuros. Todos os romances autobiográficos de que falei acima, começando por *Petersburgo* e chegando até *Moscou sob ataque*, estão repletos dessas monstruosidades repugnantes, em parte imaginadas, em parte recriações da realidade em estilo fantástico. A luta contra eles, ou seja, contra o embrião da traição e do parricídio trazido na alma, tornou-se o tema básico, fundamental e central de todos os romances de Biély ao longo de sua vida inteira, exceção feita à *Pomba de prata*. Esse tema não tem qualquer tipo de articulação com a revolução ou a guerra e não necessita de um enquadramento histórico. Biély consegue passar sem ele em *Kótik Letáiev*, *O crime de Nikolai Letáiev* e *O chinês batizado*. Somente *Petersburgo*, *O excêntrico moscovita* e *Moscou sob ataque* estão relacionados com os acontecimentos de 1905 e 1914. Mas quem tenha lido os últimos dois romances verá com clareza total que neles essa conexão é tênue a não poder mais. Biély escreveu *O excêntrico moscovita* e *Moscou sob ataque* no meio dos anos vinte, na Rússia soviética. No texto e no prefácio, esforçou-se ao máximo para enfatizar que o protagonista de ambos os romances, o matemático Koróbkin, era uma espécie de encarnação da "ciência, livre em sua essência", contra a qual o mundo capitalista maquinava uma intriga terrível, utilizando como instrumento Mítia, o filho de Koróbkin. Na verdade, Biély não tinha nenhum interesse por essa "concepção" totalmente improvável. O objetivo verdadeiro era apresentar uma nova variante de seu tema predileto, o crime contra o pai. As forças obscuras que empurravam Mítia para o crime portavam máscaras de demônios capitalistas unicamente porque o "compromisso social" assim o exigia. Chama a atenção o fato de que *O excêntrico moscovita* e *Moscou sob ataque* deveriam ser, segundo Biély, apenas o começo de um amplo ciclo de romances, o qual, entretanto, não foi terminado, assim como ficou inconcluso o ciclo dedicado à história de Nikolai Letáiev. E por quê? Porque em ambos os casos Biély perdeu o ânimo de prosseguir com o seu intento tão logo foi escrita a única parte que lhe era importante, o crime do filho contra o pai.

Apenas em *Petersburgo*, o primeiro romance dessa série "edipiana", o tema da Revolução de 1905 realmente interessou a Biély. Todavia, de acordo com suas próprias palavras, mesmo em *Petersburgo* a ideia de relacionar o tema pessoal com o político surgiu porque os acontecimentos políticos da época ecoavam o tema do desafio e da provocação, conhecido por Biély desde a infância. Seguindo a sua propensão inabalável para os bosquejos, apresentou a estrutura de *Petersburgo* como dois círculos de dimensões iguais, um representando o tema pessoal, e o outro, o político. Em consequência da distância bastante irrisória – bem menor do que o raio – entre os centros, a maior parte da área desses círculos era de uso comum. Essa área compartilhada representava o tema da provocação, que unificava os dois lados do projeto e ocupava o lugar central nele.

Petersburgo foi concebido exatamente naqueles anos em que a atividade de provocação realizada pelo departamento de polícia era denunciada e tornava-se objeto de indignação e repulsa generalizadas. No caso de Biély, esses sentimentos mesclavam-se a um horror de ordem inteiramente mística, que chegava a dominá-los. A polícia instigava um criminoso a agir e em seguida ela mesma o perseguia e o punia, ou seja, se comportava exatamente como as forças obscuras em que Biély projetava suas elucubrações parricidas. A semelhança dos métodos levou a sua mente, ou, para ser mais preciso, a sua sensibilidade, a buscar uma fonte comum para eles. A provocação política adquiriu a seus olhos traços demoníacos, no sentido mais literal do termo. Ele pressentia intrigantes sobrenaturais por detrás de cada policial, chefe de departamento ou simples zelador. O medo filistino diante de um policial, infundido em Biély quando criança, aos poucos adquiriu dimensões e traços monstruosos. A polícia de todos os gêneros, matizes e nações o mergulhava em um pavor maníaco, levando-o a surtos, durante os quais ele era constrangido a fazer evasões terríveis e por vezes lamentáveis. Em uma noite chuvosa de primavera, na deserta cidade alemã de Saarow, regressávamos para o nosso hotel depois de uma visita a Górki. Eu iluminava a rua com uma lanterna de bolso. O único vigia noturno de Saarow, um veterano de guerra idoso, alquebrado por escuridão, chuva e tédio, perambulava rua afora a uns dez passos de nós, provavelmente atraído pela luz, como uma mariposa. De repente, Biély o viu:

– Quem é?

– O vigia noturno.

– Arrá, quer dizer que é a polícia? Está nos seguindo?

– Claro que não, Borís Nikoláievitch, está apenas entediado de andar sozinho.

Biély apressou o passo, o vigia ficou para trás. Para nosso azar, no hotel, aonde chegamos rápido, quase a trote, tivemos de tocar a campainha demoradamente. Nesse meio-tempo o vigia se aproximou. Ele parou a certa distância, vestido com a sua capa de chuva emborrachada e dotada de capuz pontiagudo. Por fim, avançou alguns passos em nossa direção e perguntou qual era o problema. Em lugar de resposta, Biély começou a golpear violentamente a porta com o seu bastão. Destrancaram-na e nos deixaram entrar. Biély ficou no meio do saguão resfolegando e coberto de suor.

***

Ele atravessou o comunismo de guerra como todos nós, sofrendo privações e doença. Abrigava-se no apartamento de conhecidos, abastecia o fogareiro com os seus manuscritos, passava fome e fazia fila. Para dar de comer a si mesmo e à mãe velha e doente, palmilhou Moscou de uma ponta a outra, fez palestras no Proletkult e em diversos outros cantos, aboletou-se por dias inteiros no Museu Rumiántsev, onde o seu tinteiro congelava enquanto ele executava um encargo descabido passado pelo Departamento Teatral (algo sobre os teatros na época da Revolução Francesa) e escrevinhava uma montanha de papéis, perdidos no fim das contas por aí. Ao mesmo tempo, dava lições na Sociedade Antroposófica, escrevia as *Notas de um excêntrico*, um livro sobre filosofia da cultura, um livro sobre Lev Tolstói e outras coisas mais.

Passei a morar em Petersburgo a partir do fim de 1920. Na primavera de 1921 ele também se mudou para lá, onde as coisas eram mais fáceis para os escritores. Deram-lhe um quarto num hotel da rua Gógol, quase em frente ao antigo restaurante Viena, no qual, cerca de quatorze anos antes, almoçáramos com Nina Petróvskaia. Afastou-se dos meios poéticos de Petersburgo e fazia longas visitas a Ivánov-Razúmnik em Tsárskoie Sieló. Retomamos nossos encontros e passeios, agora pelas margens dos ancoradouros petersburgueses. Durante as noites brancas fizemos andanças pela Petersburgo indizivelmente bela daqueles dias, até o Cavaleiro de Bronze, para cultuá-lo em silêncio. Certa vez levei Biély à casa onde Púchkin morreu.

De uma feita, correu para minha casa todo alegre e luminoso, como há muito eu não o via. Trazia o poema "O primeiro encontro", o melhor de tudo o que escrevera em verso até aquela data. Fui o primeiro ouvinte do poema – que me seja perdoada essa recordação ufanosa. E que uma outra também o seja: naquela mesma época, ele escreveu o primeiro artigo a meu respeito, para a quinta edição das *Notas de um sonhador*. Tratava-se do número final, ainda preparado por Blok, mas publicado somente após a morte deste.

Ele vinha há muito sonhando em partir para o estrangeiro. Dizia que queria descansar, mas tinha também outros motivos, que na época não compartilhou comigo e que eu só pude supor quais seriam. Os bolcheviques não autorizaram a sua partida. Ele ficou a tal ponto exasperado que foi preciso ir ao médico. Chegou a pensar em fugir, mas isso também deu em nada, e nem o poderia. Ele saiu "confidenciando" a toda Petersburgo seus planos de escape. Começaram a perguntar-lhe se a fuga seria em breve. Disso ele concluiu, evidentemente, que a "extraordinária"[25] o vigiava e, evidentemente, teve ataques de pavor feroz. Por fim, após a morte de Blok e o fuzilamento de Gumilióv, os bolcheviques se sentiram constrangidos e lhe deram o passaporte para ir ao exterior.

---

[25] Referência à Tchecá (sigla da "Comissão extraordinária de combate à contrarrevolução e à sabotagem), polícia política soviética. (N. do T.)

***

Bem no começo de 1919, recebeu a informação de que doravante estariam rompidos os laços pessoais entre ele e alguns residentes de Dornach que lhe eram caros.

Ele vinha antecipando esse golpe, mas mesmo assim quis se explicar, tentar esclarecer em que ponto estavam suas relações. Isso foi o que deflagrou a sua viagem ao exterior.

O segundo objetivo da viagem, igualmente relacionado a Dornach, era mais importante. É preciso ter em mente que Biély exagerou brutalmente o significado e o peso do movimento antroposófico. Ele pensava que o mundo dependia, em alguma medida, dos antropósofos em geral e de Rudolph Steiner em particular. E foi então se encontrar com os irmãos antropósofos e com o seu líder, "em cujo ombro ele outrora se apoiara", e narrar-lhes os duros partos espirituais por que a Rússia passava, os sofrimentos de um povo composto por muitos milhões. Considerava que a própria missão era abrir-lhes os olhos para a Rússia e se via como o embaixador enviado daquele país para a antroposofia (assim ele se expressava). Repito que essa missão, em si, pode parecer irrelevante. Mas Biély via a coisa de outro modo, e o que nos importa aqui é a sua psicologia.

E o que aconteceu, então? Não só não fizeram a menor questão de colocar os seus assuntos pessoais a limpo, como ainda por cima expuseram publicamente, de forma provocadora, humilhante e intolerável, o desprezo que tinham por ele. A questão se resolveu de modo ainda pior quanto ao seu papel de "embaixador". Ocorria que nem o dr. Steiner, nem o seu círculo tinham a mínima intenção de ocupar-se com algo tão transitório e banal como a Rússia. Talvez Steiner tivesse outros motivos: poderia ter conjecturado (e nisso estaria correto) que Biély se recusava a equiparar Rússia e bolchevismo. Enquanto isso, o

Tratado de Rapallo já batia à porta... Seja como for, Dornach resolveu ignorar a missão de Biély, e o próprio Steiner claramente evitava encontrá-lo (aqui, novamente, podia haver mais do que razões somente políticas). Então, por ocasião de uma reunião em Berlim, Biély afinal conseguiu ver Steiner. Desabalou até ele e ouviu uma resposta decididamente convencional, dada em tom paternal e condescendente:

– *Na, wie geht's?*[26]

Biély compreendeu que não havia conversa possível e respondeu com furor e desprezo:

– *Schwierigkeiten mit dem Wohnungsamt!*[27]

Talvez esse tenha sido o dia em que começou a beber.

Ele morava em Zossen, nos arredores de Berlim, perto de um cemitério, na casa de um coveiro[28]. Encontramo-nos no verão de 1922, depois que saí da Rússia. Agora ele já estava completamente grisalho. Os olhos haviam desbotado ainda mais, estavam quase brancos.

No outono ele se mudou para a cidade e toda a Berlim russa foi testemunha curiosa e perversa de sua histeria. Esta era notória, se tornou motivo de gáudio, gente demais fazia troça dela. Farei um breve relato a respeito. Ela se expressava principalmente nas danças ébrias a que Biély se entregava em múltiplos *Dielen* berlinenses. O problema não é que dançasse mal, mas que dançasse de uma maneira apavorante. Ao atropelo monótono do foxtrote adicionou as suas próprias "variantes", reflexos distorcidos da originalidade inabalável que ele manifestava em tudo o que se propunha a fazer. Em sua performance,

---

26 Em alemão: "E então, como vai?" (N. do T.)

27 Em alemão: "Dificuldades com o departamento de habitação!" (N. do T.)

28 A respeito de sua vida em Zossen, veja-se as notáveis memórias de Marina Tsvetáieva no *Sovremiénnye Zapíski*, 1934, número 55. No mesmo volume, publiquei três cartas dela. (N. do A.)

a dança se convertia em um mimodrama monstruoso, às raias da indecência. Ele convidava damas desconhecidas para dançar. As mais ousadas aceitavam, para diversão delas mesmas e de seus acompanhantes. Outras recusavam o convite, algo que em Berlim era quase um insulto. Havia as que eram proibidas pelos maridos ou pais. Aquilo não era somente a dança de um bêbado: era claramente o espezinhamento simbólico do que existia de melhor dentro dele, uma blasfêmia e um esgar diabólico dirigidos para o próprio Biély e por extensão para Dornach. Esta cidade nunca saiu de sua cabeça. A todo pretexto seus pensamentos se voltavam a Steiner. Um dia, andando de *Untergrund* comigo, inesperadamente passou a agir como um Prutkóv rematado[29]. Sussurrava no meu ouvido as palavras russas, incompreensíveis para os circundantes, enquanto berrava para todo o vagão as alemãs. Dizia:

– Bem que eu queria ir a Dornach e gritar para o doutor Steiner, que nem os moleques de rua: *Herr Doktor, Sie sind ein alter Affe!*[30]

Parecia que tentava se rebaixar cada vez mais. Vá saber, talvez esperasse que o ouvissem e respondessem a ele... Mas Dornach não desceu de suas alturas, e Biély seguiu vivendo como que pisando em brasas. Ele "bradava seus sofrimentos pela janela", ora na forma de poemas ruins que exibiam raros lampejos de genialidade, ora na forma de confissões inumeráveis. Ele se confessava, escancarava o coração a quem estivesse na sua frente, às vezes uma gente pouco ou nada conhecida, vizinhos de *table d'hôtes*, notívagos ociosos, arrumadeiras de pensão jeitosas e jornalistas estrangeiros. Ficou meio apaixonado por certa Ma-

---

29 Kozmá Prutkóv, autor inventado em meados do século XIX por Aleksiei Tolstói (1817-1875) e pelos três irmãos Jemtchújnikov (Aleksiei, Aleksandr e Vladímir). O fictício Prutkóv, misto de poeta e funcionário governamental, se notabilizou por aforismos, epigramas e versos satíricos. (N. do T.)

30 Em alemão: "Doutor, o senhor é um velho símio!" (N. do T.)

riechen, moça enfermiça e acanhada, filha do proprietário de uma pequena cervejaria. Ela se encabulava a ponto de chorar quando Herr Professor, esmagando os dedinhos dela nas suas patonas, executava aquelas danças frenéticas e, no intervalo, esvaziando uma caneca atrás da outra, contava aos rosnados, silvos e guinchos sempre a mesma história sem pé nem cabeça, da qual ela nada entendia.

O admirável era que toda essa gente, que também nada entendia, prestasse atenção no que ele dizia, pois tinham a sensação de que o Herr Professor beberrão não era um homem comum. Quando voltava para casa, tirava a roupa e, pelado, dançava novamente, dançava até a infelicidade passar. Isso durou meses. Às vezes dava pena de que tivesse uma saúde física tão inesgotável, pois seria bem melhor se adoecesse e ficasse de cama.

As pessoas o protegiam, tomavam conta dele. Uns por curiosidade, outros por amor verdadeiro. Entre estes que o zelavam com abnegação e carinho eu gostaria de citar dois: S. G. Kaplun (Súsmki), o seu editor na época, e a poeta Viera Lurié. Infelizmente ele era mais obstinado e forte do que todos os seus cuidadores somados.

Nos víamos quase todos os dias, às vezes da manhã até a madrugada. No outono, Nina Petróvskaia apareceu em Berlim, semilouca, miserável, envelhecida, emaciada e manca. No dia 8 de novembro, na exata véspera da data em que se completavam onze anos desde o dia da partida de Nina Petróvskaia da Rússia, os dois se encontraram na minha casa, foram embora juntos e juntos passaram a noite. Ambos vieram se queixar depois. Não tinham cometido nenhuma loucura. Só aconteceu o que poderia haver de mais amargo: simplesmente ficaram entediados um com o outro. Esse foi o último encontro terreno de Renata e do Anjo Ígneo. Nunca mais se viram.

A partir da metade de novembro me instalei em localidade a duas horas de viagem de Berlim. Biély vinha me ver por três, quatro dias, às vezes ficava uma semana inteira. Por alguma espécie de milagre conseguia trabalhar, pois milagrosa era a sua capacidade de trabalho. Às vezes lograva escrever quase dezesseis laudas num único dia. Ele trazia os manuscritos, escrevia durante o dia e à noite lia para nós o resultado. Eram recordações sobre Blok, que ultrapassavam em muito o tema inicial e se tornaram memórias do período simbolista como um todo. Pensamos juntos em títulos para elas. Por fim optamos por um proposto por N. N. Berbiérova: *O começo do século*.

De vez em quando o trabalho se interrompia em função de sua bebedeira, depois de que começava a fazer confissões desconexas. Pouco me valho delas neste artigo, porque naqueles momentos Biély misturava a verdade com a imaginação. Ouvi-lo naquela situação era tão fatigante que não raro acontecia de eu sequer entender o que ele falava e apenas fingir que escutava. Em todo caso, ele mesmo aparentava não reparar no interlocutor. Tratava-se, no fundo, de monólogos. Devo ainda observar que, uma vez terminado o relato, ele podia esquecer imediatamente o dito e começar a contar tudo de novo. Uma noite, repetiu cinco vezes a mesma história para mim. Após a quinta repetição (cada uma levava uns quarenta minutos), fui para o meu quarto e desmaiei. Enquanto tentavam me fazer recobrar os sentidos, Biély ficou batendo na porta e dizendo "me deixe entrar, quero continuar a história..."

Em todo caso, a partir do conjunto das histerias que ele tinha naquela época, uma coisa pude entender: a nova dor que ele agora sentia despertara uma antiga, sendo que esta se mostrou mais dolorosa que a nova. Na mesma época me veio à cabeça algo que, mais tarde, em razão de muitas injunções, se transformou em uma certeza, isto é, que tudo o que se passou na vida amorosa de

Biély depois de 1906 foi apenas uma tentativa de curar aquela ferida aberta em Petersburgo.

À medida que a primavera foi se aproximando, ele afinal começou a se cansar. Dizia com sorriso amargo: "Preciso me casar, senão quem vai me colocar na cama quando eu estiver bêbado?" Chegou de Moscou a antropósofa K. N. Vassílieva. Viera chamá-lo para ir com ela à Rússia dedicar-se ao trabalho antroposófico. Biély fechou a porta na cara dela e silvou:

- Está querendo que eu me case com ela – Mas você mesmo não queria se casar? – Não com ela! Esbravejou furiosamente – Para o inferno com essa dona antropósofa!

Mas não se decidia a partir, como se quisesse beber o cálice da amargura até o fim. Quando o outono de 1923 se avizinhou, aparentemente ele terminou de beber o cálice, e no último minuto, talvez já à beira da loucura, resolveu ir embora. Em primeiro lugar, claro está, para que pudesse ser tratado por alguém que o "colocasse na cama" quando estivesse bêbado. Em segundo lugar, porque entendeu que na emigração não tinha e não teria um público, ao passo que na Rússia ele existia. Foi se encontrar com os antropósofos, aqueles jovens que o haviam acompanhado com tanto carinho dois anos antes, quando da partida para o exterior. Naquele tempo, após uma palestra, alguém na plateia lhe gritou: "Lembre-se que aqui nós amamos você!"

***

Fato é que às vésperas da partida ele não se encontrava em plena posse de suas faculdades. Porém, como acontece frequentemente em situações similares, havia uma astúcia que se manifestava por trás da loucura parcial. Temendo que a proximidade com os emigrantes e com os semi-emigrantes (muitos estavam então nessa situação) poderia ser peça de acusação contra ele, começou a romper as relações que tinha no estrangeiro. Enxotou uma moça a quem muito devia. Lançou calúnias completamente insanas sobre o seu editor. Em resumo, procurou briga e soube como arrumá-las. Infelizmente, a última foi comigo. Falarei dela brevemente, omitindo alguns detalhes curiosos, mas demasiado complicados.

Para conseguir obter um visto teve de fazer visitas repetidas às repartições soviéticas em Berlim, onde desancou os amigos estrangeiros a tal nível que até os comunistas começaram a ter ojeriza de ouvi-lo. Um deles, certo G., contou a história a M. O. Guerchenzón, que justamente nessa época estava retornando para a Rússia após um tratamento médico e também se esfalfava para obter um visto. Guerchenzón tinha grande afeição por Biély e ficou extremamente acabrunhado com a informação dada por G., de quem, vale dizer, era impossível duvidar, já que ele repetira palavra por palavra as frases que tivera a oportunidade de ouvir da boca de Biély. Guerchenzón partiu bem antes deste, mas antes da viagem não se conteve e me contou tudo. Sabedor do estado de alma de Borís Nikoláievitch, decidi me segurar e ficar calado; ao fim e ao cabo, não pude mais suportar a provação.

Naquela altura, os escritores russos estavam saindo de Berlim aos montes. Uns planejavam ir para Paris; outros (inclusive eu), para a Itália. Uma semana e meia antes da partida de Biély decidiu-se organizar um jantar de despedida geral. Durante o jantar, certa dama que conhecia bem Biély disse inesperadamente: "Borís Nikoláievitch, quando você chegar a Moscou, não nos xingue muito". Em resposta, Biély proferiu um discurso completo, no qual declarou literalmente que seria nosso amigo e defensor em Moscou e que estava pronto para "ser crucificado" por nós. Creio que, naquele momento, ele mesmo acreditasse nisso em parte, mesmo assim não pude me aguentar e lhe respondi que ninguém ali tinha o direito de mandá-lo para a cruz e que não podíamos lhe dar um tal "mandato". Biély ficou furioso e declarou que doravante estavam cortadas todas as relações comigo, porque, na verdade, eu passara "a vida inteira" envenenando com o meu ceticismo os seus melhores momentos e tolhendo-lhe os atos nobilíssimos. Eram todas, claro, palavras vazias. O fato é que ele ficou fora de si porque adivinhou quais eram os meus verdadeiros pensamentos. Entendeu que eu sabia que ele não iria "interceder" em nosso favor. Muito pelo contrário...

Na verdade, ele estava errado, e bastante. Mas eu também não era menos culpado. Teimei em exigir dele uma responsabilidade por palavras e ações quando ele já não tinha condições de fazê-lo. Minha conduta estava motivada genuinamente pelo grande amor que eu lhe tinha. Nunca quis ofendê-lo usando um tom condescendente. Teria sido melhor entender que bastava amá-lo, apesar e acima de tudo. Só compreendi isso quando já era tarde.

Não sei muito sobre a sua vida na Rússia soviética. No final das contas, ele se casou mesmo com K. N. Vassíleva e realizou trabalhos antroposóficos por algum tempo. No verão de 1923 foi hóspede de Maksimilian Volóchin na Crimeia e ali fez as pazes com Briússov. Quase não era publicado pelas editoras soviéticas. Dedicou largo tempo à escrita de sua autobiografia.

A história desse trabalho é peculiar. Ainda antes da viagem ao exterior ele proferiu uma palestra em Petersburgo acerca de suas recordações de Blok. Posteriormente ele as reorganizou duas vezes, cada uma delas bastante ampliada. A segunda dessas versões, publicada na revista berlinense *Epopeia*, lhe deu a ideia de transformar as recordações de Blok em memórias sobre toda a época simbolista. Em Berlim ele conseguiu escrever somente o primeiro volume, cujo manuscrito ficou no exterior e não foi publicado. Na Rússia se lançou a uma quarta redação do seu trabalho. Principiou com uma época ainda mais precoce, a história dos anos de infância e juventude. Esse volume saiu com o título de *No limiar de dois séculos*. Logo depois veio o primeiro volume de memórias literárias, intitulado *O começo do século*. Nesse momento, Biély passou por uma mutação psicológica bem típica dele. Já em Berlim ele se queixara de que o trabalho em desenvolvimento com as recordações de Blok estava saindo excessivamente apologético. Blok ali aparecia enfeitado, "lustroso como um samovar". Em Moscou, Biély resolveu corrigir essa falha. Mas no mesmo período foram publicadas cartas de Blok que foram motivo de desagrado para Biély, e então ele não se aguentou. Tratou de converter a apologia a Blok numa ridicularização de sua memória.

Logrou, porém, escrever mais um volume, *Entre duas revoluções*, publicado somente no fim de 1937, ou seja, quase três anos depois de sua morte. Nesse livro ele terminou de enxovalhar Blok e foi ainda mais impiedoso com quase todos as outras pessoas que o acompanharam na vida. Pode ser que em certo grau ele tenha exacerbado a ideia de que, se Blok deveria ser mostrado por um ângulo tão mau, os demais então o mereceriam muito mais. Mas, conhecendo bem Biély, tenho certeza de que ali havia outra motivação peculiar.

O contubérnio com religião, mística e antroposofia decerto o tornava um culpado diante daquela gente com a qual ele agora vivia e da que dependia em todos os sentidos. Na autobiografia, o envolvimento com aqueles assuntos precisou ficar dissimulado ou apresentado sob outra luz. Já no volume precedente Biély estivera obviamente tateando à cata dos subterfúgios ideológicos que lhe possibilitariam apresentar a íntegra de seu caminho espiritual como sendo a busca por uma visão de mundo revolucionária. Agora, ao falar da época que se desenrolou "entre duas revoluções", ele começava a representar, diante dos bolcheviques e de si mesmo (uma postura que era extremamente típica dele), o papel de um revoltoso de velha guarda, persistente e consciente, e até de um marxista ou semimarxista, um guerreiro ardoroso contra a "hidra do capitalismo". Entretanto, os fatos objetivos e amplamente conhecidos pertencentes à sua biografia de indivíduo e de escritor não correspondiam a tais concepções. Qualquer bolchevique podia lhe jogar na cara que ele nunca fora um revolucionário ativo e que nisso consistia no seu pecado mortal em face do proletariado. E eis que então, exatamente do modo como nos romances autobiográficos ele deslocara para os provocadores demoníacos misteriosos a culpa secreta perante o pai, agora procurava representar a vida inteira como uma luta ininterrupta contra os que o cercavam, como se os outros o tentassem seduzir e afastar do caminho revolucionário. Quanto mais próxima fosse uma pessoa, mais necessário era apresentá-la como inimigo secreto, um traidor, provocador, mercenário ou agente do capitalismo. Poupou somente alguns conhecidos que residiam na Rússia soviética. Estivessem eles no exterior, não teriam sido resguardados. Exatamente do modo como demonizou e caricaturou todos os que rodeavam o herói de seus romances, agora caricaturava e apresentava com aspecto diabólico os antigos amigos. Seu talento notável também ali se manifestou: todos saíram parecidos com ele, porém mais ainda com os personagens de *Petersburgo* ou *Moscou sob ataque*. Não duvido que trabalhasse com o entusiasmo de um verdadeiro artista e que em algum recôndito da alma acreditasse no que fluía de sua pena. Contudo, se os bolcheviques dispusessem de uma sensibilidade artística mais apurada poderiam ter-lhe dito que, assim como seus romances semi-históricos eram, em essência, fantásticos, pois neles personagens irreais agiam em um cenário irreal, a sua autobiografia era fantástica. Mais ainda: poderiam dizer que ele finalmente havia se desmascarado como um místico incorrigível, pois não apenas criara, distorcera e colocara do avesso fatos e personagens, mas apresentara a sua vida inteira como uma luta sobrenatural contra demônios, em vez de uma batalha real contra os mercenários capitalistas. A autobiografia de Biély é uma "série de acontecimentos nunca ocorridos", similar aos seus romances autobiográficos[31].

Não pretendo em absoluto dizer que no seu íntimo fosse hostil à revolução. Mas, assim como Blok e Essiênin, não a entendia do mesmo jeito que os bolcheviques e a aceitava desvinculada do bolchevismo. Isso, porém, já é um tema especial e complexo, não propriamente memorialístico.

Ele morreu a 8 de janeiro de 1934, como bem se conhece, em consequência de uma insolação. É por isso que antes de morrer pediu que lhe fosse lido um poema escrito por ele no passado:

> Fiou-se no brilho dourado
> Morreu pela seta solar.
> Mediu com a mente mil fados,
> E a vida não pôde alargar

Ao ouvir pela última vez esses versos proféticos, provavelmente nem se lembrou de que doutra feita foram dedicados a Nina Petróvskaia.

Paris, 1934-1938.

---

[31] A propósito das memórias de Biély, veja-se os meus artigos na revista *Vozrojdiénie* [Ressurreição] de 28 de junho e 5 de julho de 1934, e de 27 de maio de 1938. (N. do A.)

MÚNI

1 – Eu estive aqui, afinal de contas.

Samuil Víktorovitch Kíssin, de quem agora eu gostaria de falar, no fundo nada realizou no campo literário. Mas vale a pena falar dele, pois, embora fosse pessoa que costumasse viver "no próprio canto", encarnava algo profundamente característico da época em que transcorreu a sua curta vida. Todos os meios literários da Moscou de fins dos anos noventa e do começo do século o conheciam. Sem que houvesse desempenhado um papel de destaque na vida da cidade, foi daqueles indivíduos que formaram o "pano de fundo" para os acontecimentos do período. Dadas as suas características pessoais, porém, jamais foi um "homem da multidão", longe disso. Era demasiado complicado e idiossincrático para ser apenas um "tipo". Era um *sintoma*, não um *modelo*.

Encontramo-nos pela primeira vez no fim de 1905. Samuil Víktorovitch residia então em Moscou, era um "estudante pobre" dependente dos vinte e cinco rublos que os parentes lhe enviavam de Rýbinsk. Escrevia poemas e os publicava numa revistinha minúscula chamada *Zóri* [Auroras], com o pseudônimo de "Múni". Foi assim que Moscou inteira o chamou até o final de sua vida (embora perto do fim ele tenha começado a assinar como S. Kíssin). É assim que o chamarei aqui.

De início tivemos forte antipatia um pelo outro, mas a começar do outono de 1906, de repente nos "descobrimos" e logo ficamos amigos. Depois disso passamos nove anos, até a morte de Múni, em um estado de fraternidade verdadeira e de proximidade amorosa que hoje me parece milagroso.

À primeira vista, a história da vida de Múni não parece muito complicada. Nasceu em outubro de 1885 em Rýbinsk, no seio de uma família judaica de fortuna modesta. Após concluir os estudos no ginásio local, ingressou na faculdade de direito da

Universidade de Moscou. No verão de 1909 casou-se com Lídia Iákovlevna Briússova, irmã do poeta. Nos primeiros dias da guerra foi mobilizado, nomeado suboficial e faleceu em Minsk a 28 de março de 1916. As marcas deixadas por ele na vida e na literatura não foram profundas. Mas, pouco antes de morrer, disse para mim com a ironia que raramente o abandonava:

– Anote que eu estive aqui, afinal de contas.

2 - As premonições estão se esgotando

Os dois vivenciamos aqueles anos que sobrevieram a 1905, anos de cansaço espiritual e estetismo geral. Na vida literária, incontáveis imitadores de baixo nível seguiram a reboque da escola modernista, que subitamente recebeu um reconhecimento generalizado justamente em função do que nela havia de banal ou ruim. Na vida social, senhoritas descalças e frágeis ressuscitavam o helenismo. O burguês sentiu um desejo súbito e impetuoso de "ousadia" e mergulhou de cabeça na "questão sexual". Em algum ponto mais baixo na escala, germinavam os adeptos de Sánin e do "Toco de Vela"[32]. Casas em estilo decadente eram construídas e espalhadas nas ruas. E por cima disso tudo, a eletricidade se acumulava. A tempestade rebentou em 1914.

Múni e eu habitávamos um mundo difícil e complexo. Não é nada fácil para mim atualmente descrevê-lo tal como o apreendíamos então. Era difícil respirar no ar quente e proceloso

[32] "Sánin" é um personagem do romance homônimo (1907) de Mikhail Artsybáchev (1878-1927). O personagem marcou época na cultura russa, pelo seu amoralismo e sua defesa da sexualidade livre; o "Toco de Vela" (*ogárok*, em russo) faz referência às "ligas do amor livre" populares naquela época; chamavam seus participantes de *ogárki*, pois praticavam o amor livre em suas reuniões após assoprar os restinhos das velas e ficar na escuridão. (N. do T.)

daqueles anos, tudo parecia ambíguo e ambivalente, os contornos dos objetos eram incertos. A realidade se pulverizou em nossa consciência e se tornou porosa. Vivíamos no mundo real e, ao mesmo tempo, no seu reflexo especial, enevoado e complexo, onde tudo era "o mesmo, só que diferente". Era como se cada coisa, cada passo e gesto estivessem refletidos provisoriamente, como que projetados numa outra superfície, sobre um ecrã próximo, porém intangível. Os acontecimentos cotidianos foram transformados em visões. Cada fenômeno adquiria, para além do seu sentido evidente, um segundo, a exigir decifração. Ele não se entregava sem resistência, mas sabíamos bem tratar-se do sentido verdadeiro.

Desse modo seguimos vivendo em dois mundos. Incapazes, no entanto, de desvelar as leis que regiam os acontecimentos do segundo, aquele que parecia ser mais real do que o real, restava apenas enlanguescer em meio a pressentimentos obscuros e confusos. Na nossa percepção, tudo o que acontecia era uma premonição. Mas de quê?

À maneira de bastante gente daquela época, achávamos que muito em breve "acontecimentos iriam se desencadear". Mas, diferentemente de outros tantos, nossas premonições traziam tinturas assaz sombrias. Não tínhamos uma ideia muito coerente do que exatamente iria se passar. Tentamos não conversar sobre o tema com terceiros. Mas os comentários que escapavam do lado de lá não nos eram lisonjeiros. Não gostavam de nós, achavam que éramos "céticos" e "aves de mau agouro". Múni escreveu para mim com todas as letras numa carta versificada de 1909:

Não vá com versos à Rússia salvar,
A Rússia mal os vai preservar.

Não passávamos de meninos inexperientes de vinte ou vinte e poucos anos que inadvertidamente colheram aquele mesmo bocadinho de elemento sobrenatural de que falou um poeta. Só que havia gente mais experiente e responsável a errar pelas mesmíssimas escuridões. Sendo pupilos ínfimos de maus feiticeiros (e às vezes de charlatões rematados), tínhamos a capacidade de conjurar espíritos inferiores e desobedientes, que depois não conseguíamos controlar. Isso também era um fator que nos desestabilizava. Perdíamos o caminho na "floresta de símbolos" e a "gangorra das correspondências" nos desconcertava. O "dia-a-dia simbólico" que criamos, ou seja, o simbolismo, tornou-se para nós mais que um método, passou a ser simplesmente (não obstante, como estava longe de ser simples!) um estilo de vida e nos pregou algumas peças desagradáveis. Eis algumas, a título de exemplo.

Eu e Múni fomos um dia ao restaurante Praga, cujo salão era dividido por um amplo arco. Havia cortinas penduradas nos flancos do arco. Colado a um deles, de costas para nós, estava um garçom de calça e camisa branca, a mão direita segurando o lintel e a esquerda enfiada na cintura. Pouco depois, saído de trás do arco, apareceu outro, da mesma altura, e ficou de frente para nós e para o primeiro garçom, duplicando, sem querer e com perfeição, a sua pose, mas em sentido reverso: a mão esquerda segurava o lintel, a direita enfiada na cintura, e tudo o mais. Parecia ser a mesma pessoa diante de um espelho. Múni botou um sorriso forçado e disse:

– Agora veio o reflexo dele.

Começamos a vigiá-los. O que estava de costas para nós abaixou a mão direita. Nesse exato instante, o outro abaixou a esquerda. O primeiro fez um determinado movimento, e o outro novamente espelhou-o com exatidão. E depois outro movimento e mais outro. A situação se tornou assustadora. Múni olhava calado e tamborilava com o pé no chão. O segundo garçom deu de supetão uma meia-volta resoluta e sumiu por detrás da bossa do arco. Alguém provavelmente o chamara. Múni deu um pulo e ficou pálido como giz. Depois se tranquilizou e disse:

– Se o nosso garçom tivesse saído e o reflexo permanecesse, eu não iria aguentar. Sinta aqui como ficou o meu coração.

De outra feita estávamos caminhando pela Tverskáia. Múni falou que havia momentos em que ele podia prever o futuro com exatidão total. Mas isso valia apenas para acontecimentos banais.

– Isso mesmo, olha só! Veja aquela carruagem ali. O eixo traseiro dela vai se quebrar agora mesmo.

A carruagem antiquada e puxada por uma dupla de pangarés nos ultrapassou. Um velhote encanecido, acompanhado de dama similar, ia sentado nela.

– Bom, e então? – eu disse – Nada de quebrar.

A carruagem seguiu o seu caminho por mais uns dez sájens[33], começava já a ficar encoberta por outros veículos. De repente, estacou no meio da rua, em frente à loja de Elissiéiev. Corremos até lá. O eixo traseiro se quebrara ao meio. Os anciões apearam da carruagem. Escaparam só com o susto. Múni quis se aproximar deles e pedir perdão. Só a muito custo o convenci a não o fazer.

Naquele mesmo dia, tarde da noite, estávamos andando pela rua Neglínny. V. F. Akhramóvitch nos acompanhava, aquele mesmo que depois se transformou em comunista fervoroso. Na ocasião, ele era católico fervoroso. Contei-lhe o caso ocorrido. Akhramóvitch perguntou de brincadeira a Múni:

– E será que eu posso requisitar algo desse gênero?

– Experimente.

---

[33] Antiga medida russa, correspondente a 2,134 metros. (N. do T.)

– Pois então, que tal se a gente topasse com Antik? (V. M. Antik era o editor dos livretos amarelos da "Biblioteca Universal". Nós três havíamos trabalhado nela).

– Ora, por que não? – Múni respondeu.

Aproximamo-nos da esquina da Rua Petróvskie Líni. Um cocheiro vindo de lá nos cortou o caminho. Quando emparelhou conosco, um homem grisalho tirou o chapéu e nos cumprimentou. Era Antik.

Múni deu uma bronca em Akhramóvitch:

– Puxa vida, você bem poderia ter desejado que fosse o Messias, não é?

Essa vida era muito cansativa. Múni dizia que tudo aquilo logo se converteria em pura e simples abominação, em neurastenia e coriza espiritual. E de tempos em tempos declarava:

– As premonições estão se esgotando.

Ele usava óculos escuros "para não ver mais que o necessário" e levava no bolso uma colher de sopa e uma grande botelha de brometo com a receita desfraldada ao vento.

3 – Do inacabado (*d'inachevé*)

Múni não era preguiçoso. Mas não sabia trabalhar. Homem de capacidades notáveis e de intuição por vezes extraordinária, dispunha igualmente de uma imensa quantidade de conhecimentos. Mas não conseguia se concentrar e se limitar a um assunto. Todo tipo de trabalho o deixava apavorado e já de saída o desestimulava. Dificuldades e complicações invencíveis se descortinavam. Qualquer que fosse o assunto em questão, a imagem de uma perfeição inatingível aparecia diante de Múni e ele entregava os pontos. Botava a mão em alguma coisa, e pronto, parecia que o melhor seria ter começado quando ainda usava fraldas, agora já não dava mais tempo.

Ele escrevia poemas, contos e obras dramáticas. Na verdade, nenhum destes jamais foi levado a cabo. Ou ele simplesmente desistiu de terminá-los, ou não os aprimorou até chegar a um bom patamar de qualidade. Tudo o que escreveu ficou inferior ao que poderia ter escrito. Nem preciso dizer que sempre esteve cheio de projetos, ideias e planos. Fazia troça de si mesmo e dizia que as suas obras magnas, tal como as de Kozmá Prutkóv, estavam guardadas numa pasta de couro marcada com a inscrição: "dos trabalhos inacabados" (*d'inachevé*).

Era rigoroso ao extremo nas suas resenhas literárias e chegava quase a desprezar francamente tudo que não fosse de uma genialidade total. Firme em suas posições, tinha porém o infortúnio de ser justo ao máximo em tudo o que se referia à literatura. Dotado de alma gentil e boa, tentava esconder as próprias opiniões até onde podia, mas exprimia-as sem adornos, se a ocasião o exigisse. No mundo literário, era um indesejado, um canhestro. Durante as sessões de leitura realizadas nos círculos literários dos amigos, quando espera-se ouvir apenas cumprimentos, mesmo que fingidos, ele volta e meia dava um jeito de estragar todo o serão começado de maneira tão agradável. Dos ínfimos literatos iniciantes aos homens celebrados e laureados, todos se esforçavam para não o convidar, pelo medo e desgosto que lhe tinham. Creio que, salvo eu, somente B. K. Záitsev e o falecido S. S. Goloúchev (Serguei Glagól) conseguiam tratá-lo afetuosamente. E ele tinha grande necessidade de que assim o fosse.

Quanto melhor a sua relação com uma pessoa, mais era impiedoso com ela. Comigo, em primeiro lugar. Eu ia procurá-lo a cada novo poema que escrevia. Tendo me ouvido, ele dizia:

– Dê cá, eu mesmo vou dar uma olhada. Em voz alta você dissimula e embeleza as coisas.

No melhor dos casos ele dizia após a leitura que "não era tão mau assim". Porém, no mais das vezes punha uma expressão fatigada e aborrecida e resmungava:

– Deus meu, que lixo! Ou:

– O que fiz de mal a você? Por que está lendo um troço desses para mim?

E encetava uma análise detalhada, longa e arrasadora. Caso eu me obstinasse na defesa da minha criação, Múni arrematava:

– Está bem, faça do seu modo. Publique e assine "Nikolai Poiarkov" (diga-se que este era um poeta péssimo e, ainda por cima, uma pessoa infeliz, deplorável. Ele já não pertence mais a este mundo).

Devo admitir que eu agia de maneira similar em relação ao que ele escrevia. E cada um de nós se comportava consigo mesmo do mesmo modo. Ano após ano atormentávamo-nos pessoal e mutuamente com todas as forças. Ninguém poderia realmente dizer que fôssemos dados a tecer loas. Preferia-se em sã consciência o "comentário mordaz" ao "elogio derramado". Somente depois de começada a guerra e da partida de Múni fui aos poucos me libertando de sua tirania. Sabia que, por mais que a severidade de Múni me fosse útil, ela acabaria por me sufocar. Quando vinha da guerra em licença esporádica Múni observava esse fato e ficava visivelmente zangado, como se estivesse enciumado. Perto do fim de sua última estada em Moscou, bem na véspera de sua partida, eu tinha o compromisso de ler alguns poemas numa sessão vespertina do Museu Politécnico. Múni combinou que iria me ouvir, porém uma hora antes do início telefonou:

– Me desculpe, não poderei ir.

– Por quê?

– Não vejo porque ir. Nada disso vale a pena. Passe bem.

E desligou o telefone. Foi nossa última conversa. No dia seguinte, partiu sem ter passado na minha casa, e dali a dois dias estava morto.

4 – A sombra da fumaça

Em outras épocas fomos quase inseparáveis. Todo o tempo livre (e o havia em abundância) era passado em companhia, raramente na casa de Múni, amiúde na minha, e no mais das vezes em ruas ou restaurantes afora. Conversas infindáveis acerca de temas infindáveis geraram uma língua especial, composta de citações, alusões, e termos elaborados gradativamente. Um conseguia entender o outro só por referências sutis, ao passo que terceiros não entendiam nada e se sentiam ofendidos. Mas às vezes tínhamos a sensação de haver perdido a capacidade de falar a língua socialmente aceita. Convenhamos que as pessoas provavelmente nos achavam um tanto insuportáveis.

Em geral, a noite começava em um café no bulevar Tverskói e terminava nas proximidades, no restaurante Miejdunaródni[34], situado na esquina da Málaia Brónnaia. Tomávamos assento no salão amplo e amorfo e ali ficávamos até a hora de o estabelecimento fechar, em convívio com um público banal, à sombra de lauréis empoeirados e ao som da orquestra histérica, fragorosa, primeiro acompanhados de um cálice de vodca e, em seguida, de um quarto de garrafa de Martell. Então saíamos pelas ruas, sob qualquer tempo (e daí se caísse chuva ou neve?), vagabundeando pela cidade, batendo perna pelo parque Petróvski e por Zamoskvoriétche, qual dois apaixonados sem forças para se separar, acompanhando o outro até a respectiva casa, horas a

[34] "Internacional", em russo. (N. do T.)

fio estacando embaixo de um poste de luz qualquer, para depois reencetar a mesma andança. Havia o seguinte acordo:

Aonde quer que tu te apresses
Mesmo a um encontro ao amor
Mesmo que tenhas teu peito alimentado
Pela tua fantasia mais secreta[35]

O fim de cada tarde ou, pelo menos, o de cada noite tinha de ser passado em dupla. Os encontros eram marcados para as três, quatro ou cinco da madrugada. Em noites de céu limpo de primavera ou verão aconteciam passeios "estrelados". O ponto de encontro era o bulevar Tverskói, quando o dia começava a raiar e a estrela d'alva mal despontava por sobre o monastério Strastnói.

Múni tomava tudo o que existia além dos limites daquela nossa vida e de seus costumes simbolistas por uma sucessão maçante de sonhos monótonos e grosseiros. Como a realidade não passava de sonho, ia se tornando um fardo. Ele considerava a vida um "fardo leve". Assim queria intitular o livro de poemas destinado a nunca aparecer. Em 1917, sua família e alguns amigos mais chegados haviam preparado a obra para publicação. Por duas vezes ele esteve na tipografia durante os anos da revolução, a certa altura foi inteiramente diagramado, mas mesmo assim não saiu.

Todos os trabalhos de Múni acabaram gorados, o que lhe causava dor. Era provavelmente por isso que se lançava a eles com um medo e uma repugnância secretos. Achava insuportável tudo o que era "simplesmente real". Os fatos da vida o oprimiam, pois a "outra ponta" vinha sempre golpeá-lo[36]. No final das contas, todos os fenômenos cotidianos se converteram no que ele

[35] Do poema *Krassávitsa* de Púchkin (1834). (N. do T.)

[36] Referência a um poema de Nikolai Nekrássov (1821-1878), "Quem vive bem na Rússia?" (N. do T.)

chamava de "dissabores". Para conseguir evitá-los, era preciso ter o mínimo contato possível com a realidade. Muitas vezes, por mais que se tentasse comentar ou propor-lhe algo, ele se fechava em copas e respondia: "mas de que isso vai adiantar?" Ele dizia que "jogar água no moinho da realidade" era repugnante, apavorante. Mas invejava a todos que conseguiam viver sem esses medos e repulsas. Em certa noite de outono caminhávamos perto da capela Íverskaia[37], fechada naquela época. Estropiados, doentes, mendigos, paralíticos e histéricos estavam nos degraus, sentados, de pé ou deitados. Múni disse:

– Eles sabem o que querem. Já eu, não os meus poemas, eu mesmo, tal como sou, deveria trazer por epígrafe:

Os demais são fumaça, já eu sou a sombra da fumaça
Invejo quem é fumaça.

A sua própria morte passou despercebida no calor da guerra. Tanto na época como agora por vezes me perguntam: "E por onde anda Múni? Você tem notícias dele?"

5 – A mercadora que pesa sete puds

Múni era constituído por um amplo esqueleto recoberto de pele bem esticada, colada a ele. Mas vestia roupas frouxas, caminhava se arrastando e disfarçava as bochechas cavas com uma barba comprida. Tinha braços desproporcionalmente compridos, que ele balouçava como um gorila ou um lutador.

– Convenhamos, ele disse, eu não existo de verdade, como você bem sabe. Mas os outros não podem saber, ou você há de compreender o tipo de dissabor que isso iria gerar.

---

37 Na Praça Vermelha. (N. do T.)

E concluía com a citação de praxe:

– Meu sonho seria ressuscitar, só que de modo definitivo e irreversível, como uma mulher de mercador bem gorda, pesando uns sete puds.

Num de seus contos, Bolchakóv, o protagonista, homem de vida desditosa, atormentado por múltiplas paixões e dissabores, resolve "reencarnar definitivamente" no tranquilo e bem-sucedido Pereiaslávtsev. De início tudo corre bem, mas depois ele começa a se rebelar e Pereieslávtsev acaba por matá-lo.

No começo de 1908, ao cabo de uma história de amor sofrida, Múni resolveu reencarnar definitivamente como um tal Aleksandr Aleksándrovitch Beklemichev (o conto acerca de Bolchakóv foi escrito mais tarde, com base precisamente na experiência de Beklemichev). Durante cerca de três meses Múni ficou muito diferente do habitual. Caminhava e vestia-se de outro modo, mudou a voz e até os pensamentos. Ele escondeu a existência de Beklemichev, no íntimo sabendo que o contrário era o verdadeiro, que não havia mais Múni, apenas Beklemichev, obrigado a portar o nome de Múni tão somente "para fins de passaporte e de controle policial".

Aleksandr Beklemichev era um homem que recusava tudo o que estivesse ligado à memória de Múni e, assim procedendo, obtinha uma chance de seguir vivendo. Beklemichev escrevia poemas e contos a fim de consolidar a realidade de sua própria existência. Enviava-os às revistas em rigoroso segredo. Mas os mesmos editores que haviam publicado recentemente Múni devolviam ao ignoto Beklemichev seus manuscritos sem sequer tê-los lido. Somente Iu. I. Aikhenvald, o editor da seção literária do *Rússkaia Mysl* naquela época, acolheu alguns poemas do autor desconhecido.

A existência dupla evidentemente não facilitava a vida de Múni. Pelo contrário, complicava-a em progressão geométrica.

Surgiu uma multidão de situações completamente inacreditáveis. Nossos "significados" já não eram duplos. Eram, por outra, quádruplos, óctuplos, e muito mais. Impossível ver qualquer um ou fazer qualquer coisa. Paralisia e falta de dinheiro vieram em consequência. Acontecia de bebermos em dupla uma garrafa de leite e de comermos um único pedaço de pão ao longo de um, dois e às vezes três dias. Para complicar ainda mais, Múni estava se rebelando contra Beklemichev ("saindo da pele dele", era como dizíamos), e a questão poderia ter acabado tal como acabou, mais tarde, com Bolchakóv e Pereiaslávtsev. E eis que certo dia dei um basta, e dos sonoros, àquilo tudo. Tendo partido para a datcha, escrevi um poema e o publiquei num jornal, assinando como Elissaviéta Makchéieva (a moça existira de fato no século dezoito, morava em Tambóv; ganhou notoriedade apenas por ter um dia participado da apresentação de uma peça de Derjávin)[38]. O poema era dedicado a Aleksandr Beklemichev e desmascarava o seu segredo com transparência e mordacidade. Entrou posteriormente no meu livro *A casinha feliz* com o título de "Ao poeta". Múni não identificou o autor imediatamente quando o leu no jornal. Encontrei-o em Moscou sentado em um banco de bulevar, abatido e desconcertado. Colocamos a situação em pratos limpos. O desmascarado Beklemichev, agora transformado em objeto de piada, só poderia fazer uma coisa: desaparecer a todo custo. Assim o caso terminou. Múni voltou "a ser ele mesmo", embora não de uma vez só. Infelizmente, o "episódio Beklemichev" e as tentativas de "reencarnar como uma mercadora de sete puds" desencadearam outros acontecimentos, mais mundanos, não comentáveis neste momento. No entanto, a nossa proximidade e intimidade eram tão grandes, e havia tamanha participação minha nos equívocos de Múni, que não posso deixar de sentir alguma culpa pela sua morte.

---

[38] Gavrila Derjávin (1743-1816), poeta neoclássico, famoso por suas odes. (N. do T.)

6 – o negro possesso

Múni escreveu duas pequenas "tragédias" de conteúdo deveras alucinado. Uma tinha por título "O negro possesso". Seu herói era um negro que usava camisa engomada e suspensórios e dava as caras em variados lugares de Petersburgo: no Canal de Inverno, num ateliê da moda, na janela dum restaurante onde um grupo de advogados e de damas dançavam o *cakewalk*. A cada vez que aparece o negro toca um tambor e pronuncia mais ou menos o mesmo discurso:

"Assim não dá para continuar. Tará-tá-tá. Estou possesso". E complementava: "Che-gadis-sotu-do aí".

O ato final mostra o corte transversal de um bonde zumbindo e sacolejando, como se estivesse se distanciando do público. Entrevê-se o condutor bem ao fundo, por detrás do vidro. É noite avançada. Os passageiros vão adormecidos e balançam de um lado para outro. De repente sobrevém um solavanco e o vagão se detém. Perplexidade nos bastidores. Em seguida, o técnico do teatro aparece e declara:

– Houve um acidente. A ação previa que o negro fosse atropelado pelo bonde. Mas em nosso teatro o cenário é construído com tanto realismo e escrúpulo que o protagonista foi esmagado de verdade. A apresentação está cancelada. Os insatisfeitos poderão receber o dinheiro de volta.

Múni previu o próprio destino por meio dessa "tragédia". Quando os "acontecimentos" que ele esperava se transformaram em realidade, ele mesmo sucumbiu sob o peso do cenário "excessivamente realista". A guerra foi o "dissabor" final e mais devastador causado pelo mundo real. Múni foi mobilizado no dia em que ela foi declarada. Visitei-o na véspera de sua apresentação ao quartel. Quando me despedi, ele me acompanhou até o lado de fora da casa e disse:

– Acabou-se. Não voltarei da guerra. Ou vão me matar ou eu mesmo não aguentarei.

Sendo judeu, ele não poderia obter a patente de alferes, mas em contrapartida foi inesperadamente designado funcionário de um serviço sanitário. Enviaram-no para Khabárovsk, cidade situada no lado contrário ao do *front*. De lá remanejaram-no para Varsóvia, e quando esta foi tomada pelos alemães, foi transferido para Minsk. Mas a vida nas enfermarias não lhe foi mais leve do que teria sido a das trincheiras. Ele procurava não se queixar em demasia quando vinha esporadicamente de licença. Mas suas cartas "de lá" estavam repletas de desespero. A "realidade" o sobrecarregou da maneira mais terrível. Todas as tentativas de libertá-lo ou ao menos de obter uma transferência para Moscou foram em vão. As autoridades respondiam: "Mas ele está na retaguarda. O que mais vocês querem?". E, a seu modo, tinham razão.

Às vésperas do fim, até as suas visitas de licença se tornaram penosas. Ao partir de Moscou, no dia 25 de março de 1916, depois da última visita, enviou-me do meio do caminho um cartão postal com um pedido para que o mantivesse informado de um assunto que me dizia respeito. Não só não teve tempo de receber a resposta, como o próprio cartão enviado chegou a mim quando ele já não estava mais entre os vivos. Na alvorada de 28 de março, logo que chegou a Minsk, Múni se matou. Preservou-se o esboço de uma cançoneta composta por ele provavelmente no vagão. Ela se chama "A arma do suicida".

A certo ponto do outono de 1911, quando eu passava por um período de vida ingrato, fui visitar meu irmão. Não havia ninguém em casa. Enquanto procurava a caixinha onde se guardavam os bicos de pena, entreabri uma gaveta da escrivaninha e a primeira coisa que avistei foi um revólver. A tentação era enorme. Sem me afastar da mesa telefonei para Múni:

– Venha imediatamente. Vou esperar vinte minutos, mais não posso.

Múni foi.

Em uma das cartas da guerra ele me escreveu: "Com demasiada frequência me sinto igual a – lembra-se? – você no apartamento vazio do Mikhail".

Ele decerto se recordou desse caso mesmo enquanto morria: as "nossas coisas" nunca eram esquecidas. Múni estava na casa de um colega de serviço. Este foi convocado para cuidar de algum assunto. Uma vez sozinho, Múni pegou um revólver de uma escrivaninha qualquer e atirou na têmpora direita. Quarenta minutos mais tarde, estava morto.

Robinson, setembro de 1926.

GUMILIÓV E BLOK

Blok morreu no dia 7 de agosto de 1921, e Gumilióv, no 27. Mas tenho a sensação de que ambos morreram no dia 3 de agosto. Contarei a seguir porque isso se deu.

Acho que seria difícil imaginar duas pessoas mais diferentes do que eles. Talvez só mesmo na idade não estivessem tão apartados assim: Blok era apenas seis anos mais velho.

Pertencendo ao mesmo período literário, eram gente oriunda de gerações poéticas diferentes. Blok às vezes se rebelava contra o simbolismo, mas era um dos simbolistas mais puros. Gumilióv não saiu da esfera de influência de Briússov até o fim da vida, mas formou uma imagem de si como um inimigo consumado do simbolismo. Blok era um místico, um devoto da Bela Dama, ao passo que escrevia versos sacrílegos, e não apenas a respeito dela. Gumilióv nunca deixava de se benzer diante de todas as igrejas, mas raramente terei visto uma pessoa tão ignara de religião quanto ele. Blok entendia a poesia como uma verdadeira proeza espiritual, a mais importante, coisa inseparável da vida. Gumilióv a tomava por uma forma de atividade literária. Blok era poeta sempre, em cada minuto de sua vida. Gumilióv o era apenas quando escrevia poemas. Para arrematar tudo isso (e muito mais), os dois não podiam se suportar, e não faziam questão de escondê-lo. Contudo, em minha memória eles frequentemente aparecem juntos. O último ano de suas vidas, que foi, na verdade, o único em que convivi com eles, terminou quase simultaneamente com os dois falecimentos. Havia uma espécie de conexão tanto nas mortes como no abalo gerado por elas em Petersburgo.

Gumilióv e eu nascemos no mesmo ano e começamos a publicar no mesmo ano, mas demoramos para nos encontrar. Eu ia pouco a Petersburgo e creio que ele nunca esteve em Moscou. Conhecemo-nos no outono de 1918, em Petersburgo, numa reunião de redação da "Literatura Mundial"[39]. A pompa com que Gumilióv "presidia a sessão" me fez lembrar de Briússov na hora.

Ele me convidou para ir à sua casa e me recebeu como se aquilo fosse literalmente o encontro de dois monarcas. Havia algo tão artificial na sua polidez cerimoniosa que no começo cogitei se ele não estaria de brincadeira. Tive, porém, de assumir um tom similar, visto que qualquer outro passaria por intimidade. Naquela Petersburgo deserta, faminta e empesteada pelo cheiro de vobla[40], passávamos o tempo no seu gabinete bagunçado e sem calefação e conversávamos pondo ares de importância desmedida, ambos mortos de fome, emaciados, vestidos com paletós andrajosos e botinas esburacadas. Lembrando-se de que eu era moscovita, Gumilióv julgou necessário me oferecer chá, mas o fez com uma voz tão hesitante (provavelmente não havia açúcar) que recusei, assim aparentemente o livrando do embaraço. Nesse meio-tempo, o arranjo do seu gabinete ia paulatinamente chamando a minha atenção. A escrivaninha, a estante de livros tripla, os espelhos decorativos, a poltrona e todo o resto eram coisas que eu conhecia muitíssimo bem. Por fim, perguntei cauteloso se ele vivia há muito tempo naquele apartamento.

---

[39] Projeto ciclópico de Górki, após a Revolução de 1917, com o objetivo de traduzir o patrimônio literário universal. (N. do T.)

[40] Carpa do Cáspio. É um peixe que se come seco, batendo na mesa para amaciá-lo; é um dos mais baratos e o principal tira-gosto nos períodos de escassez. (N. do T.)

– Na verdade, o apartamento não é meu – respondeu Gumilióv –, é de M. – No ato entendi que Gumilióv e eu estávamos no meu antigo gabinete! Cerca de dez anos antes, aquela mobília em parte pertencera a mim. Ela tinha sua própria história. O almirante Fiódor Fiódorovitch Matiúchkin, colega de liceu de Púchkin, a trouxera de um barco e com ela montou a sua casa, uma propriedade situada à beira-lago, nas cercanias de Bologóie. A propriedade se chamava "Zaímka"[41]. Rezavam as lendas locais que Púchkin evidentemente estivera mais de uma vez em Zaímka. Mostravam até a poltrona revestida de marroquim verde – a poltrona preferida de Púchkin. Como costuma acontecer, isso não passava de lenda. Púchkin nunca pusera os pés naquelas paragens e, para cumular, Matiúchkin só havia comprado a propriedade uns bons trinta anos depois da morte do poeta. Depois do falecimento de Matiúchkina, Zaímka passou de mão em mão e mudou de nome para "Lídino", mas a mobília da velha casa foi preservada. Mesmo os aparatos adicionados ao aparador de mesa para salvaguardar os pratos em caso de balanço do navio não haviam sido substituídos por prateleiras comuns. Em 1905, me tornei semiproprietário por acaso dessa mobília e a levei para Moscou. Mais tarde, seu destino foi migrar para Petersburgo. Quando a revolução veio afinal arrancar tudo e todos de seus lugares, deparei-me com Gumilióv instalado no meio daquela mobília. A verdadeira proprietária estava na Crimeia.

Tendo cumprido o tempo de permanência que o bom tom exigia para uma visita tão constrangedora, finalmente levantei-me. Enquanto Gumilióv me acompanhava até a saída, surgiu de uma porta lateral um menino pálido e magricela, de rosto tão comprido como o de Gumilióv, metido em uma kossovo-

[41] O termo significa lote ocupado (ou mesmo grilado) pela primeira vez por alguém. (N. do T.)

rótka encardida e calçado com válenki[42]. Na cabeça trazia um capacete dos ulanos, brandia um sabre de brinquedo e gritava alguma coisa. Gumilióvcélere o tocou dali com o tom de um rei que despacha o delfim a seus preceptores. Percebia-se, contudo, que no apartamento úmido e gélido não havia ninguém, exceto Gumiliόv e seu filho.

Dois anos depois me mudei para Petersburgo. Passamos a nos encontrar com mais frequência. Gumiliόv tinha muitas qualidades boas. Dispunha de um excelente gosto literário, um tanto superficial, mas, em certo sentido, impecável. Sua abordagem da poesia era excessivamente formal, conquanto fosse uma seara em que ele era arguto e sutil. Penetrava na mecânica do verso como pouca gente. Penso que o fazia de modo mais profundo e atilado do que o próprio Briússov. Adorava a poesia e procurava ser imparcial nos julgamentos.

Apesar de tudo isso, tanto a sua conversa como os seus poemas raramente eram "nutrientes" para mim. Ele era espantosamente jovem de espírito, talvez de cabeça também. Sempre achei que tivesse aparência de criança. Havia algo de pueril na cabeça raspada à máquina e na postura, mais ginasiana que militar. A mesma infantilidade se manifestava no seu encanto pela África e pela guerra, e, enfim, no ar solene e afetado que tanto me espantou quando do nosso primeiro encontro, uma cerimoniosidade que de repente refluía e se escondia alhures, até que ele se desse conta e se apoderasse dela novamente. Gostava de posar de adulto, como todas as crianças. Adorava representar o papel de "mestre" na direção literária de seus "gumiliovinhos", isto é, dos poetinhas e poetisas que o rodeavam. A criançada poetizante gostava muito dele. Às vezes, depois de uma palestra sobre poética, brincava de cabra-cega – no sentido literal do termo, não no figurado – com a turma. Vi acontecer umas duas vezes. Gumiliόv parecia naque-

42 Blusa e bota de feltro. (N. do. T.)

las ocasiões um folgazão estudante de quinta série, brincando a valer com a criançada do jardim de infância. Era engraçado ver como, meia-hora depois, ele passava a representar o papel de gente grande e conversava todo ponderado com A. F. Kóni, sendo que este sempre era bem menos protocolar do que ele.

Um baile foi organizado no Instituto de História das Artes por ocasião das festas natalinas de 1920. Lembro agora da iluminação parca e do vapor glacial que havia nos imensos salões enregelados da mansão dos Zúbov, situada na praça de Santo Isaac. A lenha úmida solta bagos de fumaça e apodrece nas lareiras. A Petersburgo literária e artística está inteira presente. A música tonitruante. As pessoas se movem na meia-treva e se aprochegam das lareiras. Deus meu, como essa multidão está vestida! Válenki, suéteres, casacos de pele rotos, dos quais ninguém pode se separar, mesmo no salão de dança. E então, com um atraso sob medida, Gumilóv aparece de braços dados com uma dama trêmula de frio e portando vestido preto com decote profundo. Gumiliόv flana pelos salões, empertigado e arrogante no seu fraque. Tirita de frio enquanto faz mesuras magníficas e gentis à direita e à esquerda. Conversa em tom polido com seus conhecidos. Está brincando de baile. Toda a sua aparência diz que "nada aconteceu. Revolução? Nunca ouvi falar".

***

Blok andava evitando as pessoas naquele inverno. Por isso, evidentemente não compareceu ao baile. Uma outra noite me vem à memória. A "Casa dos escritores", um dos últimos abrigos de nós outros, teve a ideia de organizar celebrações anuais de toda a Rússia em memória de Púchkin, a serem realizadas na data de sua morte (depois foram transferidas para o aniversário de nascimento; foi essa a origem também dos "Dias da cultura russa" comemorados pela emigração). O primeiro serão aconteceu no dia 11 de fevereiro de 1921. Previam-se falas de A. F. Kóni, N. A. Kotliariévski, Blok e minhas. Kuzmínleria poemas. Eu estava doente; não consegui preparar o discurso no prazo e recusei o convite para participar, mas fui assim mesmo ao evento. Os representantes da "Casa dos Escritores" – N. M. Volkovýski, B. I. Kharitón, V. Ia. Irétski – tomavam lugar no palco. Ao centro da mesa do comitê organizador, estava Kotliariévski (o presidente); à sua direita, Akhmátova, Schiógoleve eu; à esquerda sentaram-se Kóni, Kuzmín e, na ponta da mesa, Blok, o tempo todo permanecendo cabisbaixo.

Os discursos foram precedidos por breves informes de várias organizações a propósito do formato sugerido para comemorações futuras dos Dias de Púchkin. No rol dos enviados havia também um representante oficial do governo, um certo Kristi, cujo cargo era a direção de um dito Centro Acadêmico. Os escritores e estudiosos eram constantemente obrigados a lidar com ele em seus assuntos. Era um homem idoso, simpático e bem-intencionado. Ficou visivelmente confuso ao encarar os olhares pouco simpáticos daquela sala entupida de gente. Quando a palavra lhe foi passada, levantou-se, enrubesceu e, sendo um homem por natureza pouco afeito a discursos, no ato titubeou– perdeu o controle das partículas negativas e fez, literalmente, o seguinte pronunciamento:

– A sociedade russa *não* deve pressupor que, a respeito de tudo que se relaciona com a imortalização da memória de Púchkin, esta não encontre obstáculos por parte do poder operário e camponês.

Risadas percorreram o salão. Alguém disse em voz alta: "Não pressupomos mesmo". Blok ergueu o rosto e deu um sorriso torto para Kristi.

Blok veio por último e trouxe a leitura de seu inspirado discurso sobre Púchkin. Ele trajava um paletó preto por cima de um suéter branco de gola rolê. Parecia um pescador, de rosto avermelhado, curtido pelas intempéries, todo o corpo seco e nodoso. Falava com voz surda, picando as palavras, as mãos enfiadas nos bolsos. Por vezes voltava a cabeça para o lado de Kristi e frisava cada palavra: "Os burocratas são a nossa escória, a escória do dia de amanhã e de hoje... Que saibam se precaver desse ignóbil apelido os burocratas que tentam utilizar as próprias tramoias para dirigir a poesia, para usurpar a sua liberdade secreta e impedi-la de cumprir o seu propósito secreto...". O pobre Kristi sofria visivelmente, contorcia-se todo na cadeira. Contaram-me que antes de ir embora, enquanto vestia o paletó no saguão de entrada, ele disse em voz bem alta:

– Não esperava tamanha falta de tato por parte de Blok.

Porém, naquela situação, e saído dos lábios de Blok, o discurso não soou indelicado. Parecia, por outra, marcado por um sentimento trágico profundo, e quiçá por alguma forma de penitência. O autor de "Os doze" estava legando à sociedade e à literatura russa a preservação da derradeira herança puchkiniana: a liberdade, ainda que "secreta". No correr da sua fala sentia-se como aos poucos desabava a parede entre ele e o salão. Nas ovações que o acompanharam havia aquela alegria iluminada que sempre vem associada à reconciliação com uma pessoa amada.

Gumilióv apareceu no momento em que Blok discursava. De braços dados com a mesma dama que estivera com ele no baile percorreu solenemente o corredor central, ao longo de toda a extensão do salão. Desta vez, entretanto, havia algo de desagradável no atraso para o serão puchkiniano, no fraque (talvez se comparado ao suéter de Blok) e no vestido decotado da acompanhante. Havia um lugar preparado para ele no palco. Ele chegou a por o pé no degrau rangente, mas Kotliariévski fez-lhe um gesto abrupto com a mão, ele sentou-se num lugar no meio da plateia e depois de alguns minutos foi embora.

O evento foi repetido outras três vezes. Finalmente tinha terminado de escrever o meu discurso ("O tripé bambo") e fiz a leitura. Eu e Blok proseamos "nos bastidores" à espera de nossa vez. Foi somente naquela noite que eu e ele pudemos, de fato, conversar razoavelmente a sós. Na ocasião final (realizada no prédio da universidade), calhou de ficarmos uma hora e meia num quarto vazio, sentados ao redor de uma mesa gélida, revestida com um oleado. Começamos com Púchkin e em seguida passamos para o simbolismo inicial. Blok botava um sorriso irônico e afetuoso ao falar daquela época, dos enlevos místicos costumeiros, de Andréi Biély e S. M. Soloviόv. Era igual ao jeito como as pessoas se lembram da infância. Blok reconhecia que não entendia mais muitos dos poemas que então compusera. "Esqueci o significado de várias palavras daquela época. No entanto, pareciam sacramentos. E agora leio esses poemas como se fossem de um estranho, nem sempre compreendendo o que o autor queria dizer exatamente".

Naquela noite de 26 de fevereiro ele estava mais triste do que nunca. Falou bastante de si, como se estivesse conversando consigo mesmo, com muita introspecção, de modo contido, às vezes somente por alusões, vago e confuso, mas percebia-se uma sinceridade amarga e austera por trás de suas palavras. Parecia ver o mundo e a si com simplicidade e desnudamento trágicos. Justeza e simplicidade ficaram para sempre associadas às minhas recordações de Blok.

***

Gumiliόv entendia de maestria poética demasiado bem para deixar de valorizar Blok. Mas isso não o impedia de desgostar de Blok como pessoa. Não sei em que pé estavam as relações dos dois anteriormente, mas quando cheguei a Petersburgo deparei com hostilidade recíproca. Não creio que os motivos para tal fossem insignificantes, embora Gumilióv, sempre muito cônscio do lugar que cada um ocupava na hierarquia poética, pudesse ter inveja de Blok. É provável que houvesse divergências mais sérias em pauta. As visões de mundo dos dois eram hostis, contradiziam-se drasticamente as propostas literárias. O essencial da poesia de Blok, seu "dínamo oculto" e sentido espiritual-religioso, teria forçosamente de ser estranho para Gumilióv. Este deve ter percebido que em Blok apareciam com clareza especial aspectos do simbolismo que lhe eram antagônicos e não totalmente inteligíveis. Não por acaso, os manifestos dos acmeístas foram dirigidos antes de tudo contra Blok e Biély. E Blok, por sua vez, deve ter se sentido molestado pela "futilidade", "irrelevância" e "superficialidade" que viu em Gumilióv. Entretanto, se o problema fosse apenas a poesia de Gumilióv, Blok provavelmente poderia tê-la aceito ou ao menos a tratado com maior dose de tolerância. Existiam entrementes dois fatores complicadores. O pupilo Gumilióv havia sido esmagado por anos de hostilidade acumulada, dirigida ao professor Briússov, um ódio tão mais agudo porquanto surgido das ruínas de um antigo amor. Blok encarava o acmeísmo e tudo o que depois foi chamado "gumiliovismo" como uma degradação do "briussovismo". Em segundo lugar, Gumilióv não estava sozinho. A cada ano crescia a sua influência na juventude literária, e Blok considerava que isso fosse maléfico do ponto de vista espiritual e poético.

No começo de 1921 a hostilidade veio à tona com força. Começarei recuando um pouco mais, de modo a comentar, de passagem, alguns outros acontecimentos. Cerca de quatro anos antes da guerra, surgiu em Petersburgo uma sociedade poética que recebeu o nome de "Guilda dos Poetas". Dela participaram Blok, Serguéi Gorodiétski, Gueórgui Tchulkóv, Iúri Verkhóvski, Nikolai Kliúiev, Gumilióv e até Alekséi Tolstói, naquela época ainda escritor de poesia. Entre os jovens estavam Óssip Mandelstam, Gueórgui Nárbut e Anna Akhmátova, então esposa de

Gumilióv. Originalmente a sociedade não tomava nenhum partido de tipo literário. Depois os acmeístas passaram a dominá-la, e os que não lhes eram simpáticos, aí incluído Blok, foram aos poucos abandonando-a. Na época da guerra e do comunismo de guerra o acmeísmo acabou e a Guilda se desmilinguiu. No começo de 1921 Gumilióv excogitou ressuscitá-la e me convidou a tomar parte. Perguntei se seria a primeira Guilda, ou seja, a versão apartidária, ou a segunda, acmeísta. Gumilióv respondeu que seria a primeira; então consenti. Naquela mesma noite havia um encontro marcado, o segundo da série. Eu morava então na "Casa das Artes", estava sempre doente e não via quase ninguém. Antes da reunião fui ter com Mandelstam, meu vizinho, e lhe perguntei por que não me dissera nada até aquele momento sobre a retomada da Guilda. Mandelstam rebentou de rir:

– Ora, porque não existe Guilda nenhuma. Blok, Sologub e Akhmátova recusaram participação. Gumilióv só quer posar de presidente. Adora brincar com soldadinhos. E você caiu na esparrela. Lá não há ninguém, fora os gumiliovinhos.

– Permita-me perguntar o que você faz exatamente nessa Guilda? – inquiri-o, irritado. Mandelstam botou uma cara muita séria:

– Tomo o chá e como os docinhos.

Naquela reunião, tirante Gumilióv e Mandelstam, contei cinco pessoas. Leram poemas e procederam à analise. Considerei a Guilda coisa inútil, mas também inofensiva. Só que por ocasião do terceiro evento uma surpresa desagradável me aguardava. Houve a intervenção de um novo membro, o jovem poeta Neldíkhen. O neófito leu seus versos. Tratava-se basicamente de poesia em prosa. A seu modo eram até arrebatadores, dada a tolice divertida que transbordava da primeira à última linha. Aquele "eu" em nome do qual Neldíkhen se exprimia era a imagem perfeita de um palerma consumado, muito embora fosse um palerma feliz, grandiloquente e satisfeitíssimo consigo mesmo. Neldíkhen recitou:

Mulheres, bonecas de dois-e-meio-archin,
Ggargalhantes, olhar-translúcidas, castanho-comadas,
Portantes todo-poderosas de roupinhas e opacos
penduricalhos e brincos

Amantes de minhas altivózeas estórias e más donas-de-casa...
Ah quanto me perturbam tais mulheres!
Nas ruas vão vapores a vários cantos,
Todos têm mulher e amante,
Mas eu não tenho nenhuma adequada;
Não sou sobremaneira um monstro,
Quando eu me entupo, até de rosto lembro Byron...

Na sequência o poema contava que ele encontrara afinal alguma Jenka ou Sonka e a presenteara com uma lanterna de bolso, mas a mulher começou a traí-lo com um contador, razão pela qual ele deu o troco roubando-lhe a lanterna quando ela não estava em casa. Tudo isso foi declamado de improviso e com seriedade total. Os ouvintes sorriam. Só não rolavam no chão de tanto rir porque conheciam a história da lanterna quase de cor. As efusões de Neldíkhen já eram públicas e notórias. O recital na Guilda era pura formalidade, do tipo que Gumiliόv adorava. Quando Neldíkhen terminou, Gumiliόv pronunciou, em seu estatuto de "síndico", um discurso de boas-vindas. Em primeiro lugar, observou que a estupidez estivera por baixo até aquele momento, e que os poetas a desprezavam injustamente. Chegara, todavia, a sua hora de ter voz na literatura. A tolice é uma propriedade natural, tal como a inteligência. Passível de desenvolvimento e cultivo. Gumiliόv evocou o dístico de Balmont:

A imagem repulsiva do idiota,
E a estupidez não posso compreender,

e chamou-o de cruel, para depois, na pessoa de Neldíkhen, saudar o ingresso da estupidez escancarada na "Guilda dos Poetas".

Reunião terminada, perguntei a Gumilióv se valia a pena ridicularizar Neldíkhen e se a Guilda tinha mesmo necessidade dele. Para meu espanto, Gumilióv declarou não haver feito troça nenhuma.

– Não é minha função – ele disse – tentar compreender o que os poetas pensam. Limito-me a avaliar o modo como eles expõem seus pensamentos e tolices. Eu mesmo não gostaria de ser um imbecil, mas não tenho o direito de exigir inteligência de Neldíkhen. Ele expressa a sua tolice com uma destreza de que nem toda gente sabida é capaz. Afinal, a poesia também é uma forma de destreza. Ou seja, Neldíkhen é um poeta, logo o meu dever é acolhê-lo na Guilda.

Em data posterior estava agendada uma noite pública da Guilda com a participação de Neldíkhen. Mandei a Gumilióv uma carta comunicando o meu desligamento. Não o fiz, porém, apenas por causa de Neldíkhen. Havia uma outra motivação bem mais considerável.

Antes de minha mudança a Petersburgo, formara-se naquela cidade uma seção da União Pan-Russa de Poetas, cuja direção estava localizada em Moscou e era na prática encabeçada pelo próprio Lunatchárski. Não lembro quem eram os membros da direção, mas Blok era o presidente. Certa noite Mandelstam veio de visita e me informou que a direção "blokiana" da União fora derrubada uma hora atrás e substituída por outra, em cuja composição ingressaram exclusivamente membros da Guilda, inclusive eu. Escolheram Gumilióv como presidente. O golpe foi dado de um modo estranho: expediram os comunicados praticamente uma hora antes da reunião, pouca gente os recebeu. A coisa toda me desagradava, e eu então declarei que fora perda de tempo me escolher sem fazer uma consulta prévia. Mandelstam se lançou a me persuadir a "não criar caso", para não ofender Gumilióv. De suas palavras depreendi que as "reeleições" tinham sido tramadas por certos membros da Guilda interessados em se apossar da imprensa da União e, por meio dela, levar vantagem em negócios de caráter comercial escuso. Com tal fim abrigaram-se no nome e no posto de Gumilióv. Este, feito criança, ficou seduzido pelo título de presidente. Ao fim e ao cabo, prometi não abandonar formalmente a direção, mas em realidade não participei nem das reuniões nem dos assuntos gerais da União. Foi isto o que me impeliu a sair da Guilda.

Blok decerto não dava importância a sua presidência da União. Mas aquelas eleições patentemente arranjadas não lhe agradavam, e ele estava descontente com o fato de a influência literária de Gumilióv ser doravante fortalecida pela pressão vinda desde a direção da União. Blok resolveu então sair da inércia.

Nesse preciso momento conseguiu permissão para a publicação de um semanário intitulado *Literatúrnaia Gazieta* [O Jornal Literário]. Seus editores eram A. N. Tíkhonov, E. I. Zamiátin e K. I. Tchukóvski. Blok mandou para o primeiro número um artigo contra Gumilióv e a Guilda. Intitulado "Sem divindade e sem inspiração". A *Literatúrnaia Gazieta* encerrou a sua existência antes que começasse a sair: o periódico foi confiscado por ordem de Zinóviev ainda na tipografia, em razão de um conto de Zamiátin e do meu editorial. Só fui ler o artigo de Blok passados muitos anos, na sua coleção de obras reunidas. Devo reconhecer que o texto me pareceu muito indolente e nebuloso, como vários artigos de Blok. Mas naquele tempo correu o rumor de que era bastante incisivo. Em um de nossos encontros, o próprio Blok me disse a mesma coisa. Aborrecido, declarou que Gumilióv estava fabricando poetas "do nada".

Foi minha última conversa com Blok. Porém pude vê-lo mais uma vez, de longe. Uma sessão dedicada a seus poemas estava marcada para a noite de 1º de março no Teatro Mály. No horário soviético eram quase oito da noite; no real, não passavam de cinco. Eu caminhava sem pressa pela rua Teatrálnaia, pois adoro essa hora do dia. A rua estava luminosa e deserta. Na praça Tchernychiov ouvi às minhas costas passos lépidos e apressados e, na sequência imediata, uma voz pressurosa e débil:

– Rápido, mais rápido, ou vai se atrasar!

Era a mãe de Blok. Pequena e ressequida, o rubor assomando nas bochechas enrugadas, mesmo assim corria quase emparelhada comigo, e quando tomava fôlego tagarelava sem dar trégua, dizia estar preocupada com o Sacha, íamos nos atrasar, temia que Tchukóvski dissesse um monte de vulgaridades (ele devia proferir o discurso de apresentação). Depois falou que eu tinha, sem falta, que passar nos bastidores para conversar com Sacha, que as pernas do Sacha estavam meio doloridas, mas que o mais importante, o mais importante mesmo, era que a gente não se atrasasse! Finalmente chegamos. Nossos assentos ficavam lado a lado, mas ela, tendo se remexido e se inquietado, saltou do lugar e escapuliu, provavelmente para ir ao palco.

Blok chegou na segunda parte, passado o intervalo. Tranquilo e pálido, deteve-se no meio do palco e começou a ler, escondendo uma e depois a outra mão no bolso, como era de seu costume. Leu apenas uns poucos poemas, mas com a simplicidade penetrante e a seriedade profunda que o dito de Púchkin define muito bem: leu "solenemente". Pronunciava as palavras com muito vagar, conectando-as com uma melodia mal discernível, talvez apreensível apenas por quem sabe captar o andamento interno do verso. Leu com clareza e precisão, articulando cada letra, embora mexesse apenas os lábios e não descerrasse os dentes. Quando veio o aplauso, não expressou agradecimento nem fingiu descaso. De rosto impassível, baixou o olhar, fitou o chão e esperou pacientemente o silêncio. Para terminar, recitou "Em julgamento", um dos seus poemas mais desesperançados.

O quê, olhas ao chão desacorçoada?
Olha pra mim, como antes tu soías.
E vê-te a ti agora, degradada,
Na bruta irreprimível luz do dia!
E eu próprio não sou o mesmo – não como antes,

Inescrutável, altivo, puro, mau.
Assisto à via terrena entediante
Dos bens e desenganos sem final.

Aqui e ali gritavam "Os doze!", "Os doze!", mas ele parecia não dar ouvidos. Limitava-se a olhar cada vez mais sombrio e a cerrar os dentes. Embora lesse maravilhosamente (leitura melhor jamais ouvi), tornava-se cada vez mais perceptível que o fazia mecanicamente, apenas repetindo entonações habituais e memorizadas desde longa data. O público exigia que diante dele se apresentasse o Blok antigo, o conhecido ou imaginado, e ele, como um ator, torturava-se para desempenhar o papel de um Blok agora inexistente. Talvez eu não tenha visto esse fato com tanta clareza no seu rosto naquele momento. Somente mais tarde, puxando pela memória, quando a morte pôs fim e deu uma explicação para o último capítulo de sua vida. Mas lembro com nitidez e força que o sofrimento e a alienação preenchiam todo o seu ser naquela noite. Isso era tão evidente e dramático que, quando as cortinas se fecharam e os derradeiros gritos e aplausos silenciaram, achei que seria inconveniente e rude ir procurá-lo nos bastidores.

Passados alguns dias, já enfermo, foi para Moscou. Ao voltar, caiu de cama e não se levantou mais.

No seu discurso sobre Púchkin, feito exatamente seis meses antes de morrer, disse: "Paz e liberdade. São necessárias ao poeta para que ele libere as suas harmonias. Mas estão lhe retirando também a paz e a liberdade. Não a paz aparente, e sim aquela outra, a criativa. Não a liberdade infantil, não a liberdade de brincar de liberal, mas a liberdade para criar – aquela liberdade secreta. E o poeta está morrendo porque não tem mais como respirar. A vida perdeu o sentido".

É bem provável que o primeiro a dizer que Blok morreu sufocado tenha tirado a ideia precisamente daí. E estava certo. Não é estranho? Blok definhou ao longo de vários meses, diante dos olhos de todos, os médicos o trataram – e ninguém deu um nome ou ao menos conseguiu dar um nome para a sua doença? Ela começou com uma dor na perna. Depois falaram de um coração fraco. Antes de morrer ele sofreu tremendamente. Mas do que exatamente morreu? Ninguém sabe. Morreu "genericamente", em decorrência de estar inteiro doente, em decorrência de não poder viver mais. Morreu de morte.

***

Meu desligamento da Guilda dos Poetas não afetou as minhas relações pessoais com Gumilióv. Por volta desse tempo também se instalou na "Casa das Artes" e passamos a nos ver com frequência até maior. Ele levava uma vida ativa e animada. Sua morte começou aproximadamente na mesma época que a de Blok.

Um de nossos amigos em comum, pessoa de grande talento e leviandade, voltou de Moscou a Petersburgo para passar a Páscoa. Vivia em santa despreocupação, falava o que lhe dava na veneta. Os provocadores e espiões o paparicavam por esse exato motivo: por intermédio dele podiam saber todo o necessário a respeito dos escritores. Ele trouxe de Moscou um novo conhecido. Um jovem agradável no trato e generoso na dispensa de pequenos presentes: cigarros, guloseimas e coisas do gênero. Definia-se como poeta iniciante e correu a estabelecer contatos com todo mundo. Trouxeram-no também a mim, mas depressa o despachei. Gumilióv gostava muito dele.

O novo conhecido se tornou um visitante frequente da casa de Gumilióv. Ajudava a organizar a "Casa dos Poetas" (uma filial da União) e se gabava de suas relações com as altas esferas soviéticas. Eu não era o único a achá-lo suspeito. Tentaram prevenir Gumilióv, mas o aviso deu em nada. Em resumo, não posso afirmar que tal homem tenha sido o único e principal culpado pela morte de Gumilióv, mas logo depois que este foi preso, desapareceu instantaneamente, sem deixar vestígio. Quando já estava no exterior, soube de Maksim Górki que o depoimento desse homem figurara no processo de Gumilióv e que ele fora um agente infiltrado.

No fim do verão comecei a fazer os preparativos para passar as férias no campo. Deveria viajar numa quarta-feira, dia 3 de agosto. Na noite da véspera da partida, fui me despedir de alguns dos meus vizinhos na Casa das Artes. Quando bati na porta de Gumilióv já eram dez da noite. Ele estava no apartamento, descansava depois da palestra.

Estávamos em bons termos, mas sem grandes intimidades. E assim como, dois anos e meio antes, eu me surpreendera com a acolhida oficialesca dada por Gumilióv, agora eu não sabia como explicar a vivacidade incomum com que ele festejava a minha visita. Chegou a demonstrar até um calor especial, o que parecia completamente fora do seu perfil. Eu precisava visitar também a baronesa V. I. Ikskul, moradora de um andar abaixo. Mas cada vez que eu me levantava para ir embora, Gumilióv começava a implorar para que eu "ficasse mais um pouco". Assim, não pude ir ver Varvara Ivánovna e fiquei na casa de Gumilióv até as duas da madrugada. Ele estava em um contentamento raro de ver. Falava muito, de temas variados. Por algum motivo, só guardei na memória o relato que fez sobre a estada na enfermaria de Tsárskoie Seló, a imperatriz Aleksandra Fiódorovna e as grandes-duquesas. Depois, começou a me asseverar que estava destinado a viver muito tempo – "no mínimo até os noventa". Repetia sem parar:

– Certamente até os noventa anos, nada menos que isso.

Até chegar lá, planejava escrever uma pilha de livros. Deu uma bronca:

– Pois então, temos a mesma idade, mas veja só: palavra que sou dez anos mais jovem que você. E isso acontece porque amo os jovens. Brinco de cabra-cega com minhas estudantes, hoje mesmo brinquei. Por isso, sem dúvida viverei até os noventa, e você vai murchar daqui a cinco anos.

E gargalhando demonstrava como dali a cinco anos eu estaria corcunda e arrastando os pés, enquanto ele estaria no papel de "garotão".

Ao me despedir pedi permissão para trazer no dia seguinte algumas coisas para que ele as guardasse. Quando cheguei com elas de manhã, na hora combinada, à porta de Gumiliów, ninguém respondeu às minhas batidas. No refeitório o copeiro Efim me informou que haviam detido e levado Gumiliów naquela noite. Fui, portanto, o último a vê-lo em liberdade. Na alegria exagerada com que recebeu a minha visita, provavelmente havia o pressentimento de que, depois de mim, não veria mais ninguém.

Fui para casa – e lá me deparei com a poeta Nadiéjda Pávlovitch, uma amiga em comum com Blok. Ela acabara de fugir da casa deste último, estava avermelhada pelo calor e inchada de tanto chorar. Disse que Blok entrara em agonia. Passei a consolá-la e a lhe dar esperanças, como se faz nesses casos. Então, no auge do desespero, ela correu até mim e falou, sufocada pelas lágrimas:

– Você não sabe de nada... Não diga a ninguém... já faz alguns dias que... ele enlouqueceu!

Alguns dias mais tarde, quando eu já estava no campo, Andréi Biély me comunicou o falecimento de Blok. No dia 14, um domingo, fizemos uma missa para ele na igreja do vilarejo. Os jovens locais se reuniam à noite ao redor de fogueiras e cantavam canções. Senti o desejo de evocar secretamente a memória de Blok. Propus que se cantasse "O mascate", música que ele muito apreciava. Estranhamente, ninguém a conhecia.

No começo de setembro soubemos que Gumilióv havia sido morto. As cartas de Petersburgo vinham sombrias, cheias de alusões e silêncios. Quando voltei para a cidade, as pessoas ali ainda não tinham se recuperado dessas mortes.

No começo de 1922, quando um teatro para o qual Gumilióv muito contribuíra antes de ser preso montou a sua peça intitulada *Gondla*, o público, primeiro no ensaio geral e depois na estreia, começou a chamar

– O autor!

Mandaram tirar a peça do repertório.

Paris, 1931.

GUERCHENZÓN

Em certa noite de inverno moscovita, bem no começo de nossa amizade, Guerchenzón me acompanhou até a saída de seu jardinzinho, para fechar o portão depois que eu passasse. Fez uma piada:

– Vocês, poetas, são esse tipo de gente: nós escrevemos sobre vocês, mas não há quem se disponha a escrever poemas sobre nós, os historiadores.

– Pode esperar, Mikhail Óssipovitch, que vou escrever a seu respeito.

Ele riu torto por entre os bigodes:

– Não escreverá. Ora, boa noite.

– Boa noite.

No futuro eu sempre me lembraria da promessa feita. Mais de uma vez encetei a escrita de um poema e nunca o concluí, pois tudo me parecia fraco e indigno dele.

Entretanto, fico feliz em saber que restou um traço de nossos encontros em meus poemas. No livro *Pelo caminho do grão* há um poema intitulado "2 de novembro". Ele fala do dia em que, dado o golpe de outubro, as pessoas de Moscou pela primeira vez

Rastejavam pra fora dos porões de pedra
Até a rua.

Em seguida ele conta brevemente como fui visitar Mikhail Óssipovitch:

Aos meus amigos nesse dia fui também.
Os encontrei inteiros, vivos, com seus filhos –
Que mais querer? Pus-me de volta à minha casa.

O livro foi publicado em 1920. Guerchenzón o leu na mesma época, mas nunca conversamos sobre esses versos. Somente em 1922, quando enviei-lhe de Petersburgo a segunda edição, ampliada, foi que inscrevi dentro do volume, nas margens adjacentes às linhas acima mencionadas, que "isto fala de você". Eu contava com que o livro lido há muito tempo não seria relido agora, e que minha anotação talvez fosse vista passados alguns anos, quando eu provavelmente estivesse distante dele. E assim aconteceu. A 23 de outubro de 1924 ele escreveu para mim: "Não sei onde você está agora. Fico em casa, caminho pelo quarto e leio. Hoje li o seu *Pelo caminho do grão*".

É razoável crer que ele tenha tomado precisamente a segunda edição, lido-a, viu a minha anotação e desejou escrever para mim. Foi a última de suas cartas. Endereçada para a Irlanda, alcançou-me apenas na Itália, já nos últimos dias de 1924. Respondi-lhe passados poucos dias, mas resposta nunca recebi. Guerchenzón estava morrendo.

***

No verão de 1915 enviei a Guerchenzón uma cópia do meu artigo sobre as novelas petersburguesas de Púchkin. A carta recebida em resposta me surpreendeu pela simplicidade e sinceridade. Eu não conhecia pessoalmente Mikhail Óssipovitch e, apesar de o ter em alta conta, não conseguia imaginá-lo desvinculado da auréola de grandeza exultante pela qual se pode reconhecer a uma versta de distância os "acadêmicos sérios". Nunca me passou pela cabeça que um figurão daqueles se rebaixasse a entabular correspondência com o autor de um solitário artigo sobre Púchkin.

Porém, B. A. Sadovskói, recém-chegado à cidade, foi me procurar uma noite e disse:

– Vamos amanhã à casa de Guerchenzón. Ele chamou você.

Rua Arbat, travessa Nikólski número 13. Uma cerca de madeira, um quintal recoberto pela grama. No lado direito do quintal há uma guarita, e no esquerdo, outro prédio antigo. Um caminho de pedra conduz para o fundo do terreno, até dar numa casa de dois andares construída recentemente. Atrás da casa há uma pequena horta. O segundo andar é ocupado por Guerchenzón, ou mais exatamente, por sua família. A modesta sala de jantar serve também para as "recepções". O próprio Guerchenzón mora ainda mais alto, num mezanino invisível do pátio.

Embora encorajado pela carta e pelo convite (transmitido por Sadovskói), reconheço que não foi sem timidez que lá aportei da primeira vez. Mas a timidez passou naquela mesma noite, e depois, ao longo de sete anos inteiros, até a véspera de minha partida da Rússia, fui até aquela casa com a certeza de que teria boa acolhida, fui para compartilhar aflições cotidianas, novos poemas, projetos de trabalhos e, aparentemente, todas as decepções e alegrias, apesar de estas últimas, a bem dizer, não terem sido tantas assim.

***

Ele era pequeno, fazia repetidamente o gesto de deixar a cabeça tombar para trás, tinha sobrancelhas espessas e uma barbicha preta que embranquecera demais nos anos recentes.

Os bigodes também grisalhos, descaídos por sobre a boca roliça, os olhos levemente arregalados, o nariz carnudo e meio adunco apertado pelo pincenê, as mãos cabeludas e os joelhos protuberantes, davam-lhe a aparência de um típico judeu. Gesticulava muito. Falava rápido e quase sempre agitado. A sua fala, apesar de perfeitamente clara, parecia defeituosa, embora isso não correspondesse à realidade. A dificuldade decorria da voz abafada, da dicção ruim e de um sotaque estranhíssimo, no qual a acentuada entonação judaica de um nativo de Kichinióv mesclava-se à pronúncia do "o" característica – e sabe-se lá de onde saída – de um legítimo oriundo da região do Volga.

O quarto que ele habitava era amplo e quadrado, tinha três janelas e pouca mobília. Duas estantes de livros baixas (chegavam até a cintura de uma pessoa); duas mesas, sendo que uma era um tipo de mesa de jantar, das pequenas, e a outra era uma escrivaninha mínima; cama rasteira e achatada, colada na parede, dotada de cobertor de feltro cinza e travesseiro solitário. Creio que isso era tudo, exceção feita a duas cadeiras em estilo vienense e a uma poltrona de couro velhusca, de espaldar alto. Guerchenzón instalava seus convidados naquela poltrona (o braço esquerdo estava descolado e caía a toda hora). Era um móvel histórico, proveniente do gabinete de Tchaadáiev[43].

As paredes brancas e lisas, quase nuas. Apenas um fototipo do retrato de Púchkin pintado por Tropínin e uma máscara de gesso, também de Púchkin. Acho que havia o retrato de mais alguém, talvez de Ogarióv, não lembro bem. O gabinete era iluminado, espaçoso e muito limpo. Lembrava um pouco um sanatório. Sem que houvesse intenção de fazê-lo assim, por conta própria tudo ali se reduzira a linhas e objetos de simplicidade

---

[43] O pensador Piotr Tchaadáiev (1794-1856), autor de uma série de cartas filosóficas, das quais a primeira (1836) causou escândalo, por sua visão negativa da história do país. (N. do T.)

total. Inclusive os livros – só restavam os mais necessários para o trabalho em andamento. Os demais ficavam em outro quarto. Aqui mora um homem que não amava o supérfluo.

***

Ao concluir o ginásio, Guerchenzón sonhava com a faculdade de letras, mas o pai não queria nem ouvir falar do assunto. Nos anos oitenta, e mesmo depois, havia dois caminhos para um filólogo: podia se tornar professor de colégio ou, no melhor dos casos, de universidade. Ou seja, seria funcionário do Ministério da Educação Nacional, coisa que para os judeus estava inevitavelmente associada ao batismo. O velho Guerchenzov se horrorizou. Mandaram Mikhail Óssipovitch para a Alemanha, onde ele se matriculou no departamento de engenharia ou de tecnologia de algum instituto de ensino superior especializado. Lá ficou, creio eu, uns dois anos, até não aguentar mais. Enviou então ao ministro da educação nacional uma solicitação para se inscrever como ouvinte na faculdade de letras da Universidade de Moscou. Pediu para se matricular nessa condição porque sequer sonhava em ingressar no rol dos estudantes. O regime de cotas admitia apenas os que terminassem o ginásio com uma medalha de ouro[44]. Guerchenzón não as tinha. Mas eis que aconteceu algo quase milagroso: veio a resposta do ministério, dizendo que Guerchenzón fora matriculado não como ouvinte, e sim como estudante integral. A razão era simples: judeus não costumavam ir para a faculdade de letras. O pedido de Mikhail Óssipovitch foi naquele ano o único recebido de um judeu. Portanto ele se enquadrou automaticamente no regime de cotas. Só que esse êxito se converteu em desgraça para Guerchenzón. O pai, de

---

[44] Medalhas de ouro eram atribuídas nos ginásios russos para os melhores alunos. (N. do T.)

todo insatisfeito com a teimosia de Mikhail Óssipovitch, não acreditou de jeito nenhum no "milagre" e concluiu que o filho *já tinha se batizado*. O caso se encerrou, senão com a maldição paterna, ao menos com um corte financeiro radical. A mãe arrumou por conta própria uns trocados para que ele viajasse de Kichinióv a Moscou. Guerchezon aportou nas plagas moscovitas praticamente sem um copeque. Alguns conhecidos arrumaram-lhe aulas para dar. Mas nesse ponto sobreveio outra desgraça: naqueles tempos a disciplina não era brincadeira, o estudante era obrigado a ter um uniforme e em alguns casos até a portar espada. Gente bondosa novamente interveio e deu a Guerchenzón um velho sobretudo estudantil, que lhe assentou como um saco, e também uma espada, e ainda... por falta de uma casaca de uniforme, deram-lhe um capote militar em estilo Nicolau I! Um capote cinza claro, com gola de pelo de castor e uma pelerina que chegava quase até os joelhos! Vestia tão imensamente exorbitante que, "imagine só, eu tinha de levar o tempo todo as duas bandas nas mãos!"

Assim começou a carreira de professor de Guerchenzón e também a sua pobreza.

***

Cutucando-se com três dedos num ponto próximo da "boca do estômago", onde a corrente de um relógio atravessava o buraco de botão do colete puído, Guerchenzón dizia:

– Só fico contrariado e preocupado até aqui; acima, estou sempre tranquilo e sereno.

As aflições cotidianas só costumavam lhe "bater na cintura". Ele sabia como mantê-las longe da mente e do coração. Elas não o amarguravam, tampouco toldavam ou enodoavam a maravilhosa pureza de sua alma.

Isso, contudo, não se transformava no descaso ou no desprezo bárbaro pelas comodidades da vida que certa "gente pensante" e hirsuta tanto gosta de ostentar em nosso meio. Ele não fingia indiferença ao vil metal. Muito pelo contrário, sabia ser frugal, econômico e parcimonioso, gostava de conversar detalhadamente sobre os honorários. Reconhecia inclusive ser "um maximalista nesse quesito". A Livraria dos Escritores[45] gemeu e suplicou quando, em 1919, ele teve a ideia de vender-lhe os livros excedentes de sua biblioteca particular.

Nos anos árduos da revolução, ele ocupou o seu tempo criando "invenções úteis". Por exemplo, se saiu com a ideia de não jogar fora o cigarro depois de fumado. Retirava cuidadosamente da bituca o canudo de papel-seda, enchia-o novamente com tabaco e assim fazia com que um único invólucro rendesse duas vezes. Com a prática, levou essa técnica de execução até a máxima perfeição. Depois divisou uma caixa forrada por dentro com jornal e cerrada hermeticamente. Se nela fosse colocado mingau fervente, este se cozinharia por conta própria no vapor, sem precisar de lenha. Também servia para fazer sopa.

Já são águas passadas, mas sei muito bem que Guerchenzón e a esposa, Maria Boríssovna, às vezes passavam dias inteiros sem comer, às escondidas dos filhos. Alimentavam-se somente com chá puro e deixavam para as crianças tudo o que havia em casa. Mesmo faminto, permanecendo de pé nas filas no meio do gelo, partindo lenha e arrastando-a escada acima, não fingia que tudo isso fosse moleza e nem bancava o mártir. Era simples e sério, e ao mesmo tempo sereno. Baixava dos ombros o feixe de lenha, sacudia a poeira, tomava fôlego, de repente assumia uma cara alegre e logo se punha a falar de algo importante, necessário e

---

[45] Livraria criada em Moscou, logo após a Revolução de 1917, por Mikhail Ossorguin e outros escritores. Ela reuniu acervos de intelectuais depauperados. (N. do T.)

grandioso, de como tivera a ideia de tocar para o Krêmlin a fim de interceder a favor de um escritor encarcerado.

***

Calhou de fazermos andanças frequentes pela cidade. Isso era uma tortura completa para mim. Quando caminho pelas ruas, até consigo reparar bem no que acontece ao redor, mas vou emburrecendo. Creio que por toda a minha vida nenhum pensamento consequente me veio à cabeça enquanto eu andava. Com Guerchenzón se passava o contrário. Mal ele punha os pés na rua e já começava a filosofar ou a comparar variantes puchkianas, ao passo que eu não entendia nada e dava respostas desconexas. Para completar, Guerchenzón se arrojava constantemente e sem motivo para o outro lado da rua, doido para cair – com uma citação de Platão na boca – sob as patas de um cavalo de tiro, ou então guinava para uma transversal que nos conduziria a um lado contrário ao intencionado.

Ele era míope, sofria de uma espécie de cegueira noturna, não tinha senso de orientação, e o seu desconhecimento de Moscou era esdrúxulo. Num dia da primavera de 1917 fui com ele ao Teatro de Arte participar de um encontro de escritores. Levei-o de bonde até o mosteiro Strastnói. Depois seguimos a pé até a Travessa Kamerguérski. A noite principiara a baixar. As lojas estavam iluminadas. Uma compacta parede humana andava pelas calçadas, na maioria oficiais e soldados de licença sendo apresentados naquele momento às delícias do comércio e das prostitutas. Quase derrubaram Guerchenzón, mas ele permaneceu de pé, abismado. Estacou de súbito.

– Escute aqui, que rua é essa?

– Mikhail Óssipovitch, o que há contigo? Essa é a Tverskáia[46].

---

[46] Principal rua de Moscou, bem no centro da cidade. (N. do T.)

– Tverskáia? Ah, é! Êta-ferro, mas quanto luxo, hein!

Sua concepção de "luxo" era peculiar. Ele sabia valorizar e apreciar perfeitamente o que era necessário, sendo de uma ingenuidade infantil a respeito de tudo o que tivesse a mínima cara de extravagância. Em 1920, estivemos hospedados no mesmo sanatório. Eu usava todo dia uma gravata de seda marrom há muito descartada pelo meu irmão e agora calcinada pelos mata-ratos que eu fumava. Mas ela tinha alguns fru-frus desenhados. Guerchenzón nunca esquecia de apalpar a minha gravata, todos os dias, e dizer:

– Êta-ferro, mas como ele é janota!

Uma vez resolveu descrever a mim e a MariaBoríssovna o vestido "luxuoso" de certo mecenas moscovita. Foi impossível conter a explosão de risos ao ouvir as observações sobre moda feitas por Mikhail Óssipovitch: ocorria que a dama estava vestida apenas com "passamanarias" e "decotes".

Numa cálida manhã de verão de 1923, em Berlim, ele foi obrigado a percorrer diversas repartições policiais. Voltou ofegante e pingando de suor.

– Sabe a que ponto a coisa chegou? Estive prestes a entrar numa das cafeterias deles e tomar um copo de café. Mas aí mudei de ideia. Afinal, sou um pai de família!

Isso foi dito muito a sério, sem a menor ironia.

Anedotas à parte, creio que havia um genuíno ascetismo em seu comedimento.

***

Quem viveu os anos mais difíceis em Moscou – 1918, 1919 e 1920 – nunca esquecerá o excelente camarada que era Guerchenzón. Foi justamente ele quem teve a ideia da União dos

Escritores, que tanto alívio trouxe à nossa vida naquela época, e sem a qual acredito que muitos escritores teriam simplesmente se perdido. Ele foi o mais ativo dos organizadores da União e o seu primeiro presidente. Mas, após ter colocado a União de pé e sacrificado a esse trabalho uma imensa quantidade de tempo, esforço e nervos, abriu mão da presidência e ali permaneceu como um membro comum da instituição. Mesmo assim, a União recorreu a ele nos minutos mais difíceis para receber conselhos e ajuda.

Guerchenzón sabia oferecer uma mão amiga nos assuntos públicos e nos casos particulares, e gostava de fazê-lo. Muita gente lhe tem uma grande dívida. Ele adivinhava a infelicidade alheia e corria para oferecer ajuda real, não somente com palavras. Posso dizer por mim que, não fora Guerchenzón, teria passado muito mal entre 1916 e 1918, quando adoeci gravemente. Guerchenzón arrumou dinheiro e trabalho para mim; Guerchenzón, e ninguém mais, cuidou dos meus assuntos quando fui para a Crimeia. Isso para não falar do apoio moral que ele dava. Mas tudo isso era feito com simplicidade espantosa, sem qualquer pose ou sentimentalismo. Sua consideração e sensibilidade eram quase milagrosas. Infelizmente não posso agora descrever em detalhe uma situação em que Guerchenzón demonstrou sua perspicácia aguda e jovial, situada no limiar da clarividência.

A bondade não o deixava insosso ou moleirão. Era férvido e impetuoso, amava a verdade, toda ela, inteira, qualquer que fosse. Falava tudo o que pensava, olhando nos olhos. Nunca era grosseiro ou agressivo, mas não aparava as arestas nem dourava a pílula.

– Às claras – ele gritava – às claras!

Era uma de suas expressões preferidas. E em todas as ações de Guerchenzón, bem como em sua casa e nas suas relações com os filhos, havia essa *clareza da verdade*.

***

Apesar de toda a sua bondade, não era cego. Escrutinava a fundo o caráter das pessoas e, não sendo agressivo por natureza, simplesmente passava ao largo daqueles de que não gostava. Tentava encontrar o melhor de cada um; se não o conseguisse, excluía o indivíduo do trato cotidiano.

Sabia falar curto e grosso quando a situação assim o exigia. A propósito de um literato multifacetado e desembaraçado, comentou:

– Ele se parece com uma loja cujo letreiro diz "qualquer item por cinquenta copeques, à escolha do cliente".

Certa vez expressei o meu espanto a respeito de X., que evocava o seu exílio na Sibéria em qualquer coisa que escrevesse.

– Ora, mas por que você não consegue entender? – disse Guerchenzón – isso é a medalha dele. Está costurada no uniforme, ele a veste junto com a roupa.

Às vezes ele chegava a manifestar uma intolerância explícita. Um dia estávamos no bonde, indo de Diévitchie Póle para Arbátskie Voróta. Na altura do mercado de Smolénsk entrou no vagão um cavalheiro distinto, cumprimentou Guerchenzón e entabulou conversação. Este respondia olhando para o exterior através da janela. De repente, no começo da Arbat, ele se arrojou para a saída. Tentei detê-lo:

– Para onde vai? Ainda faltam duas paradas.

– Não, temos de descer!

E sem me ouvir saltou do vagão. Juntou-se a mim quando chegamos na calçada.

– Por que você me reteve? Pois então queria que eu ficasse de conversa com ele?

– Não, bem melhor terminar o percurso a pé.

– E quem era aquele?

– O professor R., o imbecil mais arrogante que conheço.

Não suportava estupidez, hipocrisia ou gente doutrinária, chegava a se ofender, mas não guardava rancor pelos insultos que lhe eram dirigidos. De uma feita, um certo Bobróv enviou-lhe livro de sua autoria intitulado *Novos estudos sobre a versificação de Púchkin*. A obra, contudo, estava embrulhada em número da *Ziémschina* ou da *Rússkaia Zemliá*[47] que continha um artigo virulentamente antissemita do mesmo autor. O dito artigo fora diligentemente grifado com lápis vermelho. Guerchenzón ria ao narrar a história, mas sempre acrescentava quando se referia a Bobróv:

– Até que ele é um homem inteligente.

***

No começo de nossa amizade, ele perguntava de repente:

– Você tem bom temperamento?

– Mais ou menos.

– Então isso quer dizer que logo vamos brigar. O meu temperamento é horrível. Você vai ver só.

Graças a Deus, não brigamos. O aspecto "horrível" do seu temperamento se limitava à teimosia. Em geral ele era capaz de ouvir as objeções e às vezes até de concordar com elas. Porém o mais comum era acontecer algo diferente, ele fazer um gesto súbito e desconsolado com a mão, exclamar "só Deus sabe o que você está dizendo!", e com isso passar abruptamente para outro tema.

[47] Respectivamente, termo da Rússia antiga para "A terra", e "A terra russa", periódicos nacionalistas de direita. (N. do T.)

Era um dos mais profundos e refinados analistas de poemas que conheci. Mas também a esse respeito ele tinha duas "questiúnculas" que não admitiam discussão. Em primeiro lugar, sustentava que a qualidade do primeiro verso sempre determinava a qualidade do poema inteiro; em segundo lugar, e por motivo ignorado, considerava que, se o primeiro verso de um quarteto rimava com o último, e o segundo com o terceiro, significava tratar-se de uma vulgaridade. Eu aquiescia, contra a minha vontade, para transigir e ficar de bem com ele: era mesmo falta de gosto. Mas Guerchenzón insistia em ser aquele um poema vulgar. E assim não chegávamos a um acordo.

Por duas vezes tive a oportunidade de realizar um trabalho conjunto com ele. Também nessas ocasiões houve momentos em que tive de me dobrar diante de seu conhecimento e traquejo, bem como de sua teimosia. No entanto, há que se fazer justiça. Naqueles casos em que ele era obrigado a ceder, jamais fazia cara feia ou ficava amuado. Havia alta honestidade em sua forma de pensar. Uma vez que ele admitia estar errado, parecia se alegrar com a descoberta de um caminho mais verdadeiro.

Diga-se que a sua teimosia emanava, em parte, da maneira com que abordava o trabalho. Ele aplicava um princípio não só artístico como também intuitivo às suas pesquisas histórico-literárias. Tenho a impressão de que ele considerava o estudo dos fatos mais um meio para testar suas conjecturas do que para obter um material de onde se pudesse tirar conclusões. Tal procedimento costumava levá-lo a equívocos. Seu livro *A sabedoria de Púchkin* era, em larga medida, *A sabedoria de Guerchenzón*. Mas, em primeiro lugar, alguma "sabedoria" afinal havia ali, e, em segundo lugar, as questões que Guerchezón deduziu corretamente só poderiam ter sido deduzidas por ele, e somente pelo seu método. Em certo sentido, os equívocos de Guerchenzón eram mais preciosos e profundos do que muitas verdades. Ele captou na obra de Púchkin vários aspectos "com que muitos de nossos sábios sequer sonhariam". Claro está que, mesmo assim, havia entre nós diálogos mais ou menos do seguinte tipo:

Eu: Mikhail Óssipovitch, creio que você está enganado. Não é assim.

Guerchenzón: Mas eu acho que é assim!

Eu: Veja que o próprio Púchkin...

Guerchenzón: E daí, o "próprio Púchkin"? Talvez eu saiba mais sobre ele do que ele mesmo saiba de si. Sei o que ele quis dizer e o que quis esconder, e ainda o que disse mesmo sem entender, igual à pitonisa.

Ele tinha uma relação bastante peculiar com as pessoas que estudava. Coisa estranha e fascinante era ouvir suas narrativas sobre Ogariόv, Petchérin e Herzen[48]. Parecia falar de conhecidos pessoais. "Sentia" os mortos como se vivos fossem. Um dia, assim se exprimiu em resposta à interpretação que dei aos poemas de Délvig[49]:

– Não, na poesia de Délvig essas palavras têm outro significado, pois ele era gordo e túrgido...

***

Não suportava que o definissem como crítico. "Sou historiador, não um crítico", corrigia. Todavia, embora evitasse exprimir-se por escrito a respeito da nova literatura, ele a acompanhava com bastante atenção. Dos escritores russos contemporâneos, admirava especialmente Andréi Biély. Viatcheslav Ivánov, Solo-

---

[48] Nikolai Ogariόv (1813-1877), poeta e revolucionário; Vladímir Petchérin (1807-1885), pensador, poeta e memorialista; Aleksandr Herzen (1812-1870), revolucionário e memorialista. (N. do T.)

[49] Anton Délvig (1798-1831), poeta da geração de Púchkin. (N. do T.)

gub e Blok eram seus poetas preferidos. Tinha A. M. Riémizov em alta conta e o amava como pessoa. Falava com afeto do talento de Alekséi Tolstói. Não gostava dos poemas de Briússov, respeitando-o, entretanto, como historiador da literatura. Tudo pesado, era pessoa aberta e procurava encontrar o que de melhor havia inclusive em escritores estranhos à sua sensibilidade.

No decorrer dos nove anos de nossa amizade habituei-me a ler ou enviar para ele quase todos os meus poemas. A sua crítica era sempre bem-intencionada – e impiedosa. Expressava as suas opiniões "às claras" e de chofre. Nem sempre eu concordava com elas, mas devo-lhe muitas das palavras mais aguçadas ditas sobre os meus escritos. Ninguém me enxovalhava com tamanha severidade quanto ele e nenhum elogio eu prezava tanto quanto o de Guerchenzón. Pois eu sabia que a descompostura e o elogio vinham do que era provavelmente o coração mais puro que tive a oportunidade de conhecer.

Ele ficou enfermo por muito tempo, tendo morrido em decorrência de um agravamento repentino[50]. Sabia que estava morrendo, mas o fim veio tão rápido que ele não pôde se despedir dos entes queridos. Foi enterrado no humilde cemitério Vagánkovskoie. Em seu túmulo poderiam ser inscritas as palavras da missiva de Púchkin a Tchaadáiev:

"Sempre sábio, por vezes sonhador".

Sorrento, 12 de abril de 1925.

[50] A 31 de agosto de 1926, no Izviéstia do VtsIK [Comitê Executivo Central Pan-Russo], foi publicada uma carta de S. Mitskiévitch, presidente da seção de habitação do TsEKUBU (isto é, a Comissão Central para Melhoria do Cotidiano dos Acadêmicos): "No exercício da seção de habitação do TsEKUBU, escreveu Mitskiévitch, já se constataram diversos casos penosos, nos quais as inquietações, os sofrimentos e as aflições ocasionadas pelas complicações relativas à moradia conduziram à morte precoce de trabalhadores da ciência (o doutor Teziakov, o famoso professor e escritor Guerchenzón, e outros)." (N. do A.)

SOLOGUB

E sou fiel, meu pai senhor Diabo,
Àquele voto feito em hora má,
Quando singrava o mar atribulado
E tu ao fundo foste me salvar.

A ti, meu pai, eu trago toda glória
No ralho aos dias maus da iniquidade,
Reproche espalharei ao mundo afora
E seduzindo imponho minha vontade.

Fiódor Sologub

Tu tens, meu Deus misericordioso,
Tanta glória e força e visão,
Dê que eu viva no mundo 'inda um pouco
P'ra que eu deixe uma nova canção.

Fiódor Sologub

Ele era filho de um alfaiate e de uma cozinheira. Nasceu em 1863. Naquele tempo, "crescer e aparecer" não era fácil para uma pessoa com essas origens. Provavelmente não o foi para ele também. Mas ele deu duro, fez estudos, tornou-se professor. Não sabemos quase nada sobre os seus anos de infância e juventude. Também não nos é dado ver o professor Fiódor Kuzmítch Tetiérnikov, autor de um manual de geometria. Ele só aparece no nosso campo de visão de uma vez, inteiramente como o escritor Fiódor Sologub, já passado dos trinta e com aparência de muito mais. Ninguém o viu jovem, ninguém viu o seu processo de envelhecimento. Saiu de algum lugar de repente, vetusto e taciturno. "Não sendo esta a primeira vez que nasço, nem a primeira vez que completo o círculo de transfigurações externas..." – assim começa o prefácio ao seu melhor livro de poemas, situado no centro de sua criação artística. Alguém já contou como Sologub às vezes abandonava a numerosa reunião a que compareciam seus convidados, retirava-se em silêncio para o gabinete e ali ficava por longo tempo. Era um anfitrião simpático, mas a sede de solidão era mais forte que a hospitalidade. Diga-se, aliás, que mesmo durante o convívio com os outros por vezes parecia ausentar-se. Escutava, mas não ouvia. Calava-se. Fechava os olhos. Adormecia. Pairava em algum lugar inacessível para nós. Chamavam-no bruxo, feiticeiro, mago.

Vi-o pela primeira vez no começo de 1908, em Moscou, na casa de um escritor. Era o mesmo Sologub representado à perfeição por Kustódiev no famoso retrato. Está sentado torto na poltrona, as pernas cruzadas, esfregando levemente as mãozinhas muito alvas. A cabeça é calva, o cocuruto é discretamente pontiagudo, como um telhado, dotado de mechas grisalhas ao redor da careca. O rosto tem um quê de farináceo e um quê de inchado. Na bochecha esquerda, vizinha ao nariz levemente recurvo, uma grande verruga branca. Uma barbicha ruiva acinzentada em forma de cunha e bigodes ruivos e acinzentados descaídos. O pincenê vai preso a uma corrente fina, há um vinco acima da ponte nasal, os olhos estão semicerrados. Quando Sologub os entreabre, a sua expressão bem poderia ser resumida com a seguinte pergunta:

– E vocês, ainda existem?

Foi com tal expressão no olhar que Sologub me recebeu quando lhe fui apresentado. Eu tinha vinte e dois anos e fiquei assustado com ele. E esse medo nunca passou.

Vi Sologub pela última vez quatorze anos mais tarde, em Petersburgo, também na primavera, depois da morte terrível de sua mulher. Ele havia envelhecido? Nem um pouco, continuava exatamente o mesmo. Jovem nunca fora, tampouco envelhecera.

***

Em geral é fácil rastrear as alterações dos recursos formais na atividade criativa de um poeta. Os ritmos de tais mudanças variam: em alguns poetas são mais lentos, em outros, mais rápidos. Em um único e mesmo poeta as alterações acontecem em períodos diferentes e com velocidades diversas. Variam também as direções nas quais se cumpre a evolução das formas: determinado poeta vai da complexidade à simplicidade, o outro vai da simplicidade à complexidade. Alguns ampliam o seu vocabulário, outros o enxugam; uns modernizam seus procedimentos, outros os arcaízam; alguns poetas se tornam autônomos após realizar uma série de imitações, outros (e isso ocorre com menos raridade do que se costuma pensar), pelo contrário, jogam fora a sua autonomia e se transformam em imitadores. Menciono aqui somente a título de exemplo as linhas mais básicas dos caminhos criativos. É claro que, na realidade, eles existem em número incomparavelmente maior e, o que mais importa, são incomparavelmente mais complexos. Cada destino poético representa um acontecimento único e irrepetível de desenvolvimento poético. Aliás, tudo isso é, decerto, público e notório, e eu nem me teria dado ao trabalho de dizê-lo, não fosse a circunstância de que considero ser a poesia de Sologub provavelmente o único caso em que rastrear a evolução da forma é quase impossível. Segundo todos os indícios, ela é praticamente inexistente.

Hoje em dia conhecemos quarenta anos da poesia de Sologub. Ele escreveu muitíssimo, talvez até demasiado. A quantidade de seus poemas pode ser expressa em um número que chega aos quatro dígitos. Sologub sempre foi detentor de um grande estoque de textos inéditos, escritos em épocas variadas. Quando as reuniu em livros foi guiado não pela cronologia, mas por outros aspectos, frequentemente temáticos (embora às vezes puramente prosódicos: assim era o seu livro composto apenas por triolés). Montava os seus livros aproximadamente do mesmo modo como os buquês são montados. Os estoques acima mencionados serviam-lhe de rica estufa. O admirável é que os buquês saíssem assim tão elegantes, leves, desprovidos de enfeites estilísticos ou dissonâncias. Os versos das épocas mais diversas e dos anos mais longínquos não só conviviam perfeitamente como pareciam ter sido escritos ao mesmo tempo. O próprio Sologub sem dúvida estava ciente dessa propriedade de seus poemas. Quando precisava, às vezes tirava versos de um livro e os transferia para outro. E novamente eles estavam no devido lugar, entretecidos em novos arranjos tão apurados como aqueles de onde foram colhidos.

Tomemos, por exemplo, o livro *Astros perolados*. Nele entraram poemas escritos entre 1884 e 1911. Apenas uma pequena parte do que fora escrito ao longo desse período. Mas Sologub planejou dotar o livro de uma certa gama poética, reunir poemas de uma tonalidade específica, e pôde fazê-lo a contento ao simplesmente selecionar os textos a partir do que escrevera no correr de sólidos vinte e oito anos. E, novamente nesse caso, não havia qualquer tipo de ruptura, de tranco ou de dissonância formal e estilística. Sem dúvida é possível detectar mais segurança, firmeza e completude, um gosto mais apurado e uma destreza maior nas obras escritas em época posterior. Mesmo assim, o será apenas em comparação com as obras do começo mais tenro. A verdade é que, a partir do princípio dos anos noventa, Sologub já aparece todo paramentado. Ele "se encontrou" de imediato e de imediato definiu a sua esfera criativa – para nunca mais sair dela. Com o passar dos anos, a diferença foi ter conseguido fazer com maior facilidade e perícia o que desde o começo era a essência do seu estilo. A solução química ganhava corpo e saturação, mas a composição permanecia imutável.

Sologub despontou na arena literária como um dos fundadores do agrupamento poético mais jovem daquele tempo.

Mas ingressou nele quando não era jovem em termos poéticos. Dentre os seus coevos literários, logo se patenteou como o poeta mais maduro, consolidado e aperfeiçoado. A vida se passou sem juventude e a poesia não teve fase juvenil. Do mesmo modo como começara a vida já velho e, portanto, nunca envelheceria, sua maestria poética estava destinada a não conhecer o declínio. Tendo sobrevivido fisicamente a alguns de seus coetâneos dos meios literários, a outros sobreviveu poeticamente. Morreu na plenitude das forças criativas, um mestre da faina, rigoroso consigo mesmo.

***

Mais de uma vez tive ensejo de ler que nos anos finais ele abdicara das paixões "satânicas" e se livrara dos venenos que lhe empeçonharam a alma, que deixara de pairar no mundo dos vícios e dos fantasmas, que teria enfim se reconciliado com a vida simples que ele outrora amaldiçoara e dirigido um olhar benévolo para a terra, passando a amar a sua pátria. Além disso, dizia-se que um papel benfazejo no "esclarecimento" de Sologub teria sido desempenhado pelo sofrido destino da Rússia, o qual o poeta decadente não percebera até então e depois passara a reconhecer e amar naqueles anos em que o país penava.

Não discuto que essa concepção contenha muita coisa de satisfatório. Gostamos de observar os poetas se retificando e atingindo a iluminação antes de morrer. A evolução à beira da morte é o nosso assunto predileto. Uma vez identificada a "evolução", já podemos elogiar o defunto, de todo o coração. Mesmo que ela só aconteça no leito de morte, no final das contas ele se tornou tão bom como nós, e como já deveria ter se tornado há muito tempo.

Infelizmente, é preciso renunciar a fazer observações sobre a evolução de Sologub, pois ela não existiu. Não pretendo decididamente negar a presença dos temas do "esclarecimento" e da "reconciliação" na obra de Sologub, em especial, do tema de seu amor pela Rússia. Mas não consigo enxergar ali alguma "evolução". Ela estaria evidente se esses temas constituíssem um sinal característico e exclusivo da poesia escrita por Sologub no seu período final, isto é, se fosse possível constatar o seu aparecimento, depois o crescimento e, por fim, a expulsão dos elementos iniciais, por incompatibilidade com os novos. Mas precisamente esses fenômenos, necessários para que se possa falar de evolução, não estão presentes. Os motivos que, em caso de evolução, deveriam desaparecer da poesia de Sologub, continuaram, na verdade, preservados até o fim. E os que deveriam aparecer pela primeira vez de fato existiam desde sempre, ou pelo menos, havia tanto tempo, que o seu surgimento não poderia ser associado à vida russa dos anos recentes ou ao "esclarecimento" pessoal do moribundo Sologub.

Não estou escrevendo uma pesquisa; entretanto não quero fazer afirmações infundadas. Nos anos derradeiros Sologub supostamente dirigiu um olhar benevolente aos fenômenos da vida cotidiana, amou a sua terra, abençoou a pátria e reconciliou-se com Deus. O xis da questão é que os seus anos finais não têm nada a ver com o assunto. Será que os singelos versos endereçados ao córrego "que expulsou os pensamentos aflitos" não foram escritos em 1884? E será que a admiração límpida e desanuviada pelo riacho onde se banham as crianças não datará de 1888? São poucos os poemas assim na obra de Sologub? Vejamos este:

Não deixemos, pois, a via
Ao divo paço da alegria
À morada dos eleitos;

De ir sob o sangue de Deus,
Nós, turba de escravos seus,
Pertinazes, satisfeitos.

Terá o sofrimento da Rússia ou a proximidade da morte levado Sologub a esse poema, em pleno ano de 1898? Ou então este aqui, a propósito da terra:

Não conseguis oscular minha terra
Não conseguis ouvir Mãe terra úmida
Como eu escuto
Como eu a osculo.

Oh, unirei, unirei todo meu corpo
Ao corpo sacrossanto da Mãe
No sagrado lampejo radioso
Hei de curvar-me ao cúmulo do bom.

De onde brotam a relva e as floradas
De onde brotais também, irmãos e irmãs,
Tão somente os meus afagos,
Tão somente os meus abraços.

Não sei quando estes versos foram escritos, mas em 1907 já estavam publicados no *Círculo incandescente*.

Também é errado dizer que o "decadente" Sologub teria enxergado e amado a Rússia apenas depois da revolução. Em 1906 saiu um livro de seus poemas com o título curto e expressivo de *À pátria*. Na mesma ocasião apareceram os *Contos de fada políticos*, testemunhando que o "cantor dos vícios e da turva mística" não era alheio às questões mais prementes de sua época.

E em 1911 ele escreveu:

Esplêndidos, alheios,
Na alma levo o seu vapor.
Mas tu, ó Rússia minha
Das nações és a maior.

Não, Sologub não deve o seu amor à Rússia a uma iluminação obtida no leito de morte. Não foi ele quem não enxergou a Rússia, fomos nós quem desconsideramos o amor que ele lhe dedicava.

Por outro lado, será que a sua iluminação foi tão completa e cabal, será que ele fugiu de seu passado e se voltou a Deus de modo tão claro e simples?

Adonai
Subiu a seu trono
Adonai
Exige a si submissão
E nossa fraqueza
Terrestre fraqueza
Erigiu o seu altar.
Mas Lúcifer santíssimo é conosco,
Sopro de liberdade fulgurante,
Santíssimo luzeiro do saber
Lúcifer conosco
E Adonai
Deus sombrio e vingativo
Será derrotado
E coroado
Pelos anjos, Lúcifer, de ti,
Belzebu e Moloch.

Isto foi dito na Rússia bolchevique alguns anos antes de ele morrer. É bem verdade que páginas depois podemos ler algo bem diferente:

Sei da última ciência
Que é inofensiva esta treva,
E eu não creio na inocência
De uma simples mente crédula.

A verdade
É crucificar Jesus,
Cortar com logro mundano
Uma inocente voz.

Ou ainda:

No céu aberto, o fúlgido Deus Pai,
Aqui comigo, a Terra, santa Mãe...

Mas dali a poucas páginas temos novamente:

Amar pra quê? Não vale a terra
O teu amor.
Tal como asteroide que a erra
Erre-a veloz.

Enquanto isso, exaltando o "caminho ardiloso do vício feliz", Sologub nos convida a "pecar comigo".

Sejamos francos, tudo isso está muito distante do arrependimento e da retificação. Não, impossível encontrar "progresso" espiritual na obra de Sologub, do mesmo modo como não há "regresso". Afinal, a sua poesia também é notável exatamente por estar desprovida de qualquer forma de evolução. Sologub nunca abdica de seu passado e não incorpora nada que já não conhecesse. Ele decerto não chegou imediatamente aos elementos que constituem os motivos fundamentais de sua poesia. Mas como e quando Sologub *se constituiu* de fato, isso não sabemos.

Deparamo-nos com ele de súbito, já constituído, e assim ficou até o fim. A sua "constituição" é muito complexa. Se julgada por versos específicos, parece cheia de contradições internas. Ela se derrama em muitos caudais, mas em essência e constituição permanece sempre imutável. Assim como a vida de Sologub se passou sem juventude, e a poesia, sem fase juvenil, a sua vida espiritual transcorreu sem evolução.

Sologub blasfemou e glorificou, amaldiçoou e bendisse, entoou cânticos exaltando o pecado e a santidade, foi cruel e bondoso, conclamou a morte e desfrutou da vida. Tudo isso e muito mais pode ser demonstrado por meio de imensa quantidade de citações. Só uma coisa nunca poderá ser demonstrada: que Sologub "partiu" de algum lugar e "chegou" a outro, da blasfêmia à glorificação ou da glorificação à blasfêmia, da bendição à maldição ou da maldição à bendição. Nenhum elemento era excluído, as contradições conviviam em harmonia porque a própria existência delas era uma parte de sua visão de mundo. Direi algumas palavras acerca dessa cosmovisão, sem intenção de crítica ou indicação de suas fontes. O problema aqui não é se ela foi original e verdadeira, nem quais foram as contradições que continha. Ela é uma chave para a compreensão de Sologub, e é apenas nesse quesito que nos interessará neste momento.

"Não sendo esta a primeira vez que nasço nem a primeira vez que completo o círculo de transfigurações externas, passo com calma e simplicidade a desvelar a minha alma", diz Sologub no prefácio ao *Círculo incandescente* e não se cansará de repeti-lo em prosa e verso.

Sologub julgava que a sua vida, encerrada a 5 de dezembro de 1927, não era nem a primeira nem a última. Acreditava que era um elo numa cadeia interminável de transfigurações. As fachadas se alteravam, por baixo delas preservando-se perenemente um Eu imutável: "Pois tudo é e em tudo existe o Eu, somente o Eu, nada mais existe, existiu ou existirá". "A tenebrosa alma terrena incandesce em êxtases doces e amargos, definha e ascende pela infindável escada das perfeições, até atingir a morada do eternamente inatingível e do para-sempre cobiçado". No processo dessa ascensão infindável, o Eu cria mundos visíveis e invisíveis: coisas, fenômenos, concepções, bem e mal, Deus e o diabo. O bem e o mal, Deus e diabo, são apenas formas equivalentes dos êxtases doces e amargos que incendeiam a alma. A vida temporária e o ciclo de experiências concluem-se com a morte, igualmente temporária, uma transição para um novo ciclo:

> E tudo o que exalou sua vida
> E se findou,
> Vicejará noutro quinhão ainda,
> Claro em frescor.

Aquele elo na cadeia, a vida que o poeta Fiódor Sologub fez viver diante de nossos olhos, guardava para ele uma enorme quantidade de experiências, de "êxtases", para usar as suas palavras (e as de Púchkin). Eram efusões de amor ardente pela mulher, por beleza, vida, pátria e Deus. E os encantos do mal, da maldade, do vício, da deformidade, do diabo e da morte também preenchiam a sua alma com êxtases, mas de outra coloração e gosto (os "amargos").

Na medida, entretanto, em que essa vida inteira não passava de um degrau na "infindável escada da perfeição", ela não podia deixar de parecer ainda demasiado imperfeita a Sologub, como talvez ainda menos perfeitas foram as vidas percorridas até aquele ponto. Mas é equivocada a opinião disseminada de que, para Sologub, a vida é totalmente desprezível, grosseira e suja. Ela só é desprezível, grosseira e vulgar em comparação com os degraus seguintes, os que estão por vir. Sologub sabe amar a vida e nela encontra deleite, porém apenas enquanto a contempla desvinculada da "escada das perfeições". Em comparação com a Lilith perdida e eternamente buscada, essa vida é Eva, "camponesona parruda e rosada". É Aldonza, a rapariga imunda, longe a perder de vista daquela linda Dulcineia dos sonhos dos homens, do eterno Adão ou do eterno Dom Quixote. Mas nem nas encarnações subsequentes nem nos degraus vindouros ele não estará destinado a encontrar a autêntica Dulcineia que habita "as moradas do eternamente inatingível e do para-sempre ansiado".

Mas onde ficam essas moradas? Sologub sabe que não é a nossa Terra, nem Marte, nem Vênus, ou qualquer dos planetas existentes. É a morada do inatingível, ela traz o nome provisório e secreto de "terra de Oylé". A inaudita estrela Mair fulge sobre essa terra, e um inaudito rio a irriga:

Estrela Mair, brilha sobre mim,
Estrela Mair,
E, iluminado pela estrela linda,
Um mundo em porvir.

Terra de Oylé, nas ondas do éter adiante
Terra de Oylé,
E de Mair o mundo cintilante
Claro sempre é.

Rio de Ligoy, águas de amor e paz,
Rio de Ligoy,
O claro rosto de Mair fugaz
Em seus lençóis.

Lira a tinir, grato cheiro de flores,
Lira a tinir,
Canções numa toada de mulheres,
Louvando Mair.

Terá ele encontrado o consolo na sua "escada"? Não sei. Penso que a própria questão sobre a existência do consolo ou do desconsolo não existia para ele. Encarava corajosamente a verdade que inventou para si mesmo no passado e, seja como for, não era de seu caráter tentar enfeitá-la ou edulcorá-la. Ao que parece, às vezes julgava a "escada" um tanto maçante. Que era fatigante e inclemente, isso é indiscutível:

Quem está rindo? Os deuses,
Esses guris dementes.
Humanos, sede sisudos,
Sede sapientes,
E que riam os deuses,
Esses guris dementes.

Ele mesmo, aliás, costumava fazer caçoada. Mas as suas piadas eram sempre amargas e quase sempre desembocavam em trocadilhos, em um sorriso das palavras. "E se você pega a panela e pá nela?", "Me explica direito: és tu Sossô ou sou eu Tutu?", "A Tamara tá amara". Ele praticamente não conhecia situações engraçadas, nem via os sorrisos nos fenômenos da vida. Se os via, estes eram de tipo aterrorizante ou perverso.

***

Sologub considerava a vida imperfeita, demasiado imperfeita. "O fardo terreno do espaço e do tempo" lhe parecia pesado, com excessiva frequência. Também as pessoas não constituíam objeto de atração: ele enxergava um "diabo mesquinho" por detrás de cada um. Quando a sociedade russa travou contato com Peredónov, desejou ver no personagem um autorretrato de Sologub. "Está falando dele mesmo", assinalou a crítica. No prefácio à segunda edição do romance, Sologub respondeu com tranquilidade e clareza: "Não, meus caros contemporâneos, estou falando de vocês".

Convencionou-se dizer que ele era maldoso. Contudo, jamais achei que Sologub agisse por maldade. O mais verossímil é que apenas não gostasse de perdoar. Após o casamento com Anastassía Nikoláievna Tchebotariévskaia, a qual, segundo diziam, era dona de um caráter intratável (eu mesmo nunca tive oportunidade de me queixar dele), Sologub muita vez teve de brigar com as pessoas para sair, com ou sem razão, em defesa da mulher. Diga-se que ele próprio guardou rancor por muito tempo. Em 1906 ou 1907, Andréi Biély publicou em *Viéssy* [A balança] um artigo sobre Sologub que este considerou antipático. Em 1924, isto é, uns dezessete anos mais tarde, Biély compareceu a uma homenagem pública a Sologub organizada em Petersburgo por ocasião de seu aniversário de sessenta anos e proferiu, segundo o seu costume, um discurso incrivelmente exaltado, tonitruante e entusiástico (faço o relato a partir das palavras de um dos presentes). Ao terminar, Biély se desmanchou num sorriso tão entusiasmado e falso como o fora o seu discurso e lançou-se a premir a mão de Sologub com toda a força. Sologub fez cara de nojo e articulou por entre os dentes:

– Você está me machucando.

Nenhuma palavra a mais. O efeito do discurso exaltado estava arruinado. Sologub obteve a sua vingança[51].

---

[51] O próprio Andriéi Biély (*No começo do século*, p. 448), retrata essa cena de modo um tanto diverso: "Enquanto o discurso estava sendo lido para ele, o velho cerimonioso manteve-se calado, de pé em seu fraque, a cabeça mumificada dependurada para trás, pálido feito a morte. De súbito, mostrando os dentes (e a ausência deles) de um modo encantador, ele me apertou a mão cordialmente e me osculou. Nos bastidores, depois de apertar a sua mão, quase caí junto, pois ele resfolegava como um esturjão: "Ai, você me machucou", e tirou os dedos, fazendo careta, "ora, como pode apertar os dedos de um jeito desses?". E então, sacudindo o dedo diante do meu nariz,

De modo geral, penso que as pessoas fatigavam Sologub. Ele tentava, no mais das vezes, não as ver nem lhes dar ouvidos.

Estar com gente, que fardo,
Por que com eles conviver?
Por que não se pode, sempre ávido,
Vaticinar, feitiços tecer?

Para mim essa nota sempre ressoou com muita clareza nas palavras de Sologub, nos seus gestos indolentes e irritadiços, na modorra, no silêncio, nos olhos cerrados, em todos os seus hábitos. No tempo em que eu morava em Petersburgo, nos encontrávamos com relativa frequência, frequentávamos as respectivas casas, mas, apesar da mente admirável de Sologub, dos versos maravilhosos que ele lia nos nossos encontros, da sua postura afável, embora um tanto seca, eu procurava, por alguma razão, cruzar-lhe o caminho com frequência cada vez menor. Percebi que, tudo somado, Sologub não precisava das pessoas, nem de mim inclusive. Estou convencido de que ele portava um enorme reservatório de amor, mas não tinha o poder de direcioná-lo para as pessoas.

Em Oylé, esplêndida e distante
Estão todos meus sonhos e amor.

Nesta terra ele conheceu apenas o reflexo imperfeito do amor de Oylé.

---

recuou, arredou o rabo do fraque e me passou uma descompostura". Cabe observar, todavia, que o indivíduo que me contou esse episódio estava no meio do público, e podia enxergar apenas o que acontecia no palco, não nos bastidores. (N. do A.)

***

Seja dito que houve duas pessoas que ele amou, duas mulheres, e perdeu ambas. A primeira foi a irmã, Olga Kuzminichina, moça silenciosa e já não tão jovem, enfermiça, retraída, vestida sempre de preto. Morreu de tísica, creio que em 1907. Marcas desse amor existem em muitos poemas de Sologub. Ele jamais a esqueceu. Em 1920, escreveu:

...Dizer por que viveu o coração,
Por que sofreu, por que se consumiu,
Quem veio a despertar sua paixão
O que na vida tanto o atraiu.

Assim sonhas, mesmo que por pouco,
Com o distante, com o já fenecido.
Volga, seu doce nome deleitoso
Parece um nome já daqui partido.

A segunda foi Anastassía Nikoláievna Tchebotariévskaia, com quem se casou logo após a morte da irmã. Os Sologub passaram parte dos anos do comunismo de guerra em Kostromá e outra parte em Petersburgo. O sonho deles era ir embora da Rússia soviética, onde reinavam, segundo sua expressão, "bestas em forma humana". Sologub escreveu:

A savana lá vestiu
Coutos, campos, pradarias
Que maçada, que fastio,
Desta neve noite e dia.

Esta terra desolada,
Modorrenta esta mudez;

Por que é que, alma escrava
Tu não voas de uma vez?

Pelas ondas do oceano,
Aos rocios da multidão,
Nas asas do aeroplano,
Nos trens indo em turbilhão.

Ou a sede desta vida
Com veneno acre extinguir
Para sempre, à pura ilha
Dos Elísios atingir.

Anastassía Nikoláievna era parente de Lunatchárski (creio que prima dele). Na primavera de 1921, Lunatchárski apresentou ao Politbiuró[52] uma declaração acerca da necessidade de permitir que escritores doentes fossem ao exterior, especificamente Sologub e Blok. A solicitação tinha o apoio de Górki. O Politbiuró decidiu por motivos ignorados liberar Sologub e reter Blok. Quando soube da decisão, Lunatchárski enviou ao Politbiuró uma carta quase histérica, na qual, sabe-se lá por que, derruía Sologub. A argumentação dele era mais ou menos a seguinte: camaradas, mas o que vocês estão fazendo? Pedi providências a favor de Blok e Sologub, e vocês liberaram apenas este último, sendo que Blok é o poeta da revolução, orgulho nosso, o *Times* até publicou um artigo a seu respeito, enquanto que Sologub detesta o proletariado e é autor de panfletos contrarrevolucionários etc.

Uma cópia dessa carta, datada de 22 de junho, segundo me parece, foi remetida a Górki, que a mostrou para mim imediatamente. O Politbiuró reverteu a sua decisão. Deram um

52 Politbiuró ou Bureau Político era o comitê executivo do partido comunistas. (N. do T.)

passaporte a Blok, que já não teve mais a chance de utilizá-lo, ao passo que retiveram Sologub. No outono, depois de muita labuta de Górki, deram afinal um passaporte para que Sologub fosse ao exterior, depois o desconcederam, depois o concederam novamente. Toda essa história abalou o equilíbrio emocional de Anastassía Nikoláievna. Quando tudo afinal fora acertado e a data da viagem estava praticamente confirmada, ela se jogou da Ponte Tutchkovno Nievá, num acesso de melancolia[53].

Seu corpo foi retirado da água somente passados sete meses e meio. Durante esse tempo todo Sologub ainda teve esperança de que a mulher que se jogara no Nievá talvez não fosse Anastassía Nikoláievna. Ponderava que ela estivesse escondida em algum lugar. Na hora do jantar colocava um lugar a mais na mesa, para o caso de ela retornar. Fizeram uma historieta vulgar a partir desse episódio, relatando como Sologub "jantava em presença invisível da falecida". Eu o vi duas vezes nesse período. Uma foi logo após o desaparecimento de Anastassía Nikoláievna, na casa de P. E. Schiógolev, onde ele passou a noite inteira sem dizer

[53] A irmã dela, Aleksandra Nikoláievna Tchebotariévskaia, também tradutora e escritora, morava em Moscou. Fora decidido que, no dia do enterro de Guerchenzón (em fevereiro de 1925), discursos não seriam proferidos. Porém, um comunista, empurrando os presentes, foi até a cova e começou a falar que, apesar de Guerchenzón não ser "um dos nossos", o proletariado respeitaria a memória daquele remanescente da cultura burguesa. Aleksandra Nikoláievna não aguentou e ali no ato exprimiu tudo o que lhe ardia no coração. Mais tarde, depois de irem embora do cemitério, ela passou o dia inteiro sem conseguir se acalmar. À noite, após sofrer um ataque de nervos, foi para a ponte Bolchói Kámennyi, persignou-se, fez o sinal da cruz para as quatro direções de Moscou, e jogou-se da ponte para uma fenda no gelo. Os transeuntes a retiraram de lá, mas, uma hora depois, ela faleceu de falência cardíaca em uma sala de emergência hospitalar. Narro esse acontecimento tendo por base as palavras de um escritor soviético que estava na época em Moscou, e que depois veio a Paris passar algum tempo. Andréi Biély (*No começo do século*, p. 447) escreve que as duas irmãs se suicidaram "em resultado de enfermidades psíquicas". (N. do A.)

palavra. A outra foi na primavera de 1922, na minha casa. Ele veio inesperadamente, sentou-se, leu alguns poemas e partiu tão subitamente como chegara, como se não houvesse reparado na minha presença.

Uma vez convencido da morte da mulher, não quis mais viajar. Quase não era publicado (nos três anos finais deixou de aparecer inteiramente), mas escrevia muito. Não era a primeira vez que usava o sonho para vencer a realidade e triunfar espiritualmente sobre ela. Não foi por acaso que, teimoso e renitente, na primavera faminta e gelada de 1921, escreveu ao fio de doze dias um ciclo de poemas alegre e petulante, aparentemente inconcebível naquelas circunstâncias, feito de vinte e sete obras compostas no estilo da *bergerette* francesa. Cerrando os dentes, o sonhador obstinado, o mestre confiante, resoluto e inabalável, em plena época da "arte proletária" rabiscava, com um sorriso irônico lançado a seus inimigos, a si mesmo e à "vida cruel":

Tírsis, à sombra do salgueiro
A devanear Nanette;
Repousando no outeiro,
Incita sua *musette*:
Amando estou eu, – tra, ta, tam, ta – sofrer é lei,
Ao túmulo eu – tra, ta, tamta – me entregarei.

Eco, entre os arbustos
Ouve o grito de dor
E, no mesmo discurso,
Repete o sofredor:
Amando estou eu, – tra, ta, tam, ta – sofrer é lei
Ao túmulo eu – tra, ta, tamta – me entregarei.

Paris, janeiro de 1928.

ESSIÊNIN

Li no verão de 1925 um livrinho de Essiénin que trazia um título de simplicidade pouco costumeira: *Poemas, 1920-24*. Reunia obras novas e nem tão novas, isto é, aquelas já incluídas em suas coletâneas. O autor evidentemente desejava unificar os poemas do que se poderia chamar ciclo da penitência, um ciclo que inquietou e emocionou mesmo os que antes não amavam ou que simplesmente não prestavam atenção à poesia de Essiénin.

Gostei desse livro curto. Quis escrever a seu respeito. Até comecei, mas logo vi que naquela coletânea havia o balanço de uma vida inteira e que seria impossível falar dela sem relacioná-la com todo o caminho prévio de Essiénin. Então reli a sua *Coleção de versos e poemas*, o primeiro e único volume publicado por Grjébin. E quando terminei de reler, entendi que naquele momento seria impossível falar de Essiénin. O livro, que tanto me tocou (e a muitos outros), era prova da ruptura aguda e dolorosa, do drama difícil e sofrido que se passava na criação artística de Essiénin. Tive consciência certeira de que os estados de espírito refletidos na pequena coletânea eram passageiros. Vinham crescendo desde muito no autor, mas a pungência a que haviam chegado dificilmente poderia ser mantida ou prolongada. Tive a impressão de que, de um modo ou de outro, o destino de Essiénin logo se decidiria. A depender dessa decisão, seus novos poemas encontrariam um lugar e adquiririam tal ou qual sentido. Escrever sobre os poemas naquele minuto seria usar meias-palavras ou fazer previsões. Eu não me aventurava a prever o futuro. Resolvi aguardar o que iria acontecer. Infelizmente, pouco tive de esperar, pois na noite de 27 para 28 de dezembro, no hotel Angleterre, em Petersburgo, "Serguei Essiénin deu no pescoço duas voltas da corda da mala trazida da Europa, chutou o banquinho de sob os pés e ficou dependurado de cara para a noite azul, fitando a Praça de Santo Isaak".

***

Ele nasceu a 21 de setembro de 1895, em uma família camponesa, na vólost[54] Kozmínskaia, distrito e província de Riazán. Aos dois anos de idade foi dado em criação para o avô pelo lado materno, um mujique mais próspero. Começou a escrever poemas por volta dos nove anos, mas as suas composições relativamente conscientes principiaram quando completou os dezesseis, época em que concluiu os estudos numa escola particular dirigida pela igreja e voltada à formação de professores.

Em sua autobiografia ele conta o seguinte: "aos dezoito anos eu estava surpreso porque, tendo espalhado os meus poemas pelas redações, ninguém os publicava, e então, sem aviso prévio, toquei para Petersburgo. Lá me acolheram com bastante cordialidade. A primeira pessoa que vi foi Blok, a segunda foi Gorodiétski... Este me colocou em contato com Kliúiev, de quem eu nunca ouvira falar".

Era um rapaz bem simplório na época em que "tocou" para Petersburgo. Posteriormente contou que ao ver Blok ficou empapado de suor, tamanha a agitação. Se lermos com atenção *Rádunitsa*, sua primeira coletânea, veremos que ele não trouxe para Petersburgo desde a sua vólost Kozmínskaia nenhuma ideia claramente expressa, nenhum esquema intelectual ou abstração. Aportou com uma provisão de observações e sentimentos já

[54] Divisão administrativa rural. (N. do T.)

familiares. As “ideias”, se existiam, foram vivenciadas e sentidas sem que ele tivesse plena consciência delas.

Na base da poesia inicial de Essiénin estava o amor pela terra natal. Principalmente pela terra natal camponesa, não pela Rússia das cidades, fábricas e indústrias, das universidades e teatros, da vida política e social. A Rússia, no sentido em que a entendemos, ele não conhecia de verdade. Para ele, a pátria era o vilarejo e os campos e bosques nos quais se estendia a perder de vista. No melhor dos casos, ela seria feita de uma série desses vilarejos, uma Rus[55] de isbás, um torrão natal, não um país; uma unidade social e autóctone que não seria estatal ou sequer geográfica. Essiénin obviamente não considerava que as áreas periféricas fossem a Rússia. A Rússia é a Rus, e a Rus é o vilarejo.

Para os habitantes da Rus, todo o heroísmo dessa vida consistia no trabalho camponês. O camponês estava alquebrado, miserável e nu. Tão desgraçado quanto a sua terra:

Escutam os salgueiros
Silvos do vendaval...
Tu, minha terra esquecida
Tu, minha terra natal.

O Deus mujique, igualmente miserável, caminha por esta terra, fundindo-se com ela:

Foi o Senhor provar no amor os homens,
Pobrezinho, Ele sai a uma clareira.
Sentado a um toco um velho, entre os carvalhos
Mascava com as gengivas duro pão.

---

[55] Nome de um estado medieval (aproximadamente entre os séculos X e XIII) que corresponde, em parte, aos territórios da atual Rússia, Ucrânia e Belarus. (N. do T.)

O velho vê o menino no caminho,
Na estradinha, um cajadinho de metal;
Sabe: ele treme de fome, está doente.
Pensou consigo: óia esse coitadinho...

Se aproxima o Senhor escondendo a dor e o espinho
Acho que, dizem, não despertará seu coração...
Aqui, mastiga: fica mais fortinho,
Falou o velho lhe estendendo a mão.

É possível reconstituir as tendências mujiques e religiosas de Essiénin a partir de seus poemas. Disso resulta que a missão do camponês é divina, pois aquele é, por assim dizer, corresponsável pela criação realizada por Deus. Deus é o pai. A Terra é a mãe. O Filho é a colheita. Como podemos ver, as fontes do culto praticado por Essiénin remontam a um mundo antigo. Há uma série de etapas que separam essas fontes e o cristianismo. Terá Essiénin as transcorrido? É pouco provável. O Essiénin iniciante era um semipagão. Isso decididamente não impede que a sua fé esteja revestida com as imagens tradicionais do mundo cristão. Suas experiências religiosas estão expressas numa terminologia cristã dada de antemão. É só o que podemos afiançar. Falar do *cristianismo* de Essiénin seria arriscado. O seu cristianismo não é conteúdo, mas forma, e o emprego de terminologia cristã se avizinha de um procedimento literário. A par das imagens tomadas de empréstimo ao cristianismo, Essiénin expõe aquela mesma fé mujique por meio de formas inteiramente pagãs:

Amo o mundo e a eternidade
Como a chama em pátrio lar

Tudo nele é bento e santo,
Tudo um brilho que atordoa

Rubra papoula enredando
Todo o vidro da lagoa.

Sem querer no mar de pão
Da língua a imagem irrompe
O céu dá à luz, e, manso,
Seu bezerro rubro lambe.

Aí está: o céu é uma vaca, o pão e a colheita são um bezerro; o céu gera a colheita e a verdade suprema se encarna na colheita. Mas o próprio Essiénin por ora trata essa fórmula somente como imagem, como metáfora poética que inesperadamente escapou da sua boca. Ele mesmo ainda não sabe que nela está contida a sua concepção religiosa e social básica. Em seguida veremos como e sob quais influências essa imagem se desdobrou e o que passou a significar na sua obra.

***

No final de 1912, em Moscou, um certo X. começou a me fazer visitas assíduas. Ele se autointitulava poeta camponês. Era belo, tinha sobrancelhas negras e porte imponente; pronunciava o seu "o" com afinco[56], gostava de prosear sobre diversos assuntos relacionados a semeaduras primaveris e outonais. Comportava-se como um jovem paladino, um Bová-korolévitch[57]. Naturalmente, assegurou que não havia feito estudos. De S. V. Kíssin (Múni), meu falecido amigo, eu soube que X. frequentara ao mesmo tempo que ele a faculdade de direito, como estudante ou ouvinte. Escrevia poemas não de todo maus, até fluentes, mas naquele estilo pseudorusso de que não sou apreciador.

[56] No russo moscovita padrão, os "o" átonos soam como "a". A pronúncia de Essiénin, nesse caso, é um indicador de provincianismo. (N. do T.)
[57] Herói do folclore russo. (N. do T.)

Sua conversa era uma mistura de mortificação e de insolência. Na época, aquilo me agastava, e mais tarde tive mostra farta da mesma coisa entre os poetas proletários. X. ficava no canto dele, cego para o mundo, mas mesmo assim conseguia, de mansinho, meter o seu bedelho, ora se fazendo de humilde, ora destilando fel. Nunca ria, limitava-se a sorrir de fininho. Quando vinha de visita se desmanchava em desculpas: será que posso? Não estou atrapalhando? Cheguei numa hora ruim? Estou aborrecendo? Não será hora de eu ir embora? E ao mesmo tempo dava umas cutucadas. Ao ler seus poemas, solicitava com máxima solenidade aos ouvintes que lhe mostrassem caso algo estivesse errado, que o ensinassem e instruíssem. Porque, afinal, quem somos nós, somos gente ignorante, mas vejam bem que, os eruditos, embora com certeza já tenham superado essa questão, não servem muito para nada, né?... Adorava conversar de política. Sim, os proprietários de terra com certeza terão de enfrentar o galo vermelho[58] (não ficou claro se seremos *nós* ou *os outros* a botar o fogo). Para que enfim só reste o tsar e o mujique, mais ninguém. Estamos até aqui de capitalistas porque essa judeuzada (e o senhor mesmo, me perdoe, não será um judeu?) quer desbancar o tsar e ela mesma dominar toda a Rus temente a Deus. A intelliguêntsia merece que nos ajoelhemos diante dela em reverência por iluminar a nós, turba ignara. Mas também não vamos deixá-la deitar e rolar às nossas custas, vejam bem, assim que a gente acertar as contas com os ricaços daremos um chega-para-lá nela também. O pessoal da fábrica é a mesma coisa, um bando de arruaceiros, canalhas e vagabundos. A Rus é inteiramente cristã, ah, se é. E o mujique, é o que? Pfu, é o fim da picada, em resumo, é um roceiro. Mas só a ele cabe o primeiro lugar, porque ele é uma espécie de sal da terra...

[58] Expressão que designa o incêndio, tradicional elemento destrutivo na cultura russa. (N. do T.)

E depois de fazer uma pausa:

– Sim, mas o que é o sal? Custa meio copeque uma libra.

Múni certa vez disse a seu respeito:

– Teu Bová se parece com o sol: se põe à esquerda e nasce à direita. E ainda teremos sorte se ele simplesmente não der as caras na polícia secreta.

Nesse meio-tempo, X. se desmilinguia de ciúmes. Estava atormentado pelos lauréis de outro mujique, Nikolai Kliúiev, surgido pouco tempo antes dele e já autor de dois livros publicados. Um trazia o prefácio de Briússov e o outro tinha um artigo introdutório de V. Sventsítski, que declarou sem meias-tintas ser Kliúiev um profeta.

De fato, muito mais talentoso do que X., Kliúiev já se bandeara para Petersburgo e conseguira causar um rebuliço por ali. Gorodiétski o elevou aos píncaros. X., bem-entendido, não ficou no seu remanso e também correu para Petersburgo. Não se deu especialmente bem naquela cidade. Não foi inscrito na categoria de profeta e voltou rapidamente, porém não desprovido de um troféu, uma fotografia na qual posava junto com Gorodiétski e Kliúiev. Os três de camisa russa, botas engraxadas e balalaica na mão. G. Ivánov narrou muito bem esse momento em um de seus ensaios sobre a vida literária petersburguesa:

"Ao chegar a Petersburgo, Kliúiev caiu na hora sob a influência de Gorodiétski e assimilou ferreamente os procedimentos do travestido-de-mujique.

– Mas então, Nikolai Aleksiéevitch, conseguiu se instalar em Petersburgo?

– Glória a Ti, Senhor, a Intercessora não abandona a nós, pecadores. Consegui achar um cubículo. E será que precisamos de muito mais? Passe lá, meu filho, traga-me um pouco de alegria. Moro na Morskáia, dobrando logo ali a esquina.

O tal cubículo era um quarto do Hotel de France bem acarpetado e contendo um amplo divã turco. Kliúiev ficava sentado no divã vestindo camisa de colarinho e gravata e lendo Heine no original.

– Pesco uma coisinha ou outra na língua do infiel – ele percebeu o meu olhar espantado – pesco um pouquinho. Só que não satisfaz meu coração. Nossos rouxinóis gorjeiam mais forte, ah, se não gorjeiam. Mas como é que eu – ficou preocupado – recebo um convidado dileto assim, desse jeito? Sente-se, meu filho, sente-se, meu querido. Apraz-lhe algo para comer ou beber? Chá não bebo, tabaco não fumo, bolos de mel não guardei. Ou quem sabe – deu uma piscadela – se não estiver com pressa, podemos passar a tarde juntos? Aqui perto tem uma tavernazinha. O proprietário é boa gente, apesar de ser francês. Aqui do lado, é só virar a esquina. Chama-se Albert.

Eu não estava com pressa. "Bom, isso é ótimo, isso é maravilhoso, vou me endomingar..."

– Para que você precisa trocar de roupa?

– Mas o que é isso, o que é isso... será possível? O pessoal vai rir de mim. Espere só um minutinho, vou mais rápido que um raio. Saiu de trás de um biombo vestindo poddióvka[59], botas engraxadas e camisa cor de framboesa. "Agora sim, bem melhor!"

– Agora é que não o deixarão entrar no restaurante, com esse aspecto.

– Mas não pediremos para entrar no salão principal. O que nós, mujiques, teríamos a fazer entre cavalheiros? Cada macaco no seu galho. Não iremos para o salão, iremos para um quartinho miúdo, existe um assim, à parte. Até gente como nós pode ir para lá.

[59] Casaco comprido. (N. do T.)

Era precisamente nesses quartinhos miúdos dos restaurantes franceses que se elaborava naqueles tempos o *style russe* de Gorodiétski e Kliúiev, um estilo situado entre a ortodoxia, a seita flagelante, a revolução e as "centúrias negras"[60]. É óbvio que para Gorodiétski aquilo tudo não passava do escarcéu e do blablablá irresponsável da vez. Naquela altura ele já tinha sido simbolista, anarquista místico, realista místico e acmeísta. Adorava mascaradas e jogos de cena. Travestir-se de mujique era divertido e gerava propaganda. Mas Kliúiev, conquanto "pescasse uma coisinha ou outra na língua do infiel", era mesmo um homem do interior. Evidentemente sabia que mujiques iguais aos que Gorodiétski vestia não existiam na realidade, mas resolveu não contradizer o amo – deixem lá o homem se esbaldar. Entrementes, sem bancar o come-quieto completo, ia pé ante pé, com meias-palavras e cantilenas, salamaleques e piscadelas à direita e à esquerda, atrás do Gorodiétski centúria-negra, dos SR, dos membros da sociedade religiosa-filosófica e de alguns jovens flagelantes, conseguindo assim ganhar tempo. Mas com que propósito?

***

Aquilo que o meu X. segredava de modo tosco, fragmentário e aleatório pode ser condensado em um tipo de sistema. O resultado seria aproximadamente o seguinte.

A Rússia é um país mujique. Tudo o que nela não vem do mujique ou não é destinado ao mujique é uma escumalha que precisa ser raspada. O mujique é o único portador da ideia religiosa e social russa. Atualmente ele é oprimido e explorado por gente pertencente a todas as outras classes e profissões. O

---

[60] Movimento nacionalista de extrema-direita na Rússia do começo do século XX. (N. do T.)

proprietário de terras, o manufatureiro, o funcionário, o intelectual, o operário e o sacerdote são um bando de parasitas de grei variada a sugar o sangue do mujique. Eles próprios e tudo o que vem deles deve ser varrido do mapa para que depois o mujique construa uma nova Rus e lhe dote de uma nova justiça e de uma nova lei, visto que ele é a única fonte de uma e outra. As leis engendradas pelos burocratas de Petersburgo, ele irá substituir pelas suas próprias, não-escritas. A fé ensinada pelos popes treinados em seminários e academias será retificada pelo mujique, e em lugar da igreja sinodal ele edificará uma nova, que será "terrena, silvana e verde". É nesse momento, então, que ele, de um espezinhado Ivan-o-Tolo, se transformará num Ivan-Tsariévitch.

Este era o programa. Mas qual seria a estratégia? A do esperar para ver. O mujique está cercado de inimigos. Todos o oprimem e todos são mais fortes do que ele. Mas se entre os antagonistas nascer a cizânia e eles começarem a se esbofetear, é nessa hora que o mujique se empertigará e dirá a sua palavra final e decisiva. Por conseguinte, no momento atual ele não partilha o caminho com ninguém. Precisa esperar mais: quem primeiro liberar o galo vermelho deverá receber a sua adesão. Em relação ao ponto onde o incêndio deverá começar ou a quem deverá ateá-lo, por enquanto é uma questão de somenos importância. Tanto faz se será a canalha fabril a investir contra o tzar ou se será o tzar a incitar sua *oprítchnina* para que aquiete a *ziémschina*[61]. Venha de cima, de baixo, da direita ou da esquerda, tudo será palha. Só precisa pegar fogo.

Tal era o kliuievismo às vésperas de 1913, quando Essiénin surgiu em Petersburgo. Ele imediatamente ficou amigo de

---

[61] A *Oprítchnina* era uma parte do território russo administrada diretamente pelo tsar Ivan IV ("o terrível") e sua milícia (os *oprítchniki*), diferenciada do território geral, a *ziémschina*. (N. do T.)

Kliúiev e caiu sob sua influência. Essiénin era jovem, inexperiente em muita coisa, e embora não fosse um simplório, era dotado de uma cândida franqueza. As ideias que fermentavam nele confusas e inconscientes, no kliuievismo já estavam muito mais elaboradas. Essiénin chegou a Petersburgo sabendo uma única coisa: o mujique vai mal e o Deus mujique vai mal. Em Petersburgo ele recebeu a iluminação: se o mujique mal está, caberia melhorá-lo. Assim será, basta que lhe deem tempo e a Rus dos vilarejos se erguerá. Então, um novo motivo ressoou nos poemas de Essiénin:

Ó, Rus, bata suas asas,
Outro edifício eleve
(...)
Chega de choro e vela,
Dar glória à sordidez...
A Rus se espiaçando
Raspou já todo o pez.

Ele já se vê como um dos profetas e salmodistas desta Rus, lado a lado com Aleksiéi Koltsóv, "o humilde Mikolai" Kliúiev e o literato Tchapýguin:

Pra fora, some, tribo
De podres ideais!
Damos aos crânios pétreos
Os escarcéus astrais.

A vindoura destruição dos "podres ideais" e o estabelecimento de um "outro arrimo" ainda são entrevistos precariamente por Essiénin. O "escarcéu astral" trazido pelos profetas mujiques também pode ser entendido de outros modos. Mas Essiénin está convencido de uma coisa: de que

...sem fuga à tempestade
Sem da perda se abster:
Soar na claridade
No arco que não se vê.

A Rus liberada é uma cidadela invisível e cerúlea. É algo de uma luminosidade sem limites. Essiénin não lhe confere traços concretos. Mas sabe concretamente que o caminho para ela passa pela "tempestade", em meio à qual o brio mujique há de se patentear. Noutras palavras, passa pela revolução. O aflorar dessa consciência é a etapa mais importante da biografia espiritual de Essiénin.

O ano 1917 nos deixou atarantados. Era como se tivéssemos esquecido que a revolução nem sempre vem de baixo e que ela podia vir também do cume. O kliuievismo sabia disso muito bem. Não repudiava as ligações com as camadas inferiores, mas – devemos observar – naqueles anos estava mais propenso a esperar a revolução pelo alto. Um ano depois do aparecimento de Essiénin em Petersburgo a guerra começou. Enquanto ela durou, Gorodiétski e Kliúiev nitidamente guinaram à direita. O livro de versos patrióticos furibundos de Gorodiétski (*O ano de 1914*) ainda está na memória de muitos. Nele, não apenas o Tzar, mas até o Palácio e a Praça estão impressos em maiúsculas. Gorodiétski recebeu por esse livro o presente mais elevado: uma pena de ouro. Ele conduziu também Kliúiev para Tsárskoie Seló, o lugar onde Grigóri Raspútin, um mujique igual a ele, ensejara liberar o galo vermelho lá desde o alto. O kliuievismo cheirava a rasputinismo.

Naqueles anos em que ainda não caminhava com as próprias pernas, Essiénin era um cordato acompanhante de Kliúiev e Gorodiétski. Passeava com eles vestido de mujique folclórico, calçava botinhas de janota feitas de marroquim e portava camisa de seda azul-clara encinturada com cordãozinho dourado. Desse cordão pendia um pentezinho destinado a cardar os belos cachos rebeldes. Foi com esse aspecto que certa vez encontrei Kliúiev e Essiénin no bonde, em Moscou, aonde eles tinham ido ler poemas, na Sociedade da Estética Livre. Verdade seja dita, os instintos mais profundos de Essiénin lhe sopravam o ridículo que era incluir o grão-senhor Gorodiétski na listagem dos profetas camponeses, mas mesmo assim ele não abria mão de sua companhia. E nem da inclinação por Tsárskoie Seló.

***

Essa última circunstância foi confirmada em documento curioso. Ocorre que, em acréscimo à autobiografia que eu citei acima, escrita no verão de 1922, em Berlim, Essiénin redigiu uma segunda, já depois de ter retornado à Rússia soviética. Depois de sua morte ela foi publicada na revista *Krásnaia Niva* [O campo vermelho].

Tudo indica que essa segunda autobiografia moscovita fora escrita com um objetivo em vista. Ignoro as circunstâncias e influências que a trouxeram à vida e ignoro a quem ela estava destinada, mas nela há uma diferença importante em relação à berlinense: desta vez, Essiénin utilizava um fragmento especial e complementar para falar daquilo que antes ele calara completamente. A saber, de suas transações com as altas esferas e do período 1915-1917 em geral. A biografia moscovita estava escrita no mesmo tom descompromissado que a berlinense, mas é perceptível que ela fica o tempo todo de olho atento às autoridades soviéticas. Isso transparecia inclusive nas minúcias. Por exemplo, fornecia a data de seu nascimento já pelo estilo novo, não mais pelo antigo: 3 de outubro, em lugar de 21 de setembro[62]. A escola *confessional* em que ele fizera seus estudos

[62] Até fevereiro de 1918, a Rússia utilizava o calendário Juliano, treze dias atrasado em relação ao Gregoriano. (N. do T.)

agora era nomeada prudentemente como escola de formação de professores, e outras coisas nessa linha. No que se referia ao desagradável tema das relações próximas com Tsárskoie Seló, dificilmente nos equivocaremos se dissermos que esse é o motivo principal pelo qual a segunda autobiografia foi redigida. Rumores sobre aquelas relações corriam desde longa data. Aparentemente, chegara enfim a hora de Essiénin prestar contas do assunto perante os poderes soviéticos e colocar um termo aos boatos (possivelmente isso coincidiu com o momento em que rebentou a história relacionada aos deboches antissoviéticos de Essiénin). De um modo ou de outro, desta vez Essiénin teria de ser mais franco. Apesar de não se abrir inteiramente, resultou mesmo assim uma confissão bastante considerável.

"Em 1916, fui convocado para o serviço militar", escreve Essiénin. "Como eu tinha certo grau de proteção dada pelo coronel Loman, ajudante de campo da imperatriz, muitos privilégios me foram concedidos. Residia em Tsárskoie, não distante de Razúmnik-Ivánov. A pedido de Loman certa vez li poemas para a imperatriz. Após a leitura ela disse que meus versos eram belos, porém muito tristes. Respondi-lhe que assim era toda a Rússia. Fiz referência à pobreza, ao clima e a outros fatores."

É indubitável que aqui se diz muita coisa – e outro bom tanto se dissimula. A começar do fato de que obter a proteção de um ajudante da imperatriz não era assim tão fácil, fosse a um rapaz simples do vilarejo, fosse a um poeta russo. Essiénin não saiu do nada para procurar Loman. Sem dúvida houve elos e conexões e, mais importante, circunstâncias que levaram Loman a considerar necessário tomar parte no destino de Essiénin. Também é pouco provável que os poemas tenham sido lidos à imperatriz somente "a pedido de Loman". A partir das cartas enviadas pela imperatriz ao soberano, depreendemos o estado de nervos doentio em que ela se encontrava em 1916 e sabemos o quanto tentava se afastar de tudo o que não trouxesse a aprovação do "Amigo" e de seu círculo. Em todo caso, ela não estava no espírito de ouvir poesia, ainda mais os do completamente desconhecido Essiénin. Naqueles dias era sobremaneira difícil conseguir uma audiência com ela – e eis que de repente sucede de a própria convidar Essiénin. A realidade decerto foi bem diversa: a leitura foi organizada por indivíduos próximos à imperatriz e com os quais Essiénin estava mais ou menos em contato. Essiénin está tentando, por meio de um procedimento bastante ingênuo, levar os pensamentos do leitor para longe desses círculos de Tsárskoie Seló. Joga de passagem uma frase a propósito de sua residência "não distante de Razúmnik-Ivánov". De fato, não morava distante, mas estava longe de socializar apenas com Razúmink-Ivánov.

Mais à frente, Essiénin escreve: "A Revolução me encontrou no front, em um dos batalhões disciplinares aonde me mandaram por eu ter recusado a escrever versos em honra do tzar". Isso decididamente não tem o menor fundamento. Em primeiro lugar, é pouco provável que se pudesse mandar alguém para o batalhão disciplinar por ter se recusado a escrever poesia em honra do tzar. Por sorte ou azar, ninguém dava tamanha importância ao fato de se escrever ou não se escrever versos em homenagem a Nicolau II. Em segundo lugar (e sobretudo), é difícil entender por que Essiénin considerava impossível escrever versos em honra do tzar, mas não apenas os lia para a tzarina como também os dedicava a ela. Ele silenciou também a respeito deste último fato. Nessa época, no verão de 1918, um editor, bibliófilo e apreciador de livros raros moscovita me propôs a venda ou a permuta das provas do segundo livro de Essiénin, *Azul celeste*, que ele obteve por vias escusas. O livro fora publicado já depois da Revolução de Fevereiro, com cortes. Estava pronto desde 1916, e as provas completas continham o ciclo de poemas integral dedicado à imperatriz. Ignoro se Essiénin estava no front no fim de 1916 ou no começo de 1917, mas certamente seria dificílimo conseguir permissão para dedicar versos à imperatriz e, em todo caso, a autorização não seria dada a um soldado de um batalhão disciplinar.

Um dos biógrafos soviéticos de Essiénin, certo Gueórgui Ustínov, que aparenta conhecer bem Essiénin, narra a história do batalhão. Embora o faça de maneira bastante confusa e, ao que tudo indica, não muito embasada, parece estar um pouco mais próximo da verdade. Assinalando que o nascimento literário de Essiénin ocorreu "em meio à tempestade e ao turbilhão de patriotismo" e que ele "veio a calhar" para uma "sociedade de hábitos rasputinianos", Ustínov conta como, no tempo da guerra, Essiénin foi forçado a escrever certos poemas por ordem de alguns oficiais farristas. Ustínov se cala sobre o fato de que os poemas estavam escritos em honra do tzar, mas depois acrescenta que quando o "poeta juvenil se revoltou, indicaram-lhe o caminho que levava diretamente ao batalhão disciplinar". Isso claramente quer dizer que em função de alguma "revolta" qualquer, talvez durante uma bebedeira, os oficiais tenham ameaçado Essiénin com o batalhão disciplinar, do qual, de acordo com o testemunho de Ustínov, ele "conseguiu escapar". É o caso de pensar que, mais tarde, estando obrigado a informar os bolcheviques de suas leituras na corte, Essiénin se lembrou dessa ameaça e, para equilibrar a impressão resultante, a relatou como se fosse um envio real ao batalhão disciplinar. Desse modo, ele podia se apresentar até mesmo como um "revolucionário".

Prosseguindo com a exposição da vida de Essiénin, Ustínov fala de sua aproximação com os Socialistas Revolucionários no período do Governo Provisório e de sua "passagem para o lado dos Sovietes bolcheviques" depois de outubro. Na verdade, Essiénin não foi um vira-casaca. Já tinha alguma proximidade com os SR quando escrevia versos patrióticos e os lia em Tsárskoie. Não por acaso, ao ter se recusado a entoar loas ao imperador, diz que "buscou apoio em Ivánov-Razúmnik". Mas o fato é que Essiénin não fez jogo duplo, não tentou assegurar a sua carreira pessoal tirando proveito de um lado e de outro. Ele estava empregando a tática de Kliúiev com total coerência. Simplesmente não se importava com a proveniência da revolução, viesse ela de cima ou de baixo. Sabia que no último minuto iria aderir a quem primeiro se pusesse a incendiar a Rússia. Sabia que, destas chamas, alçaria voo a Rus mujique, como uma fênix ou um pássaro de fogo. Depois de fevereiro ele se encontrou nas fileiras dos SR. Depois do cisma dos SR em grupos de direita e de esquerda, foi para estes últimos, onde estavam os "extremistas", aqueles que, segundo lhe parecia, tinham em mãos o material mais inflamável. As diferenças de programa tinham pouca importância para ele, que provavelmente as compreendia mal. A Revolução era apenas um prólogo de acontecimentos muito mais significativos. Os SR (tanto fazia se de direita ou de esquerda), assim como, mais tarde, os bolcheviques, só estavam lá para desbastar o caminho do mujique e serem eliminados por ele quando chegada a hora. Já em 1918 estava ele numa reunião bolchevique a "sorrir afável para absolutamente todo mundo que tomasse a palavra, dissessem o que dissessem. E então, o rapaz de cabelos amarelados resolveu proferir algumas palavras... E disse:

– A revolução é um corvo... um corvo que libertamos de nossa cabeça... e enviamos para fazer um reconhecimento de terreno... O futuro é maior..."

Na autobiografia de 1922 escreveu: "nunca fui ligado ao Partido Comunista Russo porque considero que estou muito mais à esquerda".

"De esquerda" significava para ele "adiante", "depois", "para além" dos bolcheviques ou "acima" dos bolcheviques. Quanto mais "à esquerda", melhor.

***

Se recapitularmos o conjunto de ideias com que naqueles idos Essiénin chegou a Petersburgo (já mencionei que ele tinha mais intuição do que conhecimento racional dessas ideias), veremos que após a revolução elas evoluíram de modo bastante coerente, ainda que talvez nada tenham ganhado em clareza.

O céu é uma vaca. A colheita é um bezerro. A verdade terrena é a encarnação da verdade celeste. As coisas desta terra são tão santas como as celestes, mas somente na medida em que forem um prolongamento puro e límpido do momento cosmogônico primordial. A terra deverá permanecer tal qual foi criada: como um imenso campo a germinar. Trazer-lhe qualquer coisa que a exceda é distorcer seu rosto puro, é um óbice à encarnação do céu na terra, que se realiza sem cessar. A terra é a mãe fecundada pelos céus. O único ato religioso justo é ajudá-la a parir, é lavrar e cultivar a terra, é a agricultura.

O próprio Essiénin observou que a imagem do bezerro-colheita "escapou dele". Quando voltou a essa imagem após a revolução, introduziu nela uma correção substancial. Afinal, o bezerro nasce da vaca, assim como a colheita nasce da terra. Por conseguinte, se um sinal de equivalência for estabelecido entre a colheita e o bezerro, será preciso apô-lo também entre a terra e a vaca. Daí decorrerá uma nova imagem, da terra como vaca. Imagem antiquíssima, não criada por Essiénin. Mas este, seguindo algum caminho próprio, só dele, desembocou nessa imagem e, ao fazê-lo, pressentiu que ela correspondia em alta medida aos fundamentos últimos de sua visão de mundo. É natural que nesse contexto a fórmula inicial associando o céu à vaca deveria ser, senão descartada de todo, ao menos transformada momentaneamente (veremos que esse foi o caso, pois Essiénin retornou a ela).

A Rússia, para Essiénin é a Rus, aquela terra fecunda, a pátria-mãe cultivada pelos tataravôs e agora lavrada pelo avô e pelo pai. Disso decorre uma identificação muito simples: se a terra é uma vaca, então todos os atributos dessa ideia podem ser transferidos para a noção de "pátria-mãe", e o amor por esta pode ser personificado no amor pela vaca. A ela Essiénin leva a boa nova da revolução, a mensagem que anuncia o que é "maior que a revolução":

Ó, pátria, quão feliz
Esta hora ilimitada!
Nada mais belo ou lindo
Que os teus olhos de vaca.

O processo revolucionário se afigura para Essiénin como uma fusão de céu e terra, consumado em meio à tempestade e ao turbilhão:

Suster o céu com os ombros
Com as mãos treva embalar
Na espiga fina instamos
O relvado estelar.

Ó Rus, estepe e ventos,
E tu, torrão natal!
Nos dourados celeiros
Se aninha o temporal.

Ao trovão dá-se aveia,
E ao vale água-oração,
E a lavra azul da ceia
Nos ara o boi-razão.

O futuro, aquilo que é "maior que a revolução", é um paraíso já existente na terra, e nesse paraíso vive o mujique:

Hosana nas alturas!
Morros cantam o paraíso
E em tal paraíso vejo
A ti, meu torrão querido.

Ao carvalho de Mamré
Senta meu ruço avô
E o seu casaco esplende
Nos grãos de astros ligeiros

E chapéu felino
Que em festa ele vestiu
Na neve ele acarinha
Nas tumbas dos pais seus

***

Tudo o que nos anos de 1917 e 1918 os SR de esquerda e os bolcheviques apresentaram como a "contrarrevolução" era, é claro, hostil a Essiénin. O Governo Provisório e Kornílov, a Assembleia Constituinte e os monarquistas, os mencheviques e os banqueiros, os SR de direita e os proprietários de terras, os alemães e os franceses, todos faziam parte de uma única "hidra", pronta para engolir a "Estrela do Oriente", agora alumiada. Mesmo proclamando que

Nos berços mujiques
Nasceu uma chama
À paz do mundo inteiro...

Essiénin acreditava de coração, por exemplo, que a Inglaterra tinha intenções especialmente maléficas:

Sai daqui, dragão inglês,
Vaza logo para o mar!
Nosso milagre nortenho
Tua prole não atinará.

Ele achava que a Rússia sofria porque forças obscuras estavam se municiando para guerrear contra ela:

Senhor, eu acredito!
Mas leva pro teu céu
Com setas chovediças
O ferido torrão meu.

Assim começa o poema "O advento". No conjunto da obra de Essiénin, ele é admirável. Nestes versos a Rus apresenta-se como o lugar de onde a verdade suprema virá ao mundo:

Trás montes não pisados
Pelos vales de azul,
Outra vez senhor amado
Teu filho dá-me a luz.

Por ti eu me torturo
Das bandas dos peões
Da Rússia translúcida
Leva ele sua cruz.

Em trecho posterior, as forças e os acontecimentos que, na concepção de Essiénin, são obstáculo ao advento da verdade, são apresentados na imagem dos soldados que flagelam o Cristo, de Simão Pedro que renega, do traidor Judas e, por fim, do Gólgota. Dá a impressão de que o escrito lida indubitavelmente com o Cristo. Em realidade, não é assim. Se relermos com atenção os poemas revolucionários de Essiénin, os que precedem o *Inônia*, veremos que todas as imagens do mundo cristão estão dadas ali de maneira modificada (ou distorcida), inclusive a do próprio Cristo. Mais uma vez, e assim como na sua poesia inicial, isso provém do fato de que Essiénin utiliza nomes do Evangelho, atribuindo-lhes um conteúdo arbitrário tirado de sua cabeça. Podemos, em plena concordância com os princípios fundamentais da fé essieniana, decifrar essa terminologia pseudocristã e obter o seguinte resultado:

A Virgem Santíssima = terra = vaca = Rus mujique.
Deus-pai = céu = verdade
Cristo = filho do céu e da terra = colheita = bezerro = encarnação da verdade celeste = Rus que há de vir

Para o Cristo de Essiénin, a crucificação não passou de um episódio trágico e acidental que melhor seria se não tivesse existido e que bem *poderia* não ter existido, não fosse a "contrarrevolução". O notável é que em "O advento" estejam descritos em detalhe a flagelação, a negação de Pedro e a traição de Judas, enquanto a própria crucificação, ou seja, o triunfo completo, ainda que temporário, dos inimigos, seja mencionado timidamente e de passagem. Isso acontece porque a contrarrevolução, utilizada por Essiénin como uma espécie de modelo-vivo para descrever os tormentos de *seu* Cristo, na verdade não triunfou nem por um segundo. Assim, o Cristo *de Essiénin* não foi realmente crucificado: a crucificação é evocada apenas para completar a analogia, para fins de integridade artística, mas contrariamente à verdade histórica e religiosa (tenho em mente a religião de Essiénin).

É por isso que "O advento" se encerra de modo aparentemente paradoxal, mas que para Essiénin é perfeitamente coerente:

Morros cantam milagre,
A areia aclama o céu.
Eu creio, creio, irá
Parir o leste teu!

Ao mar de ovelha e trigo
Nos lança o marruá...
Mas o encontro demora
E a morte perto está!

Dito de outro modo, creio que haverá um pós-revolução, mas temo a contrarrevolução.

Entende-se o porquê da exclamação de Essiénin no começo do poema seguinte:

Ladram as nuvens,
Dentáurea extensão ruge...
Eu canto, eu exclamo,
Senhor, dá o bezerro a lume!

O último verso suscitou em sua época uma explosão de perplexidade e de indignação. Uma e outra foram debalde. Não havia motivo de perplexidade, visto que Essiénin expressara o seu pensamento principal sem floreios, com a máxima simplicidade e a precisão acessível apenas aos grandes artistas. Indignar-se também era inútil, ou em todo caso, tarde demais, pois Essiénin estava se voltando cheio de fé e piedade ao seu deus pagão. Ele dizia: "Deus meu, incarne a sua verdade na Rus que há de vir". Quanto à usurpação das imagens e dos nomes da fé cristã, é algo que deveria ter gerado comoção muito tempo antes, desde a primeira aparição, não de Essiénin, mas de Kliúiev.

Sem dúvida, o bezerro de Essiénin, por mais desagradável que seja dizê-lo, é uma paródia do Cordeiro. Este último é destinado à imolação, ao passo que o bezerro é afortunado, rubro, bem-nutrido, promete boa fortuna e saciedade:

Desde cedo ao meio-dia
Sob o canto do trovão
Tal baldes no dia a dia
Ele enche de leite bom.

E de tarde à madrugueira,
Glória aos cantos do não-Pôr,
Profetar vai com as estrelas
A prataúrea messe em flor.

Assim será o reino do bezerro. E ele será uma nova Rus, transfigurada, diversa: não a Rus, mas a *Inônia*.

***

Não se acham manifestações diretas de hostilidade ao cristianismo na poesia de Essiénin anterior a *Inônia* porque não havia motivos reais para que existissem. Aparentemente, Essiénin até se considerava um cristão. Aquilo que para ele era o mais precioso, isto é, a fé no significado superior da Rus mujique, era capaz de conviver não apenas com seu semipaganismo, mas também com um cristianismo genuíno. Se Essiénin tinha consciência de algumas de suas divergências, estas eram tão somente com o cristianismo histórico. Ao mesmo tempo, ele estava convicto de que conhecia muito bem os erros do cristianismo histórico e de que ele, Kliúiev e uns outros mais estavam perfeitamente capacitados a conduzir esse cristianismo pelo caminho necessário. Que para a realização dessa tarefa há que se conhecer mais sobre a história e o cristianismo era algo que não o preocupava, assim como, de modo geral, os russos talentosos não se preocupam com coisas desse tipo. Ele preferia se fiar na relação entre "povo" e "terra", na firme convicção de que "povo" e "terra" eram, precisamente, a fonte da verdade. Fiava-se também na sua intuição, tida por ele no mais alto grau. Mas a intuição é desconexa, informe e contraditória. Essiénin o sentia, de maneira vaga, e foi procurar outras pessoas, em busca de coerência e forma. Na demanda por um pensamento que pudesse dar arremate aos seus sentimentos, terminou por cair sob influência alheia.

Em 1917, a influência de Kliúiev, que no fundo era próximo de Essiénin, foi substituída pela dos SR de esquerda. Foi nesse momento que explicaram a Essiénin que a Rus do futuro, com a qual ele sonhara, era o novo Estado, também ele erigido em base religiosa, porém não pagã ou cristã, mas socialista; não era a fé em deuses salvadores, mas a fé no homem autônomo, construtor de si. Explicaram-lhe que havia "Socialismo e socialismo", que este último, em minúsculas, não passava de um programa sócio-político, mas que existia também aquele com S maiúsculo, uma "ideia religiosa, uma nova fé e um novo conhecimento, destinado a substituir o conhecimento e a velha fé do cristianismo... Isso é observado e sabido até pelos melhores teólogos cristãos profissionais". "A nova ideia universal (Socialismo) será a dinamite que partirá os grilhões com os quais o cristianismo prendeu, com força inédita, o corpo da humanidade". "No cristianismo, o mundo foi salvo pelo sofrimento de um único Homem; no Socialismo do futuro, cada homem será salvo pelos sofrimentos do mundo".

Essas citações foram extraídas do prefácio de Ivánov-Razúmnik ao poema de Essiénin. Do ponto de vista cronológico, o artigo foi escrito depois de *Inônia*, mas a lógica interna deles é certamente a inversa. Não foi a *Inônia* que levou Ivánov-Razúmnik aos pensamentos, novos ou não, expostos no seu artigo; ao contrário, a *Inônia* é que foi uma encarnação poética fulgurante de todos os pensamentos que Ivánov-Razúmnik inculcara em Essiénin.

> Não me espantará a morte,
> Nem flecha nem dardo me afeta.
> Assim está na Bíblia
> de Serguei Essiénin o profeta.

Aqui, Essiénin se enganou. Da Bíblia ele retirou apenas alguns procedimentos literários para escrever a *Inônia*. Teria sido muito mais exato se dissesse "de Ivánov-Razúmnik", e não "da Bíblia".

Essiénin foi longe demais na sua espontaneidade. O poema é de um anticristianismo escancarado e grosseiramente sacrílego. Por diversos motivos, Ivánov-Razúmnik mais tarde tentou escamotear ambos os aspectos e botar a culpa na conta dos outros. Assegura que Essiénin não está "lutando" com Cristo, mas com um símile falso dele, um "Anticristo", "sob cujo braço poderoso a igreja histórica cresceu e se difundiu ao longo de vinte (?) séculos". Ivánov-Razúmnik sugere que são justamente Essiénin e ele os que se empenham em cuidar da fé cristã. É bem verdade que ele logo deixa escapar que essa fé lhe é cara apenas como anunciadora de uma verdade superior, a do Socialismo do futuro, que a retificará de uma vez por todas e, assim procedendo, a abolirá, para que doravante o mundo não tenha que ser salvo pelos "sofrimentos de um único *Homem*..." Mas, decididamente, o anticristianismo honesto de Essiénin em *Inônia* é mais simpático do que a interpretação dada por Ivánov.

Não façamos rodeios. Em *Inônia*, Essiénin recusa o cristianismo como um todo, não somente aquele "histórico", e o fato de continuar a dar à sua verdade o nome de "Jesus", porém "sem a cruz e os tormentos", era o sacrilégio supremo do ponto de vista cristão. Ele até pode tê-lo recusado com a mesma leviandade ingênua com que antes se considerava cristão, mas isso não altera o fato em si.

Questão bem diferente são os méritos literários de *Inônia*. O poema demonstra grande talento. Mas, para se desfrutar de suas virtudes, é preciso mergulhar nele metido em algo como um escafandro bem rijo. Somente depois de equipado com essas vestes é que o leitor poderá discernir, impune de espírito, as sedutoras belezas de *Inônia*.

***

Inônia foi o canto do cisne de Essiénin como poeta da revolução e da almejada verdade nova. Se ele estava errado ou não, se os seus escritos tinham ou não alguma lógica, se eram bons ou maus, qualquer que seja o nosso julgamento, o indubitável é que Essiénin expressou e "entoou" muitos elementos que estavam no ar catastrófico daquela época. Nesse sentido, pode-se dizer que ele foi realmente um "profeta". Um profeta dos erros próprios e dos alheios, dos anelos malogrados e dos enganos, mas um profeta mesmo assim. Em *Inônia* ele se expressou por inteiro e até o fim. Depois desse livro não tinha nada mais de essencial para dizer. A palavra estava atrelada aos acontecimentos. A Inônia real devia raiar ou não. No mínimo, a Rússia deveria se mover em direção dela – ou não.

Na primavera de 1918, travei conhecimento com Essiénin, em Moscou. Ele tinha um tipo físico agradável. Gostei de sua esbelteza, dos movimentos suaves, mas seguros, do rosto que mesmo não sendo belo era charmoso. O melhor de tudo era a sua alegria, leve e vivaz, sem estrépito ou brusquidão. Ele era muito cadenciado. Olhava direto nos olhos e logo produzia a impressão de ser um homem dotado de coração sincero, provavelmente seria um excelente camarada.

Não nos encontrávamos amiúde. Quando isso acontecia, quase sempre estávamos em companhia de outras pessoas. Apenas uma vez pudemos passear por Moscou, ao longo de uma noite inteira, só os dois. Falamos, evidentemente, da revolução, mas em minha memória restaram apenas fragmentos insignificantes dessa noite. Lembro que nos separamos antes do sol nascer, perto da casa onde Essiénin morava, na Tverskáia, ao lado da Passagem Postnikóvski. Dissemos adeus satisfeitos um com o outro. Fizemos convites às casas respectivas, com sinceridade, mas nenhum dos dois acabou se dispondo a ir. Penso que isso aconteceu porque Essiénin não era afeito ao meu círculo de amizades, e eu, igualmente, não gostava das pessoas que o cercavam.

Naqueles tempos ele circulava no meio de más companhias. Eram, na maioria, jovens que haviam aderido aos SR de esquerda e aos bolcheviques, uma turma bastante ignorante, mas que tomara a firme resolução de reconstruir o mundo. Filosofavam sem parar e, invariavelmente, com ânimo extremista. Era uma gente expansiva. Comiam pouco e bebiam muito. Passavam por momentos de fé fervorosa e por outros de blasfêmia fervorosa. Iam procurar as prostitutas para pregar a revolução e depois batiam nelas. Dividiam-se fundamentalmente em dois tipos. O primeiro era o moreno sombrio de barbas copiosas. O segundo era o rapazola louro de cabelos compridos e ar seráfico, as feições levemente parecidas com as pinturas de Niésterov[63]. Um e outro estavam prontos a doar as suas últimas camisas e

[63] Mikhail Niésterov (1862-1942), conhecido por suas pinturas simbolistas e místicas. (N. do T.).

a sacrificar suas almas em favor do próximo. E a fuzilar no ato esse mesmo próximo, se "assim a revolução o exigisse". Todos escreviam poemas e todos tinham contato direto com a Tchecá. Alguns desses louros seráficos mais tarde ganharam celebridade precisamente em função dos fuzilamentos. Creio que Essiénin confraternizava com eles em razão de uma curiosidade despudorada e de um amor pelos extremos, quaisquer que estes fossem.

Lembro de uma história. Naquela mesma época, a primavera de 1918, Aleksiéi Tolstói teve a ideia de comemorar o dia do seu onomástico. Ele convidou toda a vida literária moscovita: "venham vocês e tragam todo o pessoal que puderem". Compareceram umas quarenta pessoas, talvez mais. Essiénin inclusive. Ele levou um moreno barbudo vestido com jaqueta de couro. O moreno ficou ouvindo as conversas. De vez em quando soltava um comentário, nada tolo, diga-se. Tratava-se de Bliúmkin, o assassino, três meses depois, do conde Mirbakh, embaixador da Alemanha. Essiénin era claramente seu amigo. A poeta K. estava entre os convidados. Ela caiu nas graças de Essiénin. Ele passou a cortejá-la. Quis bancar o exibido e candidamente propôs à poeta:

– Gostaria de assistir a uma execução? Posso arranjar isso para você num minuto, por intermédio de Bliúmkin.

Ele aparentava viver de maneira muito inconsequente. Naquele período, estava se aproximando também das "esferas" bolcheviques.

Antes mesmo de *Inônia*, escreveu um poema intitulado "Camarada", obra muito fraca, mas curiosa. Nesse poema, ele ampliou sua "base social" pela primeira vez, trazendo à baila os trabalhadores. Seus operários saíram bastante inverossímeis, mas o importante é que aquele mesmo proletariado, que em geral era tratado pelos poetas camponeses como "arruaceiro" e "escória", agora estava incluído no rol dos construtores da nova verdade. A mudança se produziu com velocidade espantosa, de surpresa, o que mais uma vez se explica pelas influências sofridas por Essiénin.

No começo de 1919 ele resolveu se inscrever no partido bolchevique. Não o aceitaram, mas a intenção era digna de nota. Terá Essiénin compreendido que, para um profeta daquilo que era "maior que a revolução", o ingresso no PCR seria um imenso "rebaixamento"? Terá entendido que, da posição de criador da Inônia, ele desceria ao nível de um ordinário construtor da R.S.F.S.R.[64]? Creio que não compreendeu. No mesmo período, exclamava com orgulho ingênuo: "Minha mãe-pátria! Sou um bolchevique."

O período "profético" estava terminado. Essiénin começou a olhar não para o futuro, mas para o presente.

***

Caso o aceitassem no Partido Comunista Russo, nada de bom teria resultado disso. Seu entusiasmo pelo proletariado e pela revolução proletária era frágil. Antes de muitos outros que foram seduzidos pelo entorpecente do comunismo de guerra, ele viu que a situação não apenas não levava ao Socialismo com letra maiúscula, mas sequer ao socialismo com um s dos mais minúsculos. Entendeu que os bolcheviques não eram companheiros de viagem no caminho para a Inônia. E então lançou-lhes uma reprimenda amarga e venenosa:

Com os remos de amputadas mãos
Vocês remam ao país do futuro!

[64] Sigla para República Socialista Federativa Soviética da Rússia. (N. do T.)

Ele ainda não tinha coragem de reconhecer que a Inônia não se estabelecera e que jamais se estabeleceria. Ainda queria nutrir esperanças, e de novo dirigiu seus anseios para o vilarejo. Escreveu "Pugatchóv" e partiu para algum lugar no campo, para entrar em contato com a terra e extrair dela novas forças.

O vilarejo não fez jus às esperanças. Essiénin percebeu que ele não existia tal como fora cantado. Mas, em sua fraqueza humana, não quis assinalar as causas internas e orgânicas, segundo as quais, mesmo depois de enfrentar "tempestade e tormenta", o vilarejo não se pôs em marcha rumo à Inônia. Lançou a culpa sobre a "cidade", a cultura urbana com que os bolcheviques, a seu ver, estavam envenenando a Rus dos vilarejos. Acreditava que o culpado era o automóvel, recém-chegado da cidade, trombeteando o seu "corno funesto". Por ironia do destino, foi somente então, quando as fábricas e indústrias praticamente pararam de funcionar, que ele de repente as notou, sentiu que elas haviam se aproximado em demasia do vilarejo e que o estavam envenenando:

Ó, elétrica alvorada,
Esteiras, chaminés, aperto surdo.
As isbás de barriga amadeirada
Tremem na febre do metal.

Amaldiçoa também o trem que passa em desabalada, perseguido por um potro ridículo e tolo:

Vai pro diabo, hóspede maldito!
Nossa canção contigo não se aviva.
É pena que não deu pra ti na infância
Tombar tal como um balde na cisterna.
É bom que eles se postem pra olhar,
Pintar as bocas em beijos de estanho
E, assim como a um Salmo, entoar

Por seu país natal uma Aleluia.
Por isso que na cheia de setembro
Sobre o limo seco e frio,
Se encafifando com a cerca
Se enxarca em sangue de frutinhas.
Por isso que nasceu o muque,
Na abastança da talhanka em som[65]
E o Mujique reacendendo a palha
Se empanturrou de samogón.

O poder da cidade, cada vez mais ameaçador, provoca nele desesperança e animosidade:

Misterioso, meu mundo tão velho,
Feito o vento, é tranquilo na espreita,
Veja as mãos das estradas de pedra
Que apertam a goela da aldeia.

Ele compara a si mesmo, "o derradeiro poeta do campo", com o lobo encurralado que se atira sobre o caçador:

Tal você, estou pronto ao ataque,
E ainda que ouça o clarim vencedor
põe o sangue inimigo em xeque
o meu último salto de dor.

Voltou a Moscou acabrunhado. "Não tenho amor pelo campo, tampouco pela cidade." Isbás e casas lhe são desagradáveis na mesma medida. Quer se tornar um vagabundo:

E, por isso, no campo ao mendigo
Sopra o vento mais rude que aos outros.

---

[65] *Talhanka*: instrumento musical russo semelhante a uma sanfona. *Samogón*: destilado caseiro. (N. do T.)

Está pronto a ser um tolo-de-Cristo, um pobre de espírito, para disfarçar o seu pesar:

E, por isso, sem essa estranheza,
Viver mais nessa terra, não dá.

E foi assim que o profeta dos milagres malogrados se transformou em um louco santo, e essa ainda não foi a queda final. Essiénin terminou de despencar quando caiu na esbórnia e na bebedeira. Sentia que a Rússia inteira se embebedava de tristeza pelos mesmos motivos que ele: porque não se materializaram as esperanças naquilo que era "maior do que a revolução" e "mais à esquerda do que os bolcheviques", e porque ela destruíra o passado sem ter se aproximado daquilo com que sonhara:

Outra vez aqui bebem, brigam e choram
À sanfona amarelo amargor.
Se entranham os próprios pesares,
Lembram nossa Rus de Moscou

E eu mesmo esvaziando a cabeça
Os meus olhos encharco no vinho
Pra não ver minha face funesta,
Pra pensar noutra coisa um pouquinho.
(...)
Há um mal nos olhares insanos
Indomável no alto vozeirão
É uma pena aqueles jovens, tantos,
Acabarem a vida em supetão.

E vocês, cadê?, foram tão longe.
Brilha forte meu raio a vocês?

O sanfoneiro se cura da sífilis
Com o álcool da estepe quirguiz.

Desses não, nem pensar, não se espalha.
A ousadia deu-os à podridão.
Tu *Rássia* minha, ó minha *Rássia*
Asiático quinhão[66]!

A questão é que Essiénin se sente mais à vontade com essa podridão, com esses baderneiros urbanos, do que com a pequena burguesia afortunada da Rússia soviética. Os bolcheviques e aqueles que os acompanhavam lhe eram detestáveis agora. Tomou nojo dos antigos amigos que passaram a ocupar postos confortáveis e ficaram manchados de sangue, em maior ou menor grau:

Não vou mais incorrer em enganos,
Trava o peito uma preocupação.
De onde vem que só armo escândalos
De onde vem que sou um charlatão?

Não sou mau-caráter, de bosque assaltante
Não dei tiros em infelizes nas prisões
Sou apenas um alquebrado viajante
Com um sorriso no rosto às multidões.
(...)
Entre o povo não tenho amizades,
Conquistei diferente reinado.
A qualquer vira-lata em tais partes
Estou pronto a ceder minha gravata.

---

[66] Jogo de palavras intraduzível, no qual se usa o gerúndio *rasseia* do verbo *rasseiat* (espalhar, dissipar, disseminar, com teor agrícola de lançar sementes), para fazer um jogo de palavras com *Rossiia* (lê-se "*Rasseia*" como em "*ceia*"). (N. do T. 2)

Não aderiu aos revolucionários cobertos de opróbrio, mas se afastou do vilarejo natal:

Sim está decidido! Sem volta
Eu deixei o meu campo natal.
(...)
Leio versos a uma prostituta
Com bandidos ardo em aguardente
(...)
Já estou pronto, sou inibido.
Morte à tropa das garrafas!
Vou recolhendo as rolhas
Pra minha alma vedar.

Ligou-se, nos meios literários, aos círculos e pessoas que nada tinham a perder, os desclassificados da poesia. Carregaram Essiénin ao imaginismo do mesmo modo que o haviam carregado à tasca. Com o seu talento ele deu cor às apresentações dos fracos imaginistas, que viveram às custas do nome dele do mesmo modo que os ratos de botequim fazem a festa graças a um ricaço farrista. Rebaixando-se ainda mais, como se firmemente decidido a bater no fundo do poço e a entrar em contato com a pior escória da Moscou daqueles tempos, terminou por se casar. Não me deterei nos detalhes desse ponto de sua vida. São de conhecimento geral. A viagem de núpcias de Essiénin e Duncan se transformou em uma "turnê" ensandecida através da Europa e da América, até terminar em divórcio. Essiénin voltou para a Rússia. Começava o seu período final, caracterizado pelas rápidas alterações de humor.

Antes de tudo, Essiénin parecia querer se tranquilizar e lavar a imundice que havia se grudado nele. Um tom de reconciliação melancólica e de resignação ao destino começou a ressoar em seus poemas, e seus pensamentos, evidentemente, logo se voltaram ao vilarejo:

Nunca estive assim tão cansado.
Nesta cinza sujeira e frio
Eu sonhei com o céu de Riázan
E com a vida banal que vivi.
(...)
E em mim esta infernal poeira
Vai morrendo pela mesma lei.
Mas de todo me volto em respeito
Aos tais campos que um dia eu amei.

No canto em que cresci sob os bordos,
Na relva loura onde brinquei
Mando um oi aos pardais e aos corvos,
E às corujas gemendo no breu.

Eu lhes grito primavera afora:
"Passarinhos, em forte tremor
Digam que eu desescandalizei"...

Ele escreve então uma "Carta à mãe", abrindo o seu coração

Me escrevem que, ocultando a agonia,
De tristeza te encheste por mim.
Que tu muito caminhas nas vias
No seu velho antiquado xuxun[67].
E tu vês no escuro da noite
Com frequência a mesma aparição:
Estou num bar e um fino, brigando,

---

[67] Antigo vestido usado por camponesas russas. (N. do T. 2)

Crava a faca no meu coração.

Não se afobe com evento fantástico,
Não ligue pro que não ocorreu,
Sobrou cedo uma perda e o cansaço
O tentar de minha vida ele deu.

Ao fim e ao cabo, ele foi mesmo para o vilarejo natal, não visitado havia muitos anos. Ali o aguardava uma última decepção, a mais sofrida, em comparação com a qual todas as anteriores eram nada.

***

Às vésperas da revolução, em dezembro de 1916, o poeta camponês Aleksandr Chiriáevets, hoje também falecido, me enviou a sua coletânea intitulada *Começo de canção* e pediu que eu desse uma opinião sobre ela. Li o livro e escrevi a Chiriáevets, disse com franqueza que não entendia como os "escritores do povo", que conheciam melhor o mujique do que nós da intelliguêntsia, podiam representar esse mujique como uma espécie de herói de contos de fada, calçado de alparcatas camponesas de seda, à maneira de Tchurilo Pliónkovitch[68]. Afinal de contas, é improvável que esse mujique pintado pelos poetas camponeses tenha existido, e, para todos os efeitos, não existe mais e jamais existirá outra vez. No dia 7 de janeiro de 1917, Chiriáevets me respondeu com a seguinte carta:

"Mui prezado Vladislav Felitsiánovitch! Fico-lhe muito grato pela carta. O senhor se enganou em pensar que eu iria me

[68] Personagem das bylinas, histórias épicas e fabulosas da Rússia antiga. (N. do T.)

'enraivecer' com o que foi dito – muito pelo contrário, fiquei feliz em ouvir uma palavra sincera.

Direi algo em minha defesa. Sei perfeitamente bem que o povo, tal qual cantado por Kliúiev, Klytchkóv, Essiénin e por mim, em breve deixará de existir, mas não será por isso que ele nos é tão caro, porque logo não existirá mais? E qual dos dois é o mais belo: o Tchurila de antanho, usando alpercatas de seda, cheio de refrões e estribilhos, ou o Tchurila hodierno, calçado com botinas americanas, trazendo Karl Marx ou a *Crônica* nas mãos e embasbacado com as verdades que ali são reveladas? Juro por Deus que aprecio mais o primeiro! Sei que no lugar onde havia poços d'água com russalkas[69] logo vão construir casas de banho para indivíduos de ambos os sexos, equipadas com todas as comodidades, mas continuo a preferir os poços d'água às casas de banho... Não é assim tão fácil se separar daquilo com que convivemos por tantos séculos! Mas como não caminhar para o mundo antigo e se afastar da bagunça moderna, de todos esses brados histéricos que foram solenemente chamados de "palavras de ordem"? Deixem Briússov escrever sobre os charmes contemporâneos; eu, por minha vez, buscarei o Pássaro de Fogo, irei para os casarões campestres de Turguêniev, não obstante o fato de que, nesses mesmos casarões, meus ancestrais foram espancados sem dó até a morte. Enfim, como não se encantar por cenas desse tipo[70]?

Até porque tudo isso não existirá mais! Virá um indivíduo empreendedor e construirá (depois de destruir o moinho) algum 'Grand hotel', em seguida crescerá na área uma cidade com chaminés de fábrica... Agora mesmo, à beira de um braço de

[69] Espécie de sereia da mitologia eslava. (N. do T.)

[70] Em seguida vem, na íntegra, o poema de S. Klytchkóv, "O moinho na floresta", que eu omitirei. (N. do A.)

rio azul-claro, já está sentada uma estudante de cabelos curtos, portando nas mãos o Weininger ou *As chaves da felicidade*[71].

Perdoe-me se divago, Vladislav Felitsiánovitch. Se eu talvez estiver dizendo besteiras pavorosas, isso o será tão somente porque não gosto desta amaldiçoada modernidade que destruiu o conto de fadas, e, sem ele, como se pode viver neste mundo?... Os pensamentos do senhor são muito válidos, eu concordo com eles, mas por enquanto ficarei palmilhando o terreno familiar, perto da filha do moleiro, e não da estudante de cabelos curtos. Que vozes mais potentes cantem a modernidade e o futuro; a minha é fraca demais para isso..."[72]

Quando Chiriáevets me disse que "sabia perfeitamente bem que o povo, tal qual cantado por Kliúiev, Klytchkóv, Essiénin e por mim, em breve deixará de existir", era sabedor de que, na verdade, ele não só jamais existiria, como já não existe e, para ser mais exato, que esse povo das bylinas e canções realmente nunca existiu? Creio que sabia disso e tentou afastar de si a ideia. Vivia pela fé no mujique ideal, no "conto de fadas", pois, "sem ele, como se pode viver neste mundo?"

Não foi por acaso que Chiriávets mencionou Essiénin. Todo o pathos da poesia deste último estava baseado na crença naquele "povo" imaginário. E Essiénin de fato vivia "num conto de fadas", cuja melhor página era a Inônia, a cidadela luminosa erigida pelo mujique.

O primeiro golpe no sonho foi sofrido antes mesmo do casamento de Essiénin. Mas já vimos que este não teve coragem de admitir a verdade na ocasião. Ele não só imputou as incongru-

---

[71] Romance de Anastassía Verbítskaia (1861-1928) publicado no começo do século XX, extremamente popular pelas representações da sexualidade feminina. (N. do T.)

[72] Omito o fim da carta, pois ele não tem relação com o presente tema. (N. do A.)

ências entre sonho e realidade à intrusão da cidade na vida do vilarejo, como também continuou a crer que essa intromissão fosse apenas mecânica e não alterasse em nada a essência do vilarejo. Chegou até a idealizar a chegada de um momento em que o vilarejo sentiria o desejo de se defender e saberia como fazê-lo. Agora, de volta ao vilarejo após uma longa ausência, Essiénin viu a verdade completa: "Visitando novamente os lugares de nascença", ele observa com horror:

E que porção de descobertas
Seguiam pé ante pé atrás de mim!

A princípio ele não reconhece aquelas paragens. Em seguida, não encontra de pronto a casa da mãe. Depois, ao encontrar um passante, não reconhece nele o próprio avô, o mesmo que outrora imaginara com tanta clareza sentado no paraíso, "sob o carvalho de Mambré". Então fica sabendo que as irmãs se tornaram membros do Komsomol[73], e que "o comissário retirara a cruz da igreja". Ao chegar em casa, vê "Lênin em um calendário". E então

Quão mais a mãe e o avô desesperados
Tão mais feliz é o riso da irmã.

E a irmã, "abrindo, como se Bíblia fosse, o barrigudo *O Capital*, vai "desfiando Marx e Engels":

Nunca, fosse o tempo que fosse,
Jamais eu li, é claro, estes volumes.

Escutando o discurso da irmã, ele se lembra de como, à medida que se aproximava da casa,

---

[73] O Komsomol era a organização juvenil do Partido Comunista da União Soviética (PCUS). (N. do T.)

Que nem Byron, a nossa cachorrinha
Me encontra aos latidos no portão.

Como podemos ver, o avô e a mãe, lançando olhares desesperançosos para as irmãs, constituem para Essiénin os derradeiros portadores da verdade mujique. Essiénin se consola com o pensamento de que, pelo menos no passado, essa verdade afinal existiu. Ele vai ainda mais longe no poema "A Rus soviética", de tão larga fama. Diz francamente não encontrar refúgio em nenhum olhar, no dos jovens e tampouco no dos velhos. Aquela Rus de madeiro, da qual a Inônia deveria surgir, não existe. O que há é a "Rus soviética", grosseira, cruel e vulgar, que desata a cantar "os agitprops de Demian Biédny[74]". E a Essiénin ocorre, pela primeira vez, que aquela Rus cantada por ele não existe, talvez nunca tenha existido, e que a sua fé na missão de enviado do "povo" não passou de engano:

Aí está o país! que tipo de estacas
Gritei em versos que amigo era do povo?
Minha poesia aqui, não é mais necessária
Nem mesmo aqui, talvez, necessário não sou.

Ele se despede do campo e promete "aceitar" resignado a realidade tal como ela é. Agora, não só os sonhos com a Inônia estão desfeitos (isso já havia acontecido desde antes) – agora, a questão é que sequer havia de onde se tirar a Inônia, pois a Rus das isbás, a Rus ideal, não passava de um sonho.

Mas a resignação de Essiénin foi fugaz. Ao voltar a Moscou mergulhou em cheio no pântano da NEP (ele partira para o

---

[74] Pseudônimo de Efím Pridvórov (1883-1945), poeta soviético, apoiador dos bolcheviques. (N. do T.)

estrangeiro bem no começo dela), sentiu toda a diferença vergonhosa existente, mesmo na cidade, entre as palavras de ordem bolcheviques e a realidade soviética, acabou entregando-se ao ódio. Recomeçou a beber, as suas bebedeiras escandalosas tomaram de início a forma de trotes antissemitas. Era, em parte, a velha índole se insinuando, e então o rancor de Essiénin se destilou da forma mais grosseira e primitiva. Ele e Klytchkóv, coparticipante nos escândalos, foram levados a julgamento público, que teve lugar no prédio conhecido como "Casa da Imprensa". No momento presente, seria prematuro narrar a falta de decoro e a degradação que vieram junto com o julgamento. Essiénin e Klychkóv foram "perdoados". Depois disso principiaram as aparições de caráter antissoviético em cabarés. Um de seus juízes, Andriéi Sóbol, que mais tarde também cometeu suicídio, me contou no começo de 1925, na Itália, que "esculhambar" os bolcheviques como Essiénin estava fazendo publicamente não podia jamais passar pela cabeça de ninguém na Rússia Soviética. Qualquer um que dissesse um décimo do que Essiénin falava teria sido fuzilado há muito tempo. Quanto a Essiénin, limitaram-se a expedir, em 1924, um mandato para que a polícia o levasse à delegacia, o colocasse de molho para ficar sóbrio e o liberasse, sem dar encaminhamento ao processo. Bem depressa, todos os policiais dos postos centrais ficaram conhecendo Essiénin pessoalmente. É claro que essa ordem não foi dada por amor a Essiénin ou por preocupações quanto ao destino dos escritores russos, mas por razões de prestígio. Eles não queriam enfatizar e admitir oficialmente o "divórcio" entre o poder "operário-camponês" e um poeta que tinha reputação de camponês.

Contudo, também esses escândalos deram lugar a outras disposições de espírito. Essiénin tentou viajar, passou uma temporada no Cáucaso, escreveu um ciclo de poemas a seu respeito, sem que isso lhe proporcionasse alívio. Assim como antes, desejou "retornar para o paraíso natal". Novamente experimentou se resignar. Rejeitadas a Inônia e a Rus, ele quis aceitar e amar a União das Repúblicas Soviéticas, tal qual ela era. De boa fé, chegou inclusive a tentar ler a bíblia da URSS, o *Capital*, de Marx, mas não aguentou e abandonou o livro. Procurou se refugiar na vida privada, mas ali também parecia não encontrar um ponto de apoio. Quase todos os seus poemas a partir de certo momento passaram a concluir-se com uma previsão de morte iminente. Por fim, ele tirou uma última e concreta conclusão dos versos escritos de longa data, quando a verdade sobre a irrealização da Inônia apenas começava a se descortinar:

– Amigo, amigo meu!
As pálpebras translúcidas
Somente a morte cerrará.

Essiénin finalmente conseguia ver com clareza, mas se recusava a enxergar aquilo que acontecia ao redor. Só lhe restava uma coisa: morrer.

***

A história de Essiénin é uma história de enganos. A Rus mujique e ideal em que ele acreditava não exista. A Inônia futura, destinada a descer dos céus e encontrar essa Rus, não desceu e nem o poderia. Ele tinha fé em que a revolução bolchevique fosse um caminho para algo "maior que a revolução", e ela terminou sendo um caminho para a abominação máxima, a NEP. Pensava acreditar em Cristo, mas, na realidade, não acreditava. Porém, enquanto O negava e cometia blasfêmias, sofreu toda a dor e os tormentos que teria vivenciado se de fato acreditasse. Renegou Deus em nome do amor ao homem, mas tudo o que o homem fez foi tirar a cruz da igreja, pendurar Lênin no lugar dos ícones e descerrar Marx como se fosse a Bíblia.

No entanto, apesar de todas os enganos e baixezas da vida de Essiénin, resta algo que o mantém profundamente atraente. É como se uma verdade preciosa e imensa perpassasse todos os seus enganos. Mas o que será essa verdade, e qual é o fator de atração de Essiénin sobre nós? Creio que a resposta é clara. A beleza e a nobreza de Essiénin estão na infinita sinceridade de sua obra e de sua consciência, no fato de ter ido até o fim em tudo o que fez, sem medo de reconhecer os próprios erros e assumindo a responsabilidade dos que cometeu quando seduzido por outrem, e por tudo isso se dispôs a pagar um preço terrível. Sua verdade é o amor pela mãe-pátria, um amor enorme, ainda que cego. Confessou esse amor inclusive por meio de sua persona de rufião:

Eu amo minha pátria,
Eu amo demais minha pátria!

Sua desgraça foi não saber que nome lhe dar: cantou a Rus feita de lenho, a arcaica Rússia mujique, a Inônia socialista e a "Rasseia"[75] asiática, tentou até aceitar a URSS. Só que o nome certo não lhe veio aos lábios: Rússia. Era aqui que estava o seu maior equívoco, não era rancor, mas um amargo erro. Ali estava o nó e o desenlace de sua tragédia.

Chaville, fevereiro de 1926.

---

[75] Rasseia; pronúncia provinciana, de interior, campesina, de "Rossía". (N. do T.)

GÓRKI

Lembro com nitidez dos primeiros livros de Górki e também dos comentários filistinos a respeito do escritor-maltrapilho novo na praça. Estive em uma das primeiras apresentações de *No fundo* e de uma feita escrevi um poema em prosa rebuscado, inspirado pela "Canção do falcão". Mas tudo isso remonta à época de minha primeira juventude. Na primavera de 1908, minha amiga Nina Petróvskaia estava em Capri e viu sobre a mesa de Górki o meu primeiro livro de poemas. Ele a inquiriu a meu respeito, pois lia de tudo e se interessava por tudo. Entretanto, ao fio de muitos anos não houve relações entre nós. Minha vida literária transcorreu em meio a pessoas estranhas a Górki e para as quais ele era igualmente estranho.

Em 1916, Korniéi Tchukóvski foi a Moscou. Ele me disse que a editora Párus[76], recentemente criada em Petersburgo, estava se preparando para lançar livros infantis, e perguntou se eu conhecia jovens artistas aos quais se pudesse encomendar ilustrações. Dei o nome de dois ou três moscovitas e o endereço de minha sobrinha, moradora de Petersburgo. Convidaram-na à Párus, lá ela travou conhecimento com Górki e logo passou a ser da patota de sua casa cheia de gente e de algazarra.

No outono de 1918, quando Górki organizou a famosa editora "Literatura Mundial", fui chamado a Petersburgo e convidado a dirigir a filial moscovita dessa iniciativa. Tendo aceitado a proposta, julguei necessário entrar em contato com Górki. Ele foi

[76] "A Vela", em russo. (N. do T.)

ter comigo parecido com um sábio chinês. Estava vestindo robe de seda vermelha e gorro sarapintado, tinha zigomas saltados, óculos amplos na ponta do nariz e um livro nas mãos. Para meu espanto, a conversa sobre a editora claramente não apresentava nenhum interesse para ele. Compreendi que o seu nome só servia de vitrine nesse caso.

Demorei-me mais uns dez dias em Petersburgo. A cidade estava morta, medonha. Os escassos bondes preguiçosamente deslizavam pelas ruas, ao largo das lojas tapadas com tábuas. Dos prédios sem calefação vinha o cheiro de peixe seco. Eletricidade não havia. Górki usava querosene em casa. Uma grande luminária ardia na sua sala de jantar, que dava para a avenida Krónverski. Em todas as noites havia gente reunida nela. Compareciam A. N. Tíkhonov e Z. I. Grjébin, que geriam os negócios da "Literatura Mundial". Chaliápin também, a xingar sonoramente os bolcheviques. Certo dia, Krássin surgiu lá, vestido de fraque, vindo de algum almoço "diplomático", embora eu não consiga imaginar que tipo de diplomacia poderia haver naquele tempo. Maria Fiódorovna Andréieva fazia sua aparição perante os convidados, acompanhada do secretário P. P. Kriutchkóv. Também comparecia a esposa de um dos membros da família imperial, sendo que o próprio se encontrava de cama, adoentado, nas profundezas do apartamento gorkiano. Um grande retrato de Górki – trabalho de minha sobrinha – ficava no quarto do enfermo. Pediram-lhe permissão para que eu entrasse. Ele me estendeu a mão em brasa. Ao lado do leito um buldogue rosnava e se debatia. Estava envolto em um cobertor, para que não se atracasse comigo.

Na sala de jantar conversava-se sobre a fome e a guerra civil. Tamborilando os dedos na mesa e olhando por cima do interlocutor, Górki dizia "sim, as coisas vão mal, muito mal", sem que se entendesse quais coisas iam mal e a quem ele dirigia as suas simpatias. De resto, ele procurava cortar essas conversas. Então punham-se todos ao jogo de loto e jogavam longamente. Pela noite borrascosa de Petersburgo, baixo o espocar de tiros distantes, eu e minha sobrinha voltávamos para nossa casa situada na Bolcháia Moniétnaia.

Pouco depois, Górki foi a Moscou. A direção da recém-criada União Pan-Russa de Escritores me incumbira de convidá-lo a se tornar um membro dela. Ele concordou na hora e assinou a ficha de inscrição, que deveria, de acordo com o regulamento, trazer a recomendação de dois membros da direção. Eu e Jurgis K. Baltrušaitis[77] subscrevemos a recomendação. Essa divertida folha de papel provavelmente se encontra no arquivo da União, se preservada foi.

No verão de 1920 aconteceu uma desgraça comigo. Descobriu-se que uma das comissões médicas pelas quais passavam os convocados para a guerra estava recebendo suborno. Fuzilaram alguns médicos, e todos os que haviam sido liberados por eles passaram por uma reavaliação. Eu estava no rol desses infelizes a quem a nova comissão, morrendo de medo de deixar escapar alguém, declarou inteiramente aptos ao serviço militar. Deram-me um prazo de dois dias, depois do qual eu estava obrigado a ir direto do sanatório para Pskóv, e dali para o front. Górki calhava de estar em Moscou. Ele me instruiu a escrever uma carta a Lênin e a levou consigo ao Krêmlin. Fui examinado mais uma vez e, evidentemente, liberado. Ao se despedir de mim, Górki falou:

– Mude-se para Petersburgo. Aqui você terá de cumprir o serviço, mas lá, conosco, ainda poderá escrever.

Ouvi o seu conselho e transferi-me para Petersburgo em meados de novembro. Nessa altura, o apartamento de Górki estava densamente povoado. Era habitado pela sua nova secretária, Maria Ignátievna Benckendorff (a futura baronesa Budberg);

[77] Poeta simbolista e tradutor lituano (1873-1944). (N. do T.)

por uma pequenina estudante de medicina, apelidada de Molécula, moça gentil, órfã, filha de velhos conhecidos de Górki; pelo artista Ivan Nikoláievitch Rakítski; e, por fim, pela minha sobrinha, acompanhada do marido. Pois foi esta última circunstância que definiu de vez por todas o caráter das minhas relações com Górki: elas não eram de tipo comercial ou literário, mas totalmente pessoal e cotidiano. Os assuntos literários decerto vieram à tona, na época e mais tarde, mas como que ficavam em segundo plano. Nem poderia ser de outro modo, dadas as diferenças de idade e de opiniões literárias.

Desde a manhã cedinho até tarde da noite havia tumulto no apartamento. Cada um dos moradores recebia visitas. O próprio Górki era assediado pelos visitantes que iam tratar dos assuntos da "Casa das Artes", da "Casa dos Escritores", da "Casa dos Cientistas" e da "Literatura Mundial". Acorriam homens de letras e estudiosos, de Petersburgo e alhures; vinham trabalhadores e marinheiros pedir que os protegesse de Zinóviev, o todo-poderoso comissário da região do Norte; vinham artistas, pintores, especuladores, ex-dignitários, damas da alta sociedade. Solicitavam a sua intercessão a favor dos prisioneiros, obtinham com seu auxílio rações, apartamentos, roupas, remédios, óleos, passagens de trem, missões de trabalho, tabaco, papel para escrever, tinta, dentaduras para os velhos, leite para os recém-nascidos – em resumo, tudo aquilo impossível de se obter sem que se fosse apaniguado de alguém. Górki dava atenção a todos e escrevia inumeráveis cartas de recomendação. Somente uma vez o vi recusar um pedido a uma pessoa: era o palhaço Delvari, que queria a todo custo que Górki fosse o padrinho de seu futuro bebê. Górki foi vê-lo, completamente ruborizado, apertou a mão do outro por longo tempo, pigarreou e por fim disse:

– Refleti bastante sobre o seu pedido. Fico profundamente lisonjeado, você há de entender, mas lamento muitíssimo, você há de entender, não posso. Você há de entender que não dá, de modo que peço que tenha a imensa bondade de me perdoar.

E de repente, acenando com a mão, escapa do quarto, tão embaraçado que se esquece da despedida.

Eu morava longe de Górki. Caminhar pelas ruas noturnas era fatigante e tinha os seus riscos: havia assaltantes. Por isso, não raro eu ficava para o pernoite. Preparavam para mim uma cama no divã da sala de jantar. No fim da tarde a azáfama sossegava. Chegava a hora do chá em família. Eu servia de público para as recordações de Górki, aquelas que ele tanto prezava e que sempre botava na roda quando queria "fazer charme" diante de uma pessoa nova. Mais tarde eu soube que o número dessas narrativas era bastante limitado, e que, mesmo enquanto mantinham toda a aparência de improvisações, eram repetidas palavra por palavra, ano após ano. Mais de uma vez me deparei com ensaios escritos por gente que esteve de passagem na casa de Górki, e toda vez eu ria quando chegava na frase estereotipada: "inesperadamente o pensamento de Aleksiéi Maksímovitch se voltava ao passado e ele se rendia ao poder involuntário das recordações". Seja como for, essas improvisações falsas eram feitas magnificamente. Eu as ouvia com deleite, sem entender por que os demais ouvintes trocavam piscadelas e um a um desapareciam nos respectivos quartos. Devo confessar que mais tarde eu também agi exatamente da mesma maneira, mas naquele tempo eu prezava as horas noturnas em que ficávamos os dois sozinhos junto ao samovar já frio. Fomos nos aproximando aos poucos durante aquelas horas.

As relações de Górki com Zinóviev eram ruins, e a cada dia ficaram piores. Chegou ao ponto de Zinóviev ter ordenado uma batida na casa de Górki e ameaçado prender certas pessoas próximas a ele. Górki, por sua vez, reunia em casa comunistas hostis a Zinóviev. Tais reuniões eram camufladas sob a aparência de bebedeiras moderadas, com a participação de gente exterior ao grupo. Fui parar por acaso numa delas na primavera de 1921. Lachévitch, Iónov e Zórin estavam presentes. Ao final do jantar, um jovem deveras alto, esbelto, de olhos azuis, usando uma blusa militar que lhe assentava bem, veio da outra ponta da mesa sentar ao meu lado. Ele me fez um monte de elogios e citou de cor meus poemas. Separamo-nos como amigos. No dia seguinte eu soube que se tratava de Bakáiev.

A hostilidade entre Górki e Zinóviev (no futuro ela desempenhou um papel importante em minha vida também) se encerrou no outono de 1921 com a saída forçada de Górki, não apenas de Petersburgo, mas da própria Rússia soviética. Ele foi para a Alemanha. Em julho de 1922, as circunstâncias da minha vida pessoal me levaram ao mesmo lugar. Morei algum tempo em Berlim, mas em outubro Gorki me convenceu a mudar para a pequena cidade de Saarow, próxima a Fürstenwald. Ele residia ali, em um sanatório, e eu num hotelzinho perto da estação. Víamo-nos todos os dias, às vezes em duas ou três ocasiões. Na primavera de 1923 me transferi para o mesmo sanatório. A vida em Saarow foi interrompida no verão, quando Górki e a família se mudaram para os arredores de Friburgo. Creio que havia alguma motivação política por trás da mudança, mas oficialmente, tudo foi explicado pela doença de Górki.

Tomamos rumos diferentes. No outono, fui passar alguns dias em Friburgo, e mais tarde, em novembro, parti para Praga. Passado algum tempo, Górki foi para lá também e se instalou no hotel Beranek, o mesmo onde eu residia. Como os dois tínhamos atração pelos fins de mundo, no começo de dezembro fomos de mudança para uma Marienbad deserta e coberta de neve. Naquela época, ambos tentavam conseguir vistos para a Itália. O meu chegou em março de 1924 e, estando com o dinheiro curto, apressei a partida sem esperar por Górki. Tendo passado uma semana em Veneza e três em Roma, fui embora no dia 13 de abril, a exata data em que Górki deveria chegar, só que à noite. Questões financeiras me obrigaram a ficar até agosto em Paris, e depois, na Irlanda. Afinal, no começo de outubro eu me reuni com Górki em Sorrento, onde moramos juntos até 18 de abril de 1925. Após esse dia nunca mais o vi.

Portanto, o meu contato com ele durou sete anos. Somados os meses em que vivemos juntos sob o mesmo teto, o resultado será de um ano e meio. Por isso tenho motivos para pensar que o conheço bem e que sei bastante a seu respeito. Não vou expor neste momento tudo o que preservei na memória, porque isso ocuparia demasiado espaço e eu teria que evocar com excessiva proximidade algumas pessoas que estão gozando de vida e saúde. Esta última circunstância, aliás, me forçará a quase não tocar em um lado importante da vida de Górki: refiro-me a toda a seara de seus pontos de vista, relacionamentos e atos políticos. Dizer tudo o que sei e penso no momento é impossível, e não vale a pena usar meias-palavras. Ofereço à atenção do leitor um magro esboço, contedor apenas de algumas observações e pensamentos que não me parecem irrelevantes para a compreensão da personalidade de Górki. Permito-me até supor que essas observações servirão também para o entendimento daquela faceta de sua vida e atividade que no presente momento não tenciono abordar.

***

A maior parte de meu convívio com Górki transcorreu em um quadro praticamente campestre, no qual o caráter natural do homem não está embuçado pelas vicissitudes da vida urbana. É por isso que iniciarei apresentando os traços mais superficiais de sua vida e de seus hábitos cotidianos.

O dia dele começava cedo. Ele se levantava por volta das oito e, depois de tomar café e engolir dois ovos crus, trabalhava sem intervalo até a uma da tarde. À uma o almoço era servido e se estendia por hora e meia, incluída a conversação posterior à refeição. Depois disso, os presentes começavam a tentar arrastar Górki para uma caminhada, a que ele procurava resistir de todas as maneiras. Terminado o passeio ele novamente desabalava para a escrivaninha e ficava lá até cerca das sete horas da noite. A mesa era sempre grande, espaçosa, os apetrechos de escrita estavam dispostos em ordem ideal. Aleksiéi Maksímovitch era um apreciador de bons papéis, de lápis de cor, de novas penas e canetas – mas nunca utilizava esferográficas. Havia igualmente um estoque de cigarros e um variegado acervo de piteiras, vermelhas, amarelas e verdes. Ele fumava muito.

As horas entre a caminhada e o jantar eram dedicadas, na maior parte, à correspondência e leitura dos manuscritos que lhe eram enviados em quantidade incalculável. Ele respondia prontamente a todas as cartas, salvo as mais néscias. Lia até o fim com atenção espantosa todos os manuscritos e livros remetidos, por vezes obras em vários volumes, e expunha a sua opinião aos autores em cartas detalhadíssimas. Nos manuscritos, não só fazia anotações, como também corrigia cuidadosamente a lápis vermelho os lapsos de escrita e apunha os sinais de pontuação faltantes. Agia do mesmo modo com os livros: com a obstinação vã de um revisor zelosíssimo corrigia todos os erros de impressão que contivessem. Às vezes fazia a mesma coisa com os jornais, apenas para jogá-los no lixo imediatamente em seguida. Por volta das sete o jantar era servido, e em seguida passava-se ao chá e à conversa geral, quase sempre encerrada por um carteado: o jogo de 501 (para citar Derjávin, "empreste um centavo e nunca mais o tenha de volta") ou o bridge. Neste último caso, o que havia propriamente era um mexe-mexe de cartas, visto que Górki não tinha e nem poderia ter a mínima noção do jogo. Ele era inteiramente desprovido das capacidades de combinar e de memorizar as cartas. Pegando, ou, com mais frequência, dando a sua décima-terceira vaza, às vezes ele perguntava, tímido e soturno:

– Com licença, quais eram mesmo os trunfos?

Hilaridade geral, que o deixava bravo e ofendido. Também se zangava porque sempre perdia, mas talvez fosse exatamente por essa razão que ele apreciasse o bridge mais que tudo. Para os seus parceiros a questão era bem outra. Eles caçavam todo e qualquer pretexto para não jogar. Foi necessário, por fim, instituir um rodízio forçado do bridge: era-se obrigado a jogar com ele, cada um na sua vez.

Ao redor da meia-noite ele se retirava para os aposentos e se punha a escrever, trajando seu robe vermelho, ou ficava lendo na cama, sempre arrumada e limpa à maneira hospitalar. Dormia pouco, passava algo como dez horas por dia trabalhando, às vezes mais. Não gostava de gente preguiçosa, e tinha o direito de agir assim.

No correr da vida lera uma quantidade colossal de livros e lembrava de tudo o que estava escrito neles. A sua memória era prodigiosa. Às vezes, a propósito de uma questão qualquer, começava a salpicar citações e dados estatísticos. Perguntado sobre como sabia daquilo tudo, dava de ombros e parecia espantado:

- Mas tenha dó, como não saber disso? Houve um artigo sobre o assunto no *Viéstnik Evrópy* [O mensageiro da Europa] no número de outubro de 1887.

Acreditava piamente em todos os artigos científicos. Em compensação, era incrédulo em relação à literatura, suspeitava de que todos os escritores de ficção distorcessem a realidade. Por ver a literatura em parte como uma espécie de compêndio de questões cotidianas práticas, chegava a um estado de autêntica fúria quando detectava uma violação dos fatos do dia a dia. Ao receber o romance em três tomos de Najívin sobre Raspútin, muniu-se de lápis e passou à leitura. Caçoei dele, mas ele laborou a sério por três dias. Declarou enfim que o livro era execrável. Mas por quê? Acontece que o herói do romance de Najívin, morador de Níjni Nóvgorod, costumava almoçar num vapor que vinha de Ástrakhan. De início, não entendi por que isso o havia perturbado, e disse que eu mesmo tivera a ocasião de almoçar nos barcos a vapor do Volga ancorados no cais. – Sim, mas isso é antes da viagem, não depois dela! – ele gritou – Depois da viagem a cantina não funciona! Ele tem que saber dessas coisas!

Ele morreu de pneumonia. Sem dúvida havia uma relação entre a sua doença final e o processo tuberculoso que se manifestou na sua juventude. Mas essa enfermidade havia sido curada quarenta anos atrás. Se ela era perceptível por meio da tosse, da bronquite e da pleurite, não o era no nível tão propalado pelos muitos escritos a seu respeito, nem como o público a imaginava. De modo geral, era vigoroso e robusto, e não foi por acaso que viveu até os sessenta e oito anos. Acostumara-se de longa data a se aproveitar da lenda sobre a sua doença grave a toda vez que não queria ir a algum lugar, ou, ao contrário, quando precisava sair de algum lugar. A pretexto de doença súbita, declinava de participar em reuniões variadas e de receber visitantes inoportunos. Mas em casa, com os seus, não gostava de falar da doença, mesmo quando ela realmente se manifestava. Suportava a dor física com coragem notável. Arrancaram-lhe uns dentes em Marienbad; ele recusou a anestesia e não se queixou em nenhum momento. Um dia, ainda em Petersburgo, estava de pé no estribo de um bonde lotado. Um soldado pulou para dentro do veículo em movimento, atingiu com toda a força o pé de Górki com o tacão de ferro e fraturou-lhe o dedinho. Ele sequer foi ao médico, mas, depois do ocorrido, durante quase três anos consagrou-se de tempos em tempos a uma estranha ocupação vespertina: catar lascas de osso da ferida com as próprias mãos.

***

Por mais de trinta anos correram na sociedade russa boatos relativos à vida luxuosa de Maksim Górki. Não posso falar da época em que eu ainda não o conhecia, mas posso declarar categoricamente que, nos anos em que fomos próximos, não havia luxo de que se falar. Todas as histórias da carochinha sobre os palacetes pertencentes a Górki e sobre as orgias, ou algo próximo disso, que lá ocorriam, são mentiras para mim simplesmente risíveis, nascidas da inveja literária e apropriadas pela animosidade política. Os filisteus não apenas acreditaram sofregamente nessa boataria, como também se agarraram com unhas e dentes a ela. A persistência dos rumores era espantosa. Eram reabertos e cultivados como se fossem uma ferida espiritual, pois a ideia de um modo de vida opulento mantido por Górki ofendia muita gente. Os folhetinistas voltavam a esse tema toda vez que Górki lhes dava ensejo. Por diversas vezes, em 1927 e 1928, demonstrei ao falecido A. A. Iablonóvski que era impossível escrever sobre a villa fabulosa de Capri, até porque Górki morava em Sorrento, havia já quinze anos que não botava os pés no solo de Capri, e até mesmo o visto italiano lhe havia sido concedido sob condição de que não residisse em Capri. Iablonóvski ouviu, fez que sim com a cabeça e logo retomou a moda antiga, pois não apreciava destruir as ilusões dos filisteus.

Nos anos finais, a villa de Capri foi, de fato, substituída esporadicamente pela outra, a de Sorrento, mas a vida que se imaginava ocorrer nela assumiu um caráter ainda mais luxuoso e suscitou indignação ainda maior. Devo agora me penitenciar diante da humanidade: essa malsinada villa foi alugada não só com a minha participação, como também por minha insistência. Quando chegou a Sorrento na primavera de 1924, Górki se instalou em uma ampla villa desconfortável e abandonada que lhe fora dada somente até dezembro, visto que depois precisariam reformá-la completamente. Foi nessa villa que o reencontrei. À medida que a data de saída ia se aproximando, começaram a procurar um novo refúgio. Como o inverno em Sorrento é bastante frio, cogitamos uma mudança para a borda sul da península, perto de Amalfi. Ali encontramos uma villa, e estávamos a ponto de alugá-la. Maksim, filho do primeiro casamento de Górki, foi examiná-la mais uma vez. Por falta do que fazer acompanhei-o. A villa estava construída sobre uma minúscula saliência do rochedo. Um despenhadeiro de uns cinquenta sájens caía direto no mar a partir de sua fachada sul. Apenas uma estreita faixa de rua separava a fachada norte do imenso pedregulho, o qual, além de escarpado, estava dependurado por sobre a estrada. O rochedo estava constantemente se esfarelando, assim como toda a costa amalfitana. A villa destinada à nossa moradia ficara, até cerca de sete meses antes, na extremidade ocidental de um pequeno povoado que havia sido literalmente esmagado e tragado pelo mar em um dos deslizamentos que ocorriam periodicamente. Lembro disso bem, porque exatamente nessa época eu estava em Roma. Morreram cerca de cem pessoas no desastre. Os sapadores desenterraram as pessoas que foram soterradas vivas, o rei foi até o local. A villa sobreviveu por milagre, suspensa por sobre o precipício que se formara, de modo que, agora, também a fachada leste dava para o abismo, cujo fundo ainda estava juncado de pedaços de madeira, tijolo e ferro. Declarei a Maksim que a vida me era cara e que não iria ficar ali. Maksim fez cara feia, não havia outras villas disponíveis. Tomamos o transporte para Amalfi, e, quando estávamos retornando de lá, cerca de duas horas depois, fomos obrigados a nos deter a um quilômetro de "nossa" villa e a esperar enquanto terminavam de limpar a estrada. Durante o nosso almoço, um novo desabamento tinha acontecido.

Não restava escolha. Alugamos aquela mesma villa "Il Sorito", destinada a ser o último refúgio de Górki na Itália. Ela se localizava não propriamente em Sorrento, mas a um quilômetro e meio da cidade, no Cabo, o Capo di Sorrento. Bonita de aspecto e situada em lindo local, com vista maravilhosa para o golfo inteiro, para Nápoles, o Vesúvio e Castellamare, o seu interior apresentava falhas graves: a mobília era pouquíssima e o ambiente um gelo. Mudamo-nos para ela no dia 16 de novembro e passamos um frio cruel durante todo o inverno, alimentando as poucas lareiras existentes com ramos de oliveira úmidos. A virtude da casa era o preço irrisório: alugava-se por seis mil liras ao ano, o que equivalia na época a cinco mil francos. No andar de cima ficava a sala de jantar, o aposento de Górki (escritório e quarto em um só), o quarto de sua secretária, a baronesa M. I. Budberg, o quarto de N. N. Berbiérova, o meu, e mais um, pequenino, para os visitantes. Embaixo, anexos a um diminuto saguão, havia outros dois quartos. Um era ocupado por Maksim e por sua esposa, e o outro, por I. N. Rakítski, o pintor, homem enfermiço e extraordinariamente gentil. Durante o serviço militar, na Petersburgo de 1918, ele foi se aquecer na casa de Górki porque estava doente e acabou permanecendo lá por longos anos. Ao número dessa população básica é preciso acrescentar a minha sobrinha, que passava o janeiro todo no "Sorrito" e depois vinha de Roma de tempos em tempos fazer visitas, e ademais E. P. Pechkova, a primeira mulher de Górki, vinda de Moscou para passar umas duas semanas. Às vezes apareciam convidados residentes nas vizinhanças, no hotel Minerva: o escritor Andriéi Sóbol, chegado de Moscou para se recuperar após uma tentativa de suicídio, o professor Starkov e sua família (vindos de Praga), e P. P. Murátov. Às vezes, na hora do chá, compareciam duas senhoritas, as proprietárias da villa, que haviam mantido para si uma parte do andar inferior.

A vida transcorria de modo desigual nos dois andares. No de cima, trabalhava-se; no de baixo, chamado de quarto das crianças por Aleksiéi Maksímovitch, brincava-se. Maksim andava por volta dos trinta anos, mas, a julgar pelo seu caráter, seria difícil lhe dar mais de treze. Às vezes surgiam entreveros de teor inteiramente inocente entre ele e a esposa, mulher linda e bondosa, apelidada de Timocha no âmbito doméstico. Ela tinha jeito para a pintura. Maksim também gostava de fazer uns desenhos. Acontecia de ambos precisarem simultaneamente do mesmo lápis ou borracha.

– Esse é o meu lápis!

– Não, é o meu!

– Não, é o meu!

Rakítski vinha ver o que era o barulho. Nuvens de fumaça de cigarro irrompiam, acompanhando-o pela porta aberta. Seu quarto nunca era ventilado, o ar fresco lhe dava dor de cabeça. "Ar fresco é um veneno para o organismo", dizia ele. De pé no meio da névoa, gritava:

– Maksim, dê já o lápis para a Timocha!

– Mas eu preciso dele!

– Faça o favor de dar agorinha mesmo, você é o mais velho, tem que dar a vez a ela!

Maksim entrega o lápis e sai fazendo beicinho. Mas era só esperar, que dali a cinco minutos ele já havia se esquecido do assunto e estava todo assobiante e dançante.

Era um ótimo rapaz, alegre e boa-praça. Gostava muito dos bolcheviques, não por convicção, mas porque crescera naquele meio e eles sempre o paparicaram. Ele dizia "Vladímir Ilítch" e "Feliks Edmúndovitch", mas bem poderia tê-los chamado "Tio Volódia[78]" e "Tio Féliks".

Sonhava em ir para a URSS, lá haviam prometido lhe presentear com um automóvel, objeto de seus devaneios apaixonados

[78] Apelido de Vladímir; Féliks Edmúndovitch Dzerjínski (1877-1926), revolucionário, primeiro chefe da Tcheká. (N. do T.)

e por vezes até mesmo de seus sonhos noturnos. Enquanto esperava, cuidava da motocicleta, colecionava selos, lia romances de detetives e ia ao cinema. Na volta, contava como eram os filmes, cena por cena, imitando os atores favoritos, especialmente os comediantes. Ele próprio possuía um talento clownesco admirável. Caso o houvessem obrigado a trabalhar, teria dado um cômico de primeira categoria. Mas nunca fez nada da vida. Viktor Chklóvski apelidou-o de príncipe soviético. Górki o amava perdidamente, mas era uma espécie de amor animal, resumido a uma preocupação com que Maksim estivesse vivo, saudável e feliz.

Às vezes Maksim colocava um ou dois passageiros no carrinho da moto e íamos passear nas redondezas ou apenas tomar um café em Sorrento. Um dia, o grupo inteiro foi ao cinema. Na véspera de Natal ele colocou um pinheiro e presentes na ala infantil da casa. Ganhei um jogo de paciência e Aleksiéi Maksímovitch, ceroulas quentes. Quando o tédio maciço se instalava, o que acontecia aproximadamente uma vez por mês, Maksim comprava duas garrafas de Asti, uma de licor de tangerina, doces, e convidava todos para irem à noite se encontrar com ele. Dançávamos ao som do gramofone, Maksim fazia palhaçada, propunham-se adivinhas e depois havia cantoria. Se Aleksiéi Maksímovitch teimasse em não ir dormir, puxavam em coro "O sol nasce e se esconde." Ele começava por implorar: "Parem, seus encapetados duma figa", depois se levantava e ia todo encorcundado para o andar de cima.

Não obstante, esse pacífico fluir da vida se transformava todos os sábados. De manhã mandava-se reservar no hotel Minerva sete salas de banho, e das três da tarde até a hora da janta aconteciam idas e vindas pela cidade, nos revezávamos transportando roupões, toalhas e esponjas. No jantar todos se congratulavam pelo bom banho de vapor, tomavam sopa com pelmiéni preparada pelas nossas damas e elogiavam a prestimosa proprietária do Minerva, a signora Cacace, cujo sobrenome Aleksiéi Maksímovitch afirmava ser um grau comparativo. Assim, a propósito do amor impossível de certo conhecido, ele uma vez disse se tratar de "situação que não poderia ser mais cacace".

Ao chegar em Paris eu soube que Górki morava em Capri e passava a maior parte de seu tempo fazendo orgias.

***

Só quem residia com ele podia formar uma noção verdadeira do nível de sua celebridade em todas as partes do mundo. Era uma fama incomparável com a de qualquer outro escritor russo que tive a oportunidade de conhecer. Recebia uma imensa quantidade de cartas escritas em todas as línguas. Onde quer que aparecesse era abordado por desconhecidos que lhe pediam o autógrafo. Os entrevistadores o assediavam. Correspondentes de jornais alugavam quartos nos hotéis onde ele se hospedava e ficavam dois ou três dias apenas para vê-lo no jardim ou na table d'hôte. A fama lhe trouxe muito dinheiro, ele ganhava quase dez mil dólares por ano, dos quais gastava consigo uma parte ínfima. Era pouquíssimo exigente no que se referia a comida, bebida ou roupas. Cigarros, um copo de vermute no café da esquina situado na única praça de Sorrento, um cocheiro de volta para casa – realmente não me lembro de outras despesas de uso pessoal que ele tivesse. Mas o círculo de pessoas que viviam em sua contínua dependência financeira era enorme, creio que não menor do que uns quinze indivíduos, na Rússia e no exterior. Nele havia gente dos mais diversos estratos sociais, chegando até os emigrados titulados e a outros que tinham a conexão mais diversa com Górki, desde os parentes de sangue por casamento até um pessoal que ele nunca tinha visto. Famílias inteiras viviam às custas dele com muito mais largueza do que ele mesmo. Em adição aos beneficiários permanentes havia muitos esporádicos, entre os quais escritores emigrados que de tempos em tempos lhe solicitavam ajuda. Ninguém recebia um não. Górki distribuía dinheiro sem ponderar a necessidade real do pedinte e sem se preocupar com o destino que lhe seria dado. Acontecia de o dinheiro se perder nas instâncias intermediárias, e Górki fingia que não notava. E não só isso. Certos indivíduos de seu círculo, acobertando-se no seu nome e posição, realizavam os negócios mais condenáveis, indo até a extorsão. Esses mesmos indivíduos que às vezes se engalfinhavam por causa do dinheiro de Górki espertamente cuidavam para que a conduta pública deste fosse lucrativa o bastante, e orientavam a ação dele por meio de um esforço concertado e de uma pressão amigável. De raro em raro Górki tentava se rebelar, sempre se submetendo, no fim das contas. Isso se devia, em parte, a causas psicológicas bem elementares: o hábito, o apego, o desejo de que lhe deixassem trabalhar em paz. A causa principal, a mais importante, mas de que ele provavelmente não tinha consciência, consistia numa circunstância especial e importantíssima: a sua relação extremamente confusa com a verdade e a mentira, algo que se manifestou muito cedo e que teve uma influência decisiva tanto na sua obra como na sua vida inteira.

Ele cresceu e viveu por longo tempo em meio aos ambientes mais sórdidos. A gente que ele frequentava era causadora ou vítima dessa sordidez e, no mais das vezes, vítima e causadora numa só. É natural que tenha sonhado (em parte, inspirado pelas leituras que fez) com uma gente diferente e melhor. No futuro, ele aprenderia a distinguir em alguns dos que o cercavam os germes desse homem diferente e melhor. Purificando mentalmente esses embriões da selvageria, da grosseria, da maldade e da sujeira que haviam se acumulado neles, e depois trabalhando-os criativamente, obteve um tipo semirreal e semi-imaginado de nobre vagabundo, o qual, no fundo, passava por primo daquele nobre salteador criado pela literatura romântica.

Ele recebeu a sua formação literária inicial de gente para a qual o sentido da literatura se resumia ao conteúdo social e cotidiano. Aos olhos do próprio Górki, um protagonista só pode ter significado social e, consequentemente, justificativa literária, se tiver a realidade como pano de fundo e se for parte genuína dela. Górki começou a colocar os seus heróis pouco reais sobre cenários profundamente realistas. Foi forçado a fingir, ao público e a si mesmo, que era um pintor de costumes. Acreditou pela metade nessa meia-verdade durante a vida inteira. Ao filosofar e discorrer por intermédio de seus heróis, Górki infundiu-lhes em altíssimo grau o seu sonho de uma vida melhor, isto é, o anseio pela verdade social e moral que deveria luzir sobre todas as coisas e organizar tudo em benefício da humanidade. No começo, os heróis gorkianos ainda não sabiam no que consistia essa verdade, e ele também não. Em época passada ele a buscara e não a encontrara na religião. No começo dos anos noventa, viu-a (ou o ensinaram a ver) como penhor do processo social, entendido ao modo de Marx. Se na época, ou mesmo depois, não logrou fazer de si um marxista autêntico e disciplinado, de qualquer forma tomou o marxismo como confissão de fé oficial ou como a hipótese de trabalho sobre a qual procurou basear o trabalho artístico.

Estou escrevendo recordações de Górki, não um artigo sobre o seu trabalho criativo. Retornarei adiante a meu tema, mas antes sou obrigado a me deter em uma de suas obras, talvez a melhor que ele escreveu e que, sem dúvida, ocupa um lugar central na sua criação literária: refiro-me à peça *No fundo*.

O tema fundamental desta é a verdade e a mentira. O protagonista é o peregrino Luká, o "ancião astuto". Ele entra em cena para seduzir os habitantes do "fundo" com uma mentira reconfortante sobre um reino do bem, existente em alguma parte. Enquanto ele está lá, viver é mais fácil, e também morrer. Após o seu desaparecimento misterioso aquelas vidas novamente se tornam perversas e terríveis.

Luká deu bastante trabalho à crítica marxista, que tentou com todas as forças esclarecer aos leitores tratar-se ele de uma personalidade daninha que enfraquecia os destituídos com sonhos que os desviavam da realidade e da luta de classes, a única coisa que poderia lhes assegurar um futuro melhor. À sua maneira, os marxistas tinham razão. Luká, com sua fé no esclarecimento da sociedade por meio do esclarecimento da personalidade individual, era realmente daninho, do ponto de vista deles. Górki antecipou essa questão, e assim, a título de corretivo, contrapôs a Luká um certo Sátin, a encarnação do despertar da consciência proletária. Sátin é, por assim dizer, o *raisonneur* oficial da peça. "A mentira é a religião dos escravos e dos proprietários. A verdade é o deus do homem livre", pronuncia ele. Mas basta ler a peça com atenção e veremos imediatamente que a imagem de Sátin, em comparação com a de Luká, está delineada palidamente e, o que é mais importante, sem amor. Górki criou um herói positivo menos bem-sucedido do que o negativo, porque o primeiro ele imbuiu de sua ideologia oficial e, o segundo, de seu vivo sentimento de amor e compaixão para com as pessoas. É admirável notar que, antecipando-se às futuras acusações contra Luká, Górki tenha feito de Sátin o seu defensor. Quando os outros personagens da peça esbravejam contra Luká, Sátin grita para eles: "Calados! Vocês são todos uns animais! Imbecis... nem uma palavra sobre o velho!... O velho não é um charlatão... Eu entendo o velho... entendo! Ele mentiu... mas mentiu por pena de vocês, o diabo que os carregue! Há muita gente que mente por pena ao próximo... Existe, sim, a mentira que consola, a mentira que reconcilia". O mais notável é que Sátin atribua o seu próprio despertar à influência de Luká: "O velho? Ele é lúcido! Agiu sobre mim como ácido sobre uma moeda velha e suja... Bebamos à saúde dele!"

A célebre frase "Uma pessoa é algo de magnífico! É palavra que ressoa com altivez" também saiu da boca de Sátin. Mas o autor sabia com os seus botões que a frase também ressoava com muita amargura[79]. Sua vida inteira esteve transpassada por uma aguda piedade em relação ao homem, cujo destino lhe parecia ser um beco sem saída. Ele viu a única salvação do homem em uma energia criativa inconcebível sem a superação contínua da realidade por meio da esperança. Ele não tinha em alta conta a capacidade do homem para colocar em prática essas esperanças, mas a capacidade para sonhar, por si só, e a dádiva do sonho, o levavam ao êxtase e às palpitações de alegria. Considerava que o verdadeiro sinal de genialidade era a edificação de um sonho, qualquer que fosse, capaz de cativar a humanidade. A conservação de tal sonho era um ato de imenso amor pelos homens.

Senhores, se à sagrada verdade
O mundo não vir o caminho,
Glória ao doido que à humanidade
O sonho dourado inspira.

Nestes versos bastante fracos, mas extremamente expressivos, pronunciados por um dos personagens de *No fundo*, esconde-se como que o lema de Górki, aquele que definiu toda a sua vida literária, social e pessoal. Coube a Górki viver numa época em que o "sonho dourado" consistia no sonho de uma revolução social, tratada como panaceia para todos os sofrimentos humanos. Ele conservou esse sonho e tornou-se o seu arauto, não porque acreditasse tão profundamente assim na revolução, mas porque acreditava no potencial salvador do sonho em si. Em época diferente, teria lutado com a mesma paixão por outras crenças e esperanças. Atravessou o movimento libertador russo e depois

[79] Vale observar que "Górki", em russo, é "amargo". (N. do T.)

a revolução como um inspirador e defensor do sonho; foi um Luká, o peregrino astuto. Desde o conto da juventude, escrito em 1893, sobre o nobre pintassilgo "mentiroso" e o pica-pau vil "amante da verdade", toda a sua atividade literária, bem como a sua vida, esteve penetrada por um amor sentimental a todas as formas de mentira e pelo consequente e obstinado desprezo em relação à verdade. "Detesto sincera e firmemente a verdade", escreveu a E. D. Kuskova em 1929. Creio até que o consigo ver escrevendo essas palavras, o rosto odiento, feroz, uma veia saltada no pescoço.

***

A 13 de julho de 1924, ele me escreveu de Sorrento: "Aqui, sabe como é, chegou a temporada de festas, quase todo dia há foguetório, procissões, música e o 'regozijo do povo'. E nós, o que temos? – penso eu. Perdoe-me, mas fico a ponto de chorar, tenho uma inveja louca, passo mal, me sinto péssimo, coisas assim."

Ele adorava as festividades italianas com toda a sua música, as bandeiras e os fogos de artifício crepitantes. Às noites saía para a sacada e nos chamava para assistirmos aos rojões e às velas romanas revoarem aqui e acolá ao redor do golfo. Ficava emocionado, esfregava as mãos, dava gritos:

– Esse foi em Torre Annunziata! E esse perto de Herculano. Aquele foi em Nápoles! Ui, ui, ui, como eles queimam!

Esse "grande realista" gostava verdadeiramente apenas daquilo que embelezava a realidade, do que conduzia para longe dela, do que era incompatível com ela ou simplesmente do que acrescentava algo que não existia nela. Vi bom número de escritores se orgulharem do fato de Górki ter chorado ao ouvir a obra de cada um deles. Não havia motivo especial para orgulho, pois creio não me lembrar de nada que não o fizesse chorar – exceção feita, claro, às bobagens mais rematadas. Não raro acontecia de, uma vez compreendido o teor do objeto pranteado, ele mesmo se por a criticá-lo, mas a primeira reação quase sempre eram as lágrimas. O que o desestruturava e comovia não era a qualidade do que fora lido, mas a própria presença da criação artística, o fato de que ela estava lá, escrita, composta, inventada. Maiakóvski agiu com baixeza ao declarar por escrito certa vez que estava pronto a vender barato um colete banhado de lágrimas por Maksim Górki, pois permitiu-se fazer troça do melhor e do mais puro movimento da alma deste. Górki não tinha vergonha de chorar nem mesmo por causa de seus próprios escritos. A segunda metade de todos os contos que lia para mim invariavelmente soçobrava em choradeira, em soluços e na limpeza dos óculos embaçados.

Ele tinha afeição especial pelos escritores jovens, iniciantes. Gostava da esperança que tinham no futuro e de seus sonhos de glória. Não desencorajava nem os piores, aqueles notoriamente desenganados. Considerava um sacrilégio destruir qualquer tipo de ilusão. O essencial era acalentar o seu próprio sonho por via do escritor iniciante (e, novamente, mesmo dos que prometiam muito pouco) e ficava feliz em se enganar juntamente com o outro. Vale notar que ele se portava diferentemente em relação aos escritores já estabelecidos. Amava os realmente proeminentes, por exemplo, Búnin, que ele compreendia; ou se obrigava a amá-los, digamos, Blok, que ele no fundo não compreendia, mas cuja importância não podia deixar de sentir. Em compensação, tendia a não prezar os autores já caminhantes com as próprias pernas, os que haviam conseguido certa posição sem se tornarem inteiramente admiráveis. Dava a impressão de ficar zangado por não mais poder sonhar com a ascensão deles, a subida rumo à excepcionalidade e à grandeza. Quanto a esses escritores medianos, irritava-o em especial os ares importantes e olímpicos que eles afetavam, a noção do próprio significado, muito mais característica deles, na verdade, que dos escritores realmente destacados.

Amava todas as pessoas de têmpera criativa, as que traziam ou sonhavam em trazer algo de novo ao mundo. O conteúdo e a qualidade dessa novidade tinham aos seus olhos uma importância secundária. Sua imaginação era estimulada igualmente por poetas e estudiosos, por toda sorte de visionário ou inventor, inclusive pelos artífices do *perpetuum mobile*. Adicionava-se a isso o seu amor vívido, fervorosíssimo e tingido de alegria, pelas pessoas que solapavam ou almejavam solapar a ordem instituída neste mundo. O diapasão desse amor era porventura ainda mais amplo: estendia-se dos pretensos destruidores da ordem natural das coisas, ou seja, de prestidigitadores e trapaceiros, até os mais profundos reformadores sociais. Não cogito dizer que o bufão de feira e o grande revolucionário tivessem o mesmo valor aos olhos dele. Mas para mim é indubitável que, embora Górki tratasse os dois diferentemente no plano intelectual, amava um e outro com a mesma porção de sua alma. Não é coincidência que não tenha hesitado em dar a Sátin, de *No fundo*, herói positivo e vocalizador da nova verdade social, a ocupação de trapaceiro.

Ele gostava de todas as pessoas, sem exceção, que trouxessem ao mundo um elemento de rebelião, ou ao menos de travessura, incluídos os piromaníacos, sobre os quais muito escreveu e cujas histórias estava disposto a narrar por horas inteiras. Ele próprio era um tanto incendiário. Nunca o vi apagar um fósforo depois de acender um cigarro. Indefectivelmente o jogava fora ainda alumiado. Seu hábito favorito e rotineiro, após o almoço ou o chá da tarde, quando o cinzeiro estava repleto de guimbas, fósforos e papéis, era enfiar debaixo daquele monte, de mansinho, um fósforo aceso. Tendo realizado a ação, procurava desviar a atenção dos circundantes, enquanto dava olhadelas astutas por sobre o ombro para as labaredas da fogueira. Aparentemente, aqueles "incendiozinhos domésticos", como certa feita propus chamá-los, tinham para ele um significado simbólico de malvadeza e felicidade. Ele guardava um enorme respeito pelas experiências de fissão atômica. Com frequência falava que, se conseguissem obtê-la, então se poderia, por exemplo, de uma pedra largada na rua, extrair uma quantidade de energia suficiente para a realização de comunicações interplanetárias. Mas o dizia meio entediado, de modo protocolar, como que apenas para acrescentar ao final, aí então ardoroso e alegre, que, "num belo dia, essas experiências, hum, pois é, você me entende, poderão levar à destruição de nosso universo. Esse, sim, será um incendiozinho!" E dava um estalo com a língua.

Depois dos incendiários, e passando pelos magníficos bandidos corsos que ele não teve a oportunidade de conhecer, seu amor continuou se rebaixando até chegar aos moedeiros falsos, tão abundantes na Itália. Górki falava deles em detalhe, visitara certo dia um de seus patriarcas, morador de Alessio. Na esteira dos moedeiros falsos e aventureiros vieram pilantras e ladrões de todo gênero e calibre. Alguns permaneceram ao seu redor por toda a vida. As malfeitorias que eles praticavam lançavam uma sombra sobre o próprio Górki, mas ele as suportava com uma paciência que beirava o encorajamento. Não me lembro de ele ter jamais condenado qualquer um deles ou de ter manifestado a menor insatisfação. Um tal Rode, ex-proprietário de um café *chantant* famoso, inventou para si uma biografia revolucionária completa. Escutei-o certa vez falar com pompa de seu "trabalho revolucionário de muitos anos". Ele era a menina dos olhos de Górki, e este o nomeou para dirigir a Casa dos Cientistas, a responsável pela distribuição de víveres para os acadêmicos, escritores, artistas e atores de Petersburgo. Quando por acaso tomei a liberdade de chamar a Casa dos Cientistas de "instituição de auxílio a Rode", Górki ficou vários dias de cara feia para mim.

Ele tinha o dom de fazer brotar pequenos escroques e pedintes a cada vez que punha os pés na rua. Apreciava o modo como verdade e mentira se fundiam no ofício que praticavam, tal como no ofício dos prestidigitadores. Ele se rendia aos truques com prazer visível e reluzia quando um garçom ou um comerciante lhe cobrava a mais por uma porcaria qualquer. Valorizava sobretudo a insolência empregada na ação, provavelmente via nela um lampejo de rebelião e travessura. Ele mesmo, no seu dia-a-dia doméstico, não se escusava de experimentar as próprias forças nessa seara. Por falta do que fazer, tivemos a ideia de publicar um "Pravda de Sorrento", uma revista manuscrita que parodiava certas revistas soviéticas e emigradas (saíram três ou quatro números). Os colaboradores eram Górki, Berbiérova e eu. Rakítski era o ilustrador, e Maksim, o copista. Escolhemos este último também para ser o redator, dada a sua extrema incompetência literária. E eis que Górki tentava enganá-lo por todos os meios, empurrava fragmentos de suas obras antigas como se inéditos fossem. Para ele, a maior satisfação vinha quando Maksim se empenhava em desmascarar as suas trapaças. Em razão das despesas insensatas efetuadas por Górki, os membros da casa tiraram-lhe todo o dinheiro e deixaram apenas uns trocados para gastos comezinhos. Certo dia ele irrompeu fulgurante no meu quarto, como que bailando, as mãos estendidas e o ar de um operário debochado. Anunciou:

– Tá aqui! Veja essa! Afanei dez liras da Maria Ignátievna! Toca para Sorrento!

Fomos para Sorrento, bebemos vermute e nos bandeamos de volta para casa com o cocheiro bem-conhecido, o qual, ao receber das mãos de Aleksiéi Maksímovitch aquela mesma nota de dez criminosa, em lugar de dar sete liras de troco, fustigou o cavalo e saiu a galope, estralando o chicote, dando espiadelas em nós e esgoelando-se de gargalhar. Górki arregalava os olhos de tanto êxtase, arrebitava as sobrancelhas, ria, dava palmadas nos flancos, ficou indizivelmente feliz até à noite.

***

Jamais se recusava a prestar ajuda, fosse com dinheiro ou com faina pessoal. Mas havia uma peculiaridade na sua benemerência: quanto mais amarga fosse a queixa, quanto mais o solicitante se descoroçoasse, tanto mais indiferente no íntimo Górki se sentia em relação a ele. Porém isso não ocorria porque esperasse das pessoas firmeza ou contenção. As suas exigências iam muito além disso. Ele não suportava o desânimo, exigia do homem a esperança, em qualquer coisa que fosse, e nesse ponto patenteava-se o seu egoísmo obstinado e peculiar: em troca de participação, *exigia para si o direito de sonhar* com um futuro melhor para a pessoa a quem ajudava. Se o solicitante partia tais sonhos em função de seu desespero, Górki se zangava e ajudava a contragosto, sem esconder a decepção.

Pertinaz admirador e criador de enganações edificantes, ele se comportava em relação a todas as decepções, a toda verdade vil, como se fossem manifestações metafísicas de um princípio maligno. Um sonho destruído era como um cadáver que lhe causava medo e asco, era como se ele sentisse estar em presença de algo impuro. Todas as pessoas culpadas de destruir as ilusões, de abalar a paz de espírito que emanava do sonho, de solapar os estados de alma festivos e elevados, causavam-lhe esse medo acompanhado de hostilidade. No outono de 1920, Wells foi a Petersburgo. No jantar organizado em sua homenagem, o próprio Górki, ao lado de outros oradores, falou das perspectivas que a jovem ditadura do proletariado estava abrindo para a ciência e a arte. De súbito, A. V. Anfiteátrov, com quem Górki mantinha ótimas relações, levantou-se e disse algo em contraposição aos discursos precedentes. A partir desse dia Górki passou a desprezá-lo, não porque o escritor tivesse investido contra o poder soviético, não era esse o caso, mas sim porque ele arruinou o clima festivo, foi um *trouble-fête*. Bem no final do último ato de *No fundo*, todos cantam em coro. De repente, a porta se abre, e o Barão grita, de pé no umbral: "Ei, vocês! Venham, venham cá! No terreno baldio... ali... o Ator... se enforcou!" Em meio ao silêncio que se instaura, Sátin lhe responde em voz baixa: "Hum, ele estragou a canção... Idiooo-ta!" Com isso, cai a cortina. Ignora-se qual é o alvo do reproche de Sátin: se o ator que se enforcou em hora tão inadequada ou o Barão, que trouxe a notícia. O mais provável é que sejam ambos, pois ambos são culpados de estragar a canção.

Górki inteiro está contido aí. Também na vida ele não tinha pudor de se zangar sem pejo com gente que trazia más notícias. Um dia, eu disse a ele:

– Você, Aleksiéi Maksímovitch, é que nem o tsar Saltan:

Em sua ira, desvairado,
Quis ele enforcar o arauto.

Ele respondeu carrancudo:

– Tsar sabido. Os portadores de más-notícias precisam mesmo ser executados.

Talvez ele tenha relembrado essa nossa conversa quando, em resposta às "verdades vis" de Kuskova, expressou a ela o desejo feroz de que caísse morta o mais rápido possível.

***

Nunca se permitiu ser ele mesmo o mensageiro de um fracasso ou de uma desgraça. Se fosse impossível ficar calado, preferia mentir, e tinha convicção sincera de que assim agia por amor aos homens.

A baronesa Varvara Ivánovna Ikskul pertencia à categoria de mulheres encantadoras que sabem embevecer velhos e jovens, ricos e pobres, nobres e plebeus. No rol de seus seguidores figuravam cabeças coroadas de países estrangeiros e revolucionários russos. Ela reunia pessoas dos mais diversos partidos e posições em seu salão, conhecido outrora por toda Petersburgo. Dizem que certa vez recebeu na sua sala de estar o atroz ministro de assuntos internos, ao mesmo tempo que nos recônditos do apartamento escondia-se um homem procurado pelo departamento de polícia. Manteve boas relações com a imperatriz Aleksandra Fiódorovna até os últimos dias da monarquia. Seguidores e inimigos de Raspútin a consideravam uma aliada. A revolução evidentemente a deixou à míngua. Conseguiram arrumar um lugar para ela na Casa das Artes, onde fui seu convidado frequente. Aos setenta anos ela continuava encantadora como sempre. Górki, como muitos outros que lhe tinham dívida por alguma coisa no passado, por diversas vezes me perguntou como ela estava. Eu a informei do assunto. Um dia, ela disse: "Pergunte a Aleksiéi Maksímovitch se ele não pode conseguir que me deixem partir para o exterior." Górki respondeu que não seria coisa difícil. Pediu a Varvara Ivánovna que preenchesse um questionário, redigisse uma solicitação e anexasse umas fotografias. Logo depois, foi para Moscou. Isso na primavera de 1921. É fácil imaginar a impaciência com que Varvara Ivánovna aguardou a sua volta. Por fim ele retornou, e eu fui vê-lo naquele mesmo dia. Anunciou para mim que a permissão fora obtida, mas o passaporte só estaria pronto "hoje, mais para a noite" e seria trazido dali a uns dois dias por A. N. Tíkhonov. Varvara Ivánovna me agradeceu com os olhos cheios de lágrimas, coisa que hoje me envergonho de lembrar. Ela se pôs a vender algumas de suas posses e o restante distribuiu. Todos os dias eu telefonava a Tíkhonov. Mal ele tinha chegado e já estava eu na casa dele, sabendo, para minha perplexidade, que Aleksiéi Maksímovitch não lhe havia dado nenhum encargo e que ele estava ouvindo falar dessa história toda pela primeira vez. Não é o caso de contar como tentei obter de Górki uma explicação, até porque não lembro dos detalhes. O essencial é que ele falou inicialmente de um "mal-entendido" e prometeu consertar tudo, depois absteve-se de conversar sobre o tema, depois ele mesmo foi para o exterior. Varvara Ivanóvna resolveu não esperar o passaporte e arrumou um jeito de fugir – no inverno, com um guia-mirim, pelo gelo do golfo, até chegar na Finlândia, e, de lá, a Paris, onde morreu, em fevereiro de 1928. Passados alguns meses de sua fuga estive em Moscou e soube no Narkomindel[80] que Górki realmente havia apresentado a solicitação, tendo recebido uma recusa categórica ali no ato.

Impossível explicar esse episódio por meio da relutância de Górki em reconhecer a sua impotência perante as autoridades. Naquela época ele inclusive gostava de falar dessa impotência. Até onde conheço Górki, não tenho dúvida de que ele pura e simplesmente quis preservar as esperanças da solicitante pelo maior tempo possível, e, quem sabe, cultivar as suas próprias ilusões, juntamente com ela. Tal "teatro para si mesmo" fazia o gênero dele, e conheço algumas peças que ele encenou nesse teatro. Contarei apenas uma, porém a mais impactante, aquela em que a criação de uma ilusão feliz desembocou em completa crueldade.

Nos primeiros anos do poder soviético, enquanto morava em Petersburgo, Górki manteve relações com muitos membros da família imperial. Um dia, convidou para a sua casa a princesa Palei, viúva do grande príncipe Pável Aleksándrovitch, e declarou-lhe que o filho dela, o jovem príncipe e poeta Palei, não

[80] Comissariado (espécie de ministério) popular de assuntos estrangeiros. (N. do T.)

havia sido fuzilado, estava vivo e morando em Ekaterinosláv, de onde acabara de enviar uma carta e poemas. Não é difícil imaginar a perplexidade e a felicidade da mãe. Para infortúnio desta, operou-se uma coincidência imprevista ao próprio Górki e que a fez acreditar com mais facilidade nas palavras dele. Os Palei tinham amigos próximos em Ekaterinosláv, logo teria sido inteiramente natural ao rapaz, escapando do fuzilamento, procurar refúgio na casa deles. Passado algum tempo, a princesa Palei soube, é claro, que ele fora mesmo morto, e assim o logro consolador de Górki se tornou para ela fonte de sofrimento renovado: Górki a obrigou a afligir-se com a notícia da morte do filho uma segunda vez.

Não me lembro por que ensejo, em 1923 ele mesmo me contou isso tudo. Não o fez sem remorsos que, todavia, pareceram insuficientes a mim. Perguntei-lhe:

– Mas, afinal, existiam mesmo a carta e os poemas?

– Existiam.

– E por que ela não lhe pediu para os mostrar?

– Ela bem que pediu, mas eu os tinha metido em algum lugar e não consegui encontrar.

Não escondi de Górki que a história me causava desgosto profundo, mas não houve jeito de arrancar dele o que de fato ocorrera. Ele somente sacudia as mãos, parecendo insatisfeito por ter iniciado aquela conversa.

Alguns meses depois ele mesmo se entregou. Partiu para Friburgo e escreveu numa das cartas enviadas para mim: "O poeta Palei de fato está vivo, e eu tive certo direito de levar a condessa (sic!) Palei (sic!) ao engano. Remeto a você os versos que acabo de receber do referido poeta, acho que são ruins".

Ao ler aqueles poemas completamente canhestros e, em seguida, realizar algumas investigações, compreendi tudo: tanto na época, em Petersburgo, como agora, no exterior, Górki havia recebido uma carta e poemas do poeta proletário Palei, de origens operárias. É possível que Górki não o tenha conhecido ou que não lembrasse dele. Mas em nenhuma hipótese o conteúdo, a forma, a ortografia, ou mesmo a caligrafia dos versos daquele Palei poderia passar por poesia do filho da grã-duquesa. As cartas eu não vi, mas não há dúvida de que elas se prestariam ainda menos a um equívoco cometido de boa fé. Górki se ludibriou de propósito e extraviou a carta e os poemas para escondê-los não só da princesa Palei, mas, antes de tudo e principalmente, de si mesmo, porque já estava resolvido a encenar uma tragicomédia diabólica consolando a desditosa mãe.

Como seria difícil dar outra explicação para essa história, posso insistir sobre a minha, porque fui testemunha de outros casos de caráter inteiramente igual a esse.

***

Ele tratava as mentiras e os mentirosos de uma maneira que se pode dizer obsequiosa, prestimosa. Eu nunca soube que ele tenha colocado alguém a nu ou desmascarado uma mentira, mesmo as mais despudoradas e deslavadas. Ele era confiante por natureza, e, para cúmulo, afetava confiança. Procedia assim em parte porque tinha pena de confundir os mentirosos. Mas o crucial é que julgava seu dever respeitar o elã criador, o sonho, ou a ilusão, mesmo nos casos em que estes se manifestavam do modo mais lamentável ou repugnante. Em mais de uma ocasião pude vê-lo feliz por ser enganado. Por isso, não custava nada tapeá-lo ou mesmo torná-lo cúmplice de uma enganação.

Não raro, era ele a dizer as inverdades. Fazia-o com espantosa despreocupação, como se convicto de que ninguém poderia ou sequer intencionaria pegá-lo na mentira. Eis um caso característico nessa linha, de uma mentira causada pelo desejo de se mostrar, não para mim, mas para ele mesmo. Penso, inclusive, que o objeto principal de seus logros, na maioria dos casos, era precisamente ele.

A 8 de novembro de 1923, escreveu para mim:

Da série de notícias que deixam a razão atônita, posso relatar que, no *Nakanúnie* [Na véspera], publicou-se o seguinte:

"A pintura *A Gioconda*, de Michelangelo". Enquanto, na Rússia, Nadiéjda Krúpskaia e um certo M. Sperânski proibiram a leitura de: Platão, Kant, Schopenhauer, V. Soloviόv, Taine, Ruskin, Nietzsche, L. Tolstói, Leskóv, Iassínski(!) e muitos outros heréticos similares. E disseram: "O departamento de religião deve conter apenas livros antirreligiosos". Todo o supradito supostamente (a palavra "supostamente" foi escrita acima da linha – V. Kh.) não é uma anedota, e sim algo publicado num livro intitulado *Guia* para a remoção de literatura antiartística e contrarrevolucionária das bibliotecas que atendem o leitor de massa.

Inscrevi "supostamente" por sobre essas linhas para que eu pudesse crer, pois ainda não me disponho a acreditar nesse vampirismo espiritual, e não acreditarei até ter visto o *Guia*.

A primeira sensação que experimentei foi tal que comecei a escrever uma petição a Moscou, a fim de renunciar à minha cidadania russa. O que mais poderei fazer, caso essa selvageria se mostre verdadeira?

Se você soubesse, caro V. F., como isso é difícil e penoso para mim, um desespero!

A única verdade que há nesta carta é que ele estava em uma situação "difícil e penosa". Tendo tomado conhecimento da remoção dos livros, sentiu que era sua obrigação protestar enfaticamente contra semelhante "vampirismo espiritual". Chegou a acalentar o sonho de materializar o protesto com o envio de uma petição renunciando à cidadania soviética. Talvez tenha até começado a redigir a petição, mas evidentemente sabia que nunca a enviaria, que tudo aquilo, mais uma vez, não passava de "teatro para si". Recorreu então à mentira mais ingênua que poderia imaginar: primeiro, falou para mim do lançamento do *Guia* como se fosse um fato consumado, mas depois adicionou um "supostamente", fingiu que o caso necessitava de verificação e que ele "não se dispunha a acreditar" na existência do *Guia*. Entretanto, ele não poderia ter nenhuma dúvida, pois o *Guia*, um livro branco de pequeno formato, já estava em sua posse desde muito tempo. No dia 14 de setembro de 1923, dois meses antes dessa carta, fui visitar a editora *Epókha*, em Berlim, e lá encontrei a baronesa M. I. Budberg. Em minha presença, S. G. Súmski, o diretor da editora, entregou a ela o *Guia*, para que fosse transmitido a Aleksiéi Maksímovitch. Naquele mesmo dia eu e Maria Ignátievna fomos juntos para Friburgo. O *Guia* foi dado a Górki no ato da chegada e, ao longo da minha estada de três dias na cidade, muito se conversou a seu respeito. Mas Górki se esqueceu das conversas e de que eu havia visto o livro nas suas mãos, então me assegurou, candidamente, de que não pusera os olhos nele e até duvidava de sua existência. O também notável nisso tudo é que essa história sobre a intenção de escrever a petição a Moscou me foi comunicada sem motivo outro que não o desejo de fazer jogo de cena para mim e, em especial – repito – para ele próprio.

Quando o flagravam desviando-se da verdade ele tentava se justificar, indefeso e encabulado, mais ou menos como o Barão de *No fundo*, diante do que o Tártaro lhe grita: "Ah! Meteu a carta na manga!", e ele responde, confuso: "E o que eu deveria fazer, enfiá-la no seu nariz?" Às vezes, em situações assim, ele tinha o ar de um homem que se aborrecia mortalmente no meio de gente que não sabia valorizá-lo. O desmascaramento de uma mentirinha causava nele o mesmo tédio amargurado que a destruição de um sonho sublime. O reestabelecimento da verdade lhe parecia um triunfo pálido e vulgar da prosa sobre a poesia. Não é fortuito que, no mesmo *No fundo*, o campeão da verdade seja Bubnóv, um personagem inepto, grosseiro e maçante, cujo próprio sobrenome parece derivar do verbo "bubnit" (resmungar).

***

"Há gente e há pessoas", diz o velho Luká nessa formulação um tanto obscura, sem dúvida expressando os pensamentos nítidos do próprio autor. Sucede que seria preciso escrever essas "pessoas" com letra maiúscula. Górki prezava profundamente as "Pessoas", ou seja, os heróis, os criadores, os impulsionadores do adorado progresso. As gentes, por outro lado, a gente comum, de feições mortiças e biografias modestas, ele desprezava e chamava de "pequeno-burgueses". Não obstante, admitia que mesmo essa gente tinha o anseio, se não de ser, ao menos de parecer melhor do que era de fato: "Toda a gente tem alma cinzentinha, todos gostariam de maquiá-la um pouquinho". Ele tinha uma simpatia sincera e ativa por tal processo de maquiagem e considerava o seu dever não apenas apoiar a imagem elevada que as gentes faziam de si mesmas, mas, na medida do possível, infundir nelas tal imagem. Aparentemente ele acreditava que semelhante autoengano poderia servir de ponto de partida ou de empurrão inicial para uma superação interior da mesquinharia pequeno-burguesa. Por isso, adorava fazer o papel de espelho no qual cada um poderia se enxergar mais elevado, nobre, inteligente e talentoso do que o era na realidade. Naturalmente, quanto maior a diferença entre o reflexo e a vida real, mais as gentes ficariam gratas a ele, e nisso consistia um dos procedimentos do seu "charme" inegável e observado por muitos.

O próprio Górki não era exceção à regra por ele estabelecida. Havia certa diferença entre a sua imagem real e a imaginada, a ideal, por assim dizer. Todavia, a coisa curiosíssima e essencial é que, nesse caso, o que ele seguia era menos a sua fantasia particular e mais alguma alheia, um tipo de imaginário coletivo. Por mais de uma vez ele se recordaria de como, no começo dos anos noventa, quando de sua fama inicial e inesperada, um pequeno editor de uns pretensos "Livros para o povo", isto é, contos, dicionários de sonhos e cancioneiros publicados em Níjni-Nóvgorod, tentou convencê-lo a escrever uma autobiografia em forma de lubók[81], para a qual se previam vendas imensas e, para o autor, um lucro graúdo. "A vida do senhor, Aleksiéi Maksímovitch, vale ouro", ele disse. Górki narrava isso entre risos. Entretanto, se não naquela época, mas depois, e embora não em forma de lubók, contudo próxima desse gênero, a biografia do Górki autodidata, do Górki anunciador de tempestades, do Górki mártir e lutador na linha de frente do proletariado, aos poucos foi se formando e se fortalecendo na consciência de certas camadas da sociedade. É inegável que todos esses traços heroicos estavam presentes em sua vida real, que aliás era mesmo excepcional, mas foram dispostos pelo destino de modo menos vigoroso, acabado e espetacular do que consta na sua biografia ideal ou oficial. Ora, não me passaria pela cabeça dizer que Górki acreditou nela ou que quisesse necessariamente acreditar. Porém, instado pelas circunstâncias, pela fama ou pela pressão dos que o rodeavam, acabou aceitando-a e assimilou-a para todo o sempre à sua visão oficial das coisas. Uma vez que a assimilou, tornou-se em larga medida escravo dela. Considerava como uma obrigação comparecer diante da humanidade e das "massas" com a pose e

[81] Gênero de ilustração popular semelhante ao cordel brasileiro. (N. do T.)

a imagem dele exigidas em troca do amor que elas lhe dessem. Com frequência, com demasiada frequência, teve a percepção de que ele mesmo era uma espécie de ilusão das massas, uma parte daquele "sonho dourado" que em outro momento ele inspirara e que agora já não tinha mais o direito de destruir. É provável que a sombra gigantesca por ele projetada lhe agradasse em função do tamanho e dos contornos rigorosos. Mas não estou convicto de que a amasse. Em todo caso, posso afiançar que ela costumava oprimi-lo. Com enorme frequência, ao realizar uma ação em desacordo com o seu coração ou contrária à sua consciência, ou inversamente, quando se refreava de fazer algo que ele desejava ou que era pedido pela consciência, dizia melancólico, com um esgar e um dar de ombros amargurado, que aquilo era "impossível, pois mancharia a biografia", ou "fazer o quê, eu preciso, senão a biografia ficará manchada".

***

Do Aleksiéi Pechkóv aprendiz numa oficina de Níjni Nóvgorod, que fez os estudos contando os tostões, até Maksim Górki escritor de nomeada mundial, há uma enorme distância, por si eloquente, seja qual for a avaliação que se faça do seu talento. Poderíamos pensar que a consciência dos êxitos obtidos, combinada ao contínuo cuidado com a própria "biografia", teriam causado uma má influência sobre ele. Isso não aconteceu. À diferença de muitos outros ele não perseguia a celebridade e não se agoniava de preocupação em mantê-la. Não tinha medo de críticas e não sentia alegria ao receber elogios de idiotas ou ignorantes. Não caçava maneiras de comprovar a sua notoriedade, talvez porque ela fosse autêntica, e não inflada. Não sofria de soberba e não bancava a criança mimada como muitas celebridades. Nunca vi uma pessoa que portasse a fama com tamanha propriedade e nobreza como Górki.

Era excepcionalmente modesto, mesmo naquelas situações em que estava satisfeito consigo mesmo. Essa modéstia não era afetada. Provinha principalmente de uma devoção reverente à literatura e, ademais, da falta de autoconfiança. Tendo assimilado em definitivo noções de estética assaz elementares (aproximadamente, aquelas dos anos 1870 e 1880), ele distinguia drasticamente a forma e o conteúdo em seus escritos. O conteúdo lhe parecia bem defensável, porquanto escorado em concepções sociais firmemente assentadas. Por outro lado, no terreno da forma, ele se sentia mal equipado. Quando se comparava com os mestres favoritos, mesmo com os que não apreciava (por exemplo, com Dostoiévski ou Gógol), encontrava neles flexibilidade, complexidade, elegância e refinamento de que ele mesmo não dispunha, e admitiu esse fato mais de uma vez. Já comentei que ele costumava ler os seus contos em voz alta, por entre lágrimas. Mas quando essa agitação comovida refluía, ele exigia a crítica, ouvia com gratidão, prestava atenção apenas às repreensões e deixava os elogios entrarem por um ouvido e saírem pelo outro. Não raro, defendia-se e discutia, mas com frequência igual rendia-se ao reproche e, uma vez rendido, sem falta procedia às revisões e correções. Foi assim que o convenci a fazer modificações na "História das baratas" e a escrever novamente a última parte de *O negócio dos Artamónov*. Havia, contudo, uma seara em que ele se confessava incapaz – e sofria por isso do modo mais genuíno.

– Mas me diga, por favor, os meus poemas são muito ruins?

– São ruins, Aleksiéi Maksímovitch.

– Uma pena. Muita pena. A vida toda sonhei em escrever ao menos um bom poema.

Ele fita o alto com olhos tristes e baços, depois é forçado a pegar o lenço e enxugá-los.

Sempre me causava espanto e quase comoção a incoerência extraordinariamente humana com que esse coerente adversário da verdade de súbito se tornava um amante da verdade, desde que o tema em pauta fossem seus escritos. Quando este era o caso, não só não queria bajulação, mas, pelo contrário, corajosamente buscava a verdade última. Um dia declarou que Iúri I. Aikhenvald, então ainda vivo, estava enxovalhando os seus contos novos, com o fito de ajustar contas políticas e pessoais. Respondi que não poderia ser assim, pois embora eu discordasse em muito de Aikhenvald, sabia que ele era um crítico imparcial no mais alto grau. Isso aconteceu no fim de 1923 em Marienbad. Naquele tempo, eu e Górki editávamos em conjunto a revista *Bessiéda* [A conversa]. A nossa discussão chegou a um ponto tal que, numa espécie de aposta, propus que no número seguinte fossem publicados dois contos de Górki, um trazendo o nome verdadeiro e o outro sob pseudônimo, para vermos o que aconteceria. E assim fizemos. No quarto número da *Bessiéda* publicamos o "Conto de um herói" com a assinatura de Górki, ladeado por outro conto, intitulado "A propósito de um romance", este com o pseudônimo de "Vassíli Sizov". Dali a poucos dias chegou o número do *Rul* [O leme], de Berlim, no qual Sizov apanhava até mais que Górki, e este me disse com uma alegria genuína, sincera:

– Você tem razão, obviamente. Isso me dá muita satisfação, sabe como é. Digo, o bom não é que ele tenha me desancado, mas que eu claramente tenha me enganado a respeito dele.

Quase um ano depois disso, já em Sorrento, ocorreu um fato curioso relacionado com a mesma história. Andriéi Sóbol, recém-chegado de Moscou, solicitou que lhe fossem emprestados todos os números da *Bessiéda* (na Rússia soviética não eram autorizados) para que ele tomasse pé da revista. Passados uns três dias ele trouxe os volumes. O jantar estava terminando, todos ainda estavam à mesa. Sóbol entrou a expor a sua opinião. Fez encômios a várias coisas publicadas na *Bessiéda*, inclusive aos contos de Górki, e de súbito disparou:

– Mas vocês fizeram mal em publicar o tal do Sizov, ou seja lá qual for o nome. Uma porcaria medonha.

Não lembro o que Górki respondeu, ou se terá respondido algo, e não sei qual a expressão que ele tinha, pois desviei o olhar. Antes de dormir, dei uma passada, não sei bem por que, no quarto de Górki. Ele já estava na cama e me disse por detrás do biombo:

– Nem cogite explicar a coisa a Sóbol, ou vamos ficar encabulados um com o outro feito duas freiras peladas.

***

Antes que eu enviasse as minhas recordações de Valéri Briússov à redação do *Sovremiénnye Zapíski* [As notas contemporâneas], li-as para Górki. Quando terminei a leitura, ele disse, após um momento de silêncio:

– Você escreveu uma coisa cruel, mas magnífica. Quando eu morrer, por favor escreva a meu respeito.

– Está bem, Aleksiéi Maksímovitch.

– Não esquecerá?

– Não esquecerei.

Paris, 1936.

SOBRE O AUTOR

Vladislav Felitsiánovitch Khodassiévitch (1886 – 1939) foi poeta, crítico literário, ensaísta e memorialista. Desde jovem vinculou-se aos círculos simbolistas e, após abandonar sua trajetória universitária em Moscou, publicou duas coletâneas de poemas: *Juventude*, em 1908, e *A casinha feliz*, em 1914. Durante a Guerra Civil Russa, publicou suas duas mais importantes coletâneas de versos, que o consolidaram como um dos principais poetas russófonos: *Pelo caminho do grão*, em 1920, e *Lira pesada*, em 1922. Em 1922, ele e a esposa Nina Berbiérova (1901-1993) extraditaram-se, iniciando um longo percurso que foi de Berlim a Paris. No exílio, sua produção poética foi errática, mas importante (em especial a coletânea de poemas *Noite europeia*, de 1927); mas é com sua atuação como crítico, ensaísta e memorialista que Khodassiévitch tornou-se proeminente nos círculos da emigração, cujos fragmentos memorialísticos reunidos em *Necrópole* (1939) são a máxima expressão, tornando-se seu trabalho mais conhecido e traduzido.

SOBRE OS TRADUTORES

Bruno Barretto Gomide é professor Livre-Docente de Literatura e Cultura Russa na USP e pesquisador do CNPq. Doutor pela Unicamp, com estágio CAPES em Berkeley. Pós-doutorado na EHESS. Professor e pesquisador visitante no IMLI (Moscou), Púchkinski dom (S. Petersburgo), Harvard, Instituto Ibero-americano (Berlim) e nas Universidades de Glasgow e Londres. Autor de, entre outros, *Da estepe à caatinga: o romance russo no Brasil* (Edusp, 2012; prêmio Jabuti), *Dostoiévski na Rua do Ouvidor: a literatura russa e o Estado Novo* (Edusp, 2018; prêmio Biblioteca Nacional) e *Antologia do pensamento crítico russo* (org., ed. 34, 2013). Tradutor de textos de Benedikt Lívchits (ed. Carambaia), Viktor Pelévin (ed. Cia das Letras), David Vygódski (ed. Mercado de Letras) e Mikhail Ossorguin (ed. Ateliê - no prelo). Atualmente coordena o projeto "Exílio e tradução de textos russos" (FAPESP) e prepara uma biografia intelectual de Boris Schnaiderman.

Rafael Frate é doutor em Letras Clássicas e mestre em Literatura e Cultura Russa pela Universidade de São Paulo. Atua sobretudo como professor e tradutor.

***

O tradutor Bruno Barretto Gomide agradece à professora Cristina Dunaeva, da UnB, pelas observações; ao CNPq e à FAPESP, pelo financiamento (bolsa de pesquisa e projeto LinCAR, respectivamente) concedido a sua pesquisa sobre o exílio dos escritores russófonos.

Este livro foi impresso na gráfica PSI7,
em papel pólen natural 90 g/m^2 e cartão 250g/m^2
e composto em Garamond Premier Pro.

9 788593 478215